Uwe Goeritz

Das siebente Mädchen

Bibliografische Information der Deutschen Nationalbibliothek:

Die Deutsche Nationalbibliothek verzeichnet diese Publikation in der Deutschen Nationalbibliografie; detaillierte bibliografische Daten sind im Internet über http://dnb.dnb.de abrufbar.

© 2020 Uwe Goeritz

Coverbilder: von Majabel Creaciones und Markéta Machová
          auf Pixabay

Covergestaltung: Uwe Goeritz

Herstellung und Verlag: BoD – Books on Demand, Norderstedt

ISBN: 978-3-7504-3239-0

Inhaltsverzeichnis

Das siebente Mädchen...9

Am Abgrund 10

Verlorene Tochter, gewonnener Krieg? 16

Bärenpfade...20

Wege des Lebens 25

Nachtgedanken 29

Zweisamkeit 33

Der Schatten eines Kriegers 37

Waldidyll am Teich 41

Furcht...45

In Gefahr...49

Südwärts, so schnell die Füße tragen 53

Auf Beutezug...57

Eine Weihe 61

Der neue Stammesfürst...65

Herbstmond 69

Recht oder Unrecht..73

Das Licht der Welt...77

Auf Leben und Tod 81

Das Ende des Alten 85

Der Zauber eines Augenblicks 89

Überlegungen...93

Zeit der Prüfungen 97

Geld regiert die Welt 101

Ein Schrei in der Nacht 105

Fremde Schuld.. 109

Düstere Pläne.. 113

Zweifel und Schuld 118

Schmutzige Geschäfte 123

Suche ohne Ziel 127

Hoffnungen.. 131

Neuer Wind 137

Unter dem Schutz der Götter? 141

Im Bann eines Fluches?.. 145

Geteilter Schmerz 149

Goldene Gaben 153

Geben und Nehmen 157

Im Dunkel des Waldes 161

Die Fruchtbarkeit der Häsin 165

In Sorge 170

Schuld oder Unschuld 174

Die Lichtung der Göttin 178

Kampf der Götter 182

Ein kleines Glück 186

Neue Freundinnen 190

Schneewege 194

Konfrontation mit der Wahrheit 198

Folgen des Hasses 202

Ein Bärendienst 206

Der Schutz der Familie 210

Im Griff der Zange 214

Folge deiner Bestimmung 218

Verratene Verräter 222

Am Ende der Kraft 227

Im Flammensturm 232

Die Rache einer Göttin 237

Schrecken ohne Ende 242

Verbrannte Erde 246

Freie Menschen 250

Neue Ängste 254

Der weite Weg 259

Ein neuer Name 263

Ein lebender Toter 267

Übergang? 272

Ein brüllendes Ungetüm 276

Fremde Menschen, fremdes Land 280

Ein Neubeginn 284

Behindert? 290

Vergangenes Leid 295

Neues Leben 299

Zurückkehrende Gefahren 303

Frauensorgen 307

Erinnerungen 311

Zeitliche Einordnung der Handlung: 314

Das siebente Mädchen

Mit der Schlacht um Alesia, im Sommer des Jahres 52 vor Christus, unterwarf Caesar die Kelten in Gallien. Nach der Kapitulation des Vercingetorix blieb nur ein ganz kleiner Teil des keltischen Gebietes von der römischen Herrschaft verschont. Nur in dem Landstrich zwischen den Alpen im Süden und dem Danuvius, wie die Donau damals genannt wurde, im Norden, konnten die Kelten noch für ein paar Jahre so leben, wie es ihnen ihre Götter geboten.

Im Jahre 15 vor Christus machte sich Rom allerdings dann auf, um auch das Gebiet nördlich der Alpen zu erobern. Wer sich ihnen unterwarf, der durfte unter römischen Göttern weiter dort leben, doch wer sich ihnen in den Weg stellte, der wurde mit der Macht der römischen Legionen aus dem angestammten Siedlungsgebiet vertrieben oder getötet.

Diese Geschichte handelt von einem dieser Stämme und ihren Anführern. Die Fürstin Kendrana muss mit ihrer, von den Römern geschändeten, Tochter und den Resten ihres Stammes in die Wälder des Nordens fliehen. Werden sie dort Willkommen und in Sicherheit sein?

Die handelnden Figuren sind zu großen Teilen frei erfunden, aber die historischen Bezüge sind durch archäologische Ausgrabungen, Dokumente, Sagen und Überlieferungen belegt.

1. Kapitel

Am Abgrund

___

Das Mädchen lehnte an dem knorrigen Stamm eines kleinen Baumes und starrte mit weit aufgerissenen Augen auf das Geschehen, dass sich direkt vor ihr abspielte. Zusammen mit den anderen Kindern war sie durch die Krieger hier herauf geführt worden. Mit hinter dem Rücken zusammen gebundenen Händen stand sie auf dem Bergvorsprung, auf dem sie alle gerade so Platz gefunden hatten. Keine fünf Schritte vor ihr hatte der Druide einen Augenblick zuvor das erste Kind vom Felsen aus in die Tiefe gestoßen und immer noch hatte sie den Schrei des Mädchens in den Ohren. Er war lang gewesen, die Tiefe muss groß sein. Kendrana sah sich um, aber der einzige Weg, den sie für eine Flucht gehabt hätte, der war durch zwei kräftige Krieger versperrt.

Erst mit dem Todesschrei des Mädchens hatte sie wirklich begriffen, dass sie zu Ehren der Götter geopfert werden sollte. Den anderen Kindern schien das ebenfalls genau jetzt so wirklich bewusst zu werden, das sah sie an den Augen der anderen Fünf, die noch hier oben waren. Eines der Mädchen weinte laut direkt vor ihr. Vielleicht hätten sie es ahnen können, als man ihnen die Hände gefesselt hatte, aber das hatte sie noch für ein Ritual gehalten. Nun war es eine schreckliche Gewissheit geworden. Keine von ihnen würde diesen Tag überleben.

Ihre Augen streiften über die ängstlichen Gesichter der anderen. Sie waren alle sieben Töchter von Stammesführern und nun offenbar dazu ausersehen worden, die Götter für einen neuen Krieg gnädig zu stimmen. Kendrana versuchte sich nach hinten zu schieben, aber der Baum hinter ihr und der bodenlose Abgrund neben ihr ließen dem Mädchen nicht viel Platz. Sie war vor zwei

10

Monden Zwölf geworden, gerade alt genug, um sich mit einem der Götter zu vermählen, dem sie gleich geopfert werden würde. Trotz der Todesangst machte sich eine seltsame Stille in ihre breit, die vermutlich der Unausweichlichkeit dieses letzten Schrittes geschuldet war. Ihre Gedanken suchten den Vater.

Er war unten im Tal geblieben, wo sie alle ein paar Tage lang gefeiert hatten. Dort waren die Stämme zusammen gekommen und sie hatte sich gefreut, dass sie den Vater dorthin hatte begleiten dürfen. Mit dem Vater und allen Kriegern war sie hierhergezogen. Die Tränen der Mutter beim Abschied im heimatlichen Dorf hatte sie zwar gesehen, aber nicht richtig gedeutet.

Bei dieser Feier hatte sie sich auch mit den anderen Mädchen angefreundet, die wie sie jetzt hier herauf gekommen waren. Niemand hatte aber von einem Opfer für die Götter gesprochen. Erst als man sie beim Aufstieg gefesselt hatte, war ein leiser Verdacht aufgekommen.

Eine ihrer neuen Freundinnen war nun schon tot. Kendrana blickte in die Gesichter der anderen Mädchen. Alle waren mit Blumenkränzen geschmückt und hatten ihre schönsten Kleider angezogen. Kostbaren Schmuck trug auch Kendrana um den Hals. Einen Reif aus Gold, so schwer, dass er auf ihre Schultern drückte.

Der Druide drehte sich um und ergriff ein weiteres der Mädchen am Arm. Zappelnd versuchte sie Gegenwehr zu leisten, doch wenig später warf er sie von der Klippe in die Tiefe. Diesmal war der Schrei kürzer.

Ein Kind nach dem Anderen verschwand in der Tiefe, bis nur noch Kendrana übrig geblieben war. Sie schob sich so weit wie nur irgend möglich nach hinten und sah dabei über den seitlichen Abgrund, welcher den Blick in ein Felsental freigab. Messerspitze Felszacken ragten empor und weit unten standen ein paar Bäume. Einer der Krieger löste ihr die Fesseln und schob das Mädchen an den Schultern nach vorn.

Sie schickte ein Gebet an die Götter ab und der Druide murmelte unverständliche Worte. Offensichtlich tat er das gleiche, wie sie. Ihre Augen fingen seine Gestalt ein. Sie würde ihn nicht besänftigen können und daher versuchte sie gar nicht erst, um ihr Leben zu flehen. Kendrana hatte mit allem abgeschlossen und verabschiedete sich von Vater und Mutter.

Der Druide hatte ganz weiße Haare, die zu seinem weißen knöchellangen Umhang passten. Er drehte sich um und Kendrana sah das faltige Gesicht und die knorrigen Hände, die nach ihr griffen. Mit einem Ruck zog er sie vor sich.

Für einen Moment stand sie an der Kante und blickte hinunter. Der Abgrund war tief und unten waren ein paar weiße Punkte zu erkennen. Das waren vermutlich die anderen sechs Mädchen am Fuße des Berges. Der Wind strich durch ihre Haare und sie schloss die Augen. Gleich musste es zu Ende sein.

Noch einmal dachte sie an Vater und Mutter und eine Träne lief über ihre Wange. Sie wischte sie mit dem Handrücken ab. Immer noch stand sie an der Kante des Felsens, ihre Zehenspitzen bereits in der Luft. Worauf wartete der Druide? Kendrana öffnete die Augen und blickte über ihre Schulter nach hinten. Der Mann stand mit erhobenen Händen einen Schritt hinter ihr. So etwas hatte er bei den anderen vor ihr nicht getan. Wieder murmelte er etwas, dann blickte er sie an und ihre Augen trafen sich. Schwankend kam er diesen einen Schritt auf sie zu und legte seine Hände auf ihre Schultern. Ein kurzen Stoß und sie kippte nach vorn.

Kendrana überschlug sich in der Luft, fiel mit den Füßen zuerst und der eigene Schrei verklang hinter ihr. Unendlich lang schien sie zu fallen und ihre Augen suchten den Himmel über ihr. Das Kleid blähte sich auf und sie spürte den Wind auf ihrem Körper, er zerrte auch an ihrem Haar. Einen Moment später erfasste sie eine Windböe und schleuderte sie dem Felsen entgegen. Kendrana schloss die Augen, etwas zersplitterte in ihr und sie schrie vor Schmerzen auf, dann war Stille. Dunkelheit umschloss sie.

Die Schmerzen holten sie zurück in die Gegenwart. Offenbar lebte sie noch, denn Tote hatten sicher keinen Schmerz mehr. Kendrana schlug die Augen auf und blickte in einen Abgrund. Das Mädchen hing über der Tiefe und schrie erneut auf. Ein knarrendes Geräusch ließ sie sich umblicken. Mit ihrem Kleid hing Kendrana an einer Felsnadel, welche hinter ihr, zwischen Körper und Kleid, aufragte.

Entsetzt sah sie das graue Gestein an. Wäre sie nur eine Handbreit weiter hinten gefallen, so hätte sie der Felsen aufgespießt! So hing sie am Berg, das Kleid war zum Zerreißen gespannt und die Nähte krachten schon. Die Tiefe des Abgrundes zog ihren Blick wieder nach unten.

Abschätzend betrachtete sie die Höhe. Wenn sie hier herunterfiel, so würde sie sterben und der Felsen hatte ihren Tod vermutlich nur etwas verzögert. Doch hier einfach nur so zu hängen und den Tod zu erwarten, das konnte sie auch nicht. Wie lange würde das wohl dauern? Und obwohl sie mit ihrem Leben schon abgeschlossen hatte, kam nun der Lebenswillen zurück.

Kendrana versuchte sich umzudrehen und spürte die Schmerzen in ihrem rechten Arm, den sie auch nicht mehr bewegen konnte. Nur der linke Arm war scheinbar noch in Ordnung. Mit einem Ruck versuchte sie sich umzudrehen, aber das Kleid verhinderte größere Bewegungen.

Jetzt konnte sie zwar den Berg hinter sich sehen, aber wie sollte sie sich daran vorwärts bewegen können? Der Felsen war nicht sehr glatt und Risse klafften in der Wand, aber mit nur einer Hand? Und das Mädchen musste auch erst mal das Kleid von der Klippe lösen.

Über dem Abgrund hängend, versuchte sie einen Ausweg aus ihrer Misere zu finden. Bei jeder Bewegung krachten die Nähte, welche die Mutter zum Glück sehr sorgfältig gemacht hatte. Die Felsnadel schrammte über ihren nackten Rücken und Kendrana hing nach ein paar Bemühungen endlich seitlich zur Wand. Mit einer Hand konnte sie die Felswand berühren, auch mit einem Bein erreichte sie die Wand und versuchte dort einen sicheren Stand zu finden.

Doch wozu machte sie das alles? Unter ihr war immer noch der Abgrund und ein paar Bäume ragten weit unter ihr herauf. Sozusagen in der Mitte des Felsens kämpfte sie um ihr Leben, mit dem sie doch schon abgeschlossen hatte. Immer wieder rutschte ihr Fuß von der Wand und auch ihre Finger fanden nur eine kleine Kante.

Das Mädchen öffnete sich mit der Hand die Schuhbänder und streifte sich die Schuhe ab, die beide in die Tiefe fielen. Für einen Augenblick sah sie ihnen nach. Nun konnte sie mit den Zehen einen Riss im Felsen erreichen und sich dort hochstemmen. Mit den Fingern zog sie sich weiter nach oben. Stück für Stück schob sie sich Himmelwärts und spürte das Kratzen des Steines auf der Haut.

Endlich war sie frei und hing an der Wand. Mit zwei Füßen und einer Hand. Aber wie nun weiter? Nach oben? Oder nach unten?

Langsam begannen ihre Beine von der Anstrengung zu zittern. Kendrana presste sich an die Wand und begann vor Verzweiflung zu weinen. Eigentlich brauchte sie sich nur noch vom Felsen abzustoßen und alles würde enden, aber der Lebenswillen hielt sie an der Wand.

Mühsam schob sie sich dem Erdboden entgegen.

2. Kapitel

Verlorene Tochter, gewonnener Krieg?

ouranix hatte der Tochter noch lange nachgesehen, als die kleine Gruppe aufgebrochen war. War es richtig gewesen, das Mädchen zu opfern, um das Kriegsglück auf ihre Seite zu ziehen? Er wusste es nicht, aber dem Druiden widersprach man nicht. Die Gruppe aus den sieben Mädchen und zehn Kriegern war vom Druiden angeführt worden und Douranix hatte es nicht über sein Herz gebracht, seiner Tochter Kendrana zu sagen, was nun von ihr erwartet wurde. Sie würde es noch früh genug begreifen und wozu sollte er ihr noch zusätzlich Angst machen?

Die Männer der sieben Stämme hatten ihn am Abend zuvor zum Anführer dieses Kriegszuges gewählt und damit würde er fast tausend Männer unter seinem Befehl haben. Auf ihrem Marsch würden sich diese Männer aus den anderen Siedlungen ihm anschließen. Im Moment hatte er etwas mehr wie zweihundert Krieger hier und alle machten sich zum Abmarsch bereit. Geschäftige und lang geübte Tätigkeiten waren es, die den Aufbruch der Krieger bestimmten. Er stand auf und ging die Gruppe entlang. Alle wussten, worum es ging und alle Krieger waren erfahrene Kämpfer. Bei denen musste er nichts prüfen.

An der Seite stand aber die Gruppe der Jungen, für die dieser Krieg der erste Kampf sein würde, und der Mann wendete sich ihnen zu. Die meisten davon waren gerade erst sechzehn Sommer alt geworden. Er ließ sich die Schwerter und Schilde zeigen, prüfte die Gurte und klopfte dem Einen oder Anderen ermutigend auf die Schulter. Am Ende der Gruppe angekommen ließ er die Carnyx, die lange Kriegstrompete, ertönen und die Abteilung stellte sich auf. Ein paar Boten machten sich mit leichter Bewaffnung bereit, um die anderen Männer zu informieren und zu den verabredeten Treffpunkten zu bringen. Auf seine Handzeichen eilten die Männer davon und der Zug der Bewaffneten setzte sich in südliche Richtung in Bewegung.

Sicherlich würden sie zehn Tage unterwegs sein, bevor sie auf den Feind treffen würden und das gerade gebrachte Opfer sollte die Götter gnädig stimmen. Es sollte ihnen den Sieg im Kampf gewähren.

Der Mann zog den Mantel enger um die Schultern. Es war zwar schon fast Frühsommer, aber hier in den Bergen war es dennoch ziemlich frisch und sein Stammesland lag in der Ebene, weit im Norden. Seine Gedanken gingen ihrem Kriegszug voraus. So viele Kämpfer hatten ihre Stämme noch nie auf einen Kampf ausgeschickt. Immer wieder hatten die südlichen Stämme ihr Land überfallen, doch nun würde damit Schluss sein!

Entschlossen zogen sie voran. Sie mussten noch den Bergzug überqueren, der sich am Horizont auftat und so mancher Blick hing an den fernen Spitzen dieser Berge. Immer höher gingen die Köpfe und so mancher aus der Gruppe schaute besorgt nach vorn. Bisher hatte dieser Gebirgszug sie immer beschützt, doch seit ein paar Jahren kamen immer mehr Feinde zu ihnen herüber. Sie plünderten, brandschatzten und mordeten in ihren Dörfern.

Douranix umfasste den Griff seines Schwertes und sah sich um. Seine Augen suchten die Gruppe der Jüngeren, die in der Mitte liefen. Konnte er sich auf sie verlassen? Er blieb stehen und ließ seine Kämpfer an sich vorüberziehen, dabei sah er den entschlossenen Blick der Erfahrenen und den Zweifel in den Augen der

Jungen. Natürlich hatten auch sie alle lange geübt, bevor sie auf-gebrochen waren, denn schon mit zehn Sommern hatten sie, so wie einst auch er, begonnen ein Schwert zu führen.

Seine Gedanken gingen zu jenem Tag zurück, als ihn sein Va-ter das erste Mal ein Schwert gegeben hatte. Am Anfang war es noch eines aus Holz gewesen und später dann aus Eisen. Aber so ein Kampf auf Leben und Tod war schon etwas anderes. „Nur Mut! Die Götter stehen uns bei!", rief er und die Männer stimmten in ein altes Kriegerlied ein.

Gegen Abend hatte die erste Abordnung sie erreicht und damit waren sie nun doppelt so viele Kämpfer. Die Nacht würden sie auf einer Freifläche verbringen, ohne Zelte, nur am Feuer sitzend. Die eine Hälfte der Kämpfer würde Wache halten und die Andere ru-hen. Für einen Moment gingen seine Gedanken an Kendrana, die nun sicher schon lange tot sein würde, und er dankte der Tochter für ihr Opfer.

Die anderen Stammesführer kamen zur Mitte und setzten sich zu ihm an das Feuer. Ein jeder von ihnen hatte eine Tochter für den Erfolg gegeben. Nun kreiste ein Schlauch mit Wein am Feuer. Eine Handelsware aus dem Süden. Da unten, wo ihre Händler die guten Eisenwaren gegen Schmuck und Wein eintauschten. Auch für diese mussten sie den Gebirgspass von Feinden frei halten, denn sonst würde ihr Wohlstand schon bald Geschichte sein. Nur mit freiem Handel konnten sie den Reichtum der Stämme mehren.

Er zog sein Schwert und besah sich die makellose Klinge im Scheine des Feuers. Ihre Schwerter waren doppelt so lang, wie die der anderen Stämme. Ihre Waffen waren der Garant des Sieges und durften ihren Feinden nie in die Hände fallen. Auch Handel damit war nur im Ausnahmefall gestattet. Er hob den Kopf und sah über die Feuer hinweg. Erneut wehte ein altes Kriegerlied zu ihm herüber. Im Kampf Mann gegen Mann konnte sich niemand mit ihnen messen und die vielen hundert Kämpfer würden sicher nicht zurückweichen. Ein Fünftel davon würden aber noch unerfahrene Kämpfer sein. Vielleicht würde es gut sein, wenn er jedem Jungen einen erfahrenen Kämpfer zur Seite stellen würde. Er steckte sein Schwert zurück und brachte seine Idee zur Sprache. Offensichtlich war er nicht der Einzige, der sich darüber Gedanken gemacht hatte, denn die anderen stimmten seinem Vorschlag sofort zu.

Noch in der Nacht begannen sie die Idee umzusetzen und damit es auch wirklich funktionierte, mischten sie die Männer zwischen den Stämmen. Er würde den Sohn eines anderen Stammesführers an seiner Seite haben. Des Führers, der aus dem Dorf stammte, aus dem sie aufgebrochen waren.

Douranix nahm den Jungen zur Seite und sagte ihm „Du machst ab jetzt alles so, wie ich es mache. Du schläfst, wenn ich schlafe. Du stehst auf, wenn ich aufstehe. Und du kämpfst an meiner Seite, wenn ich kämpfe!" Dabei sah er ihm fest in die Augen. Der Sechzehnjährige nickte und der Mann legte ihm die Hand auf die Schulter. „Gut. Und jetzt schlafen wir", legte Douranix fest und zeigte auf das erste Feuer.

Er legte sich nieder, hüllte sich in seinen Mantel und blickte zum Feuer. Für einen Moment dachte er an Frau und Kinder, dann schloss er die Augen und schlief ein.

3. Kapitel

Bärenpfade

Es hatte bis zum Einbruch der Dämmerung gedauert, bevor Kendrana am Fuße des Felsens angekommen war. Nun stand sie im letzten Licht des Tages vor den zerschmetterten Körpern der anderen Mädchen. Am Abend zuvor hatten sie noch gefeiert und nun lagen sie hier vor ihr. Tränen stiegen ihr in die Augen und sie setzte sich auf einen großen Stein am Rande. Zuerst musste sie ihre schmerzenden Beine ausstrecken, denn das Klettern war anstrengend gewesen. Auf dem Weg herab war sie mehrmals abgerutscht und hatte sich nur mit Mühe immer wieder abfangen können. Der eine Arm baumelte nur noch an ihrer Seite, aber er schmerzte nicht mehr.

Mit der Ruhe begann sie zu überlegen, wo sie hingehen sollte. Zurück in das Dorf? Damit sie wieder geopfert werden würde? Oder im Wald bleiben, wo die wilden Tiere nur auf sie warteten? Der Tod war ihr in beiden Fällen sicher. Dazu kam noch, dass sie den Weg zurück auch nicht richtig kannte. Erstens war sie ja auf dem Bergpfad nach oben geführt worden und zweitens war es nun schon zu dunkel, um sich in dieser, ihr völlig unbekannten, Gegend zu orientieren.

Mindestens diese eine Nacht würde sie also im Wald bleiben müssen, bevor sie am nächsten Morgen in das Dorf gehen konnte, um sich ihrem Schicksal zu stellen. Allerdings wollte sie auch nicht neben den toten Freundinnen warten.

Durch die Anstrengung verspürte sie etwas Durst, daher stemmte sie sich an einem Baum nach oben und lief auf einen kleinen Bach zu, dessen Plätschern sie gehört hatte. Es war gar nicht so einfach, im Dunkel durch den Wald zu gehen. Am Fuße dieses Felsens konnte man die Hand kaum vor Augen sehen und ihre Schritte waren sicher weit zu hören. Sie verkündeten jedem Raubtier der Umgebung, dass hier ein guter Happen unterwegs war.

Unsicher blickte sie sich um und erst der aufgehende Mond sorgte dann dafür, dass sie das Funkeln des Baches sehen konnte. Noch ein paar Schritte trennten sie von dem erfrischenden Nass, aber die Ufer des Gewässers waren glatt und rutschig. Kendrana stürzte und fiel auf ihren Arm, doch auch das tat nicht mehr weh. So, als ob er nicht mehr zu ihrem Körper gehören würde, hing er an ihrer Seite herab. Der Schlag gegen den Felsen hatte vermutlich zu viel darin zerstört.

Das Mädchen rappelte sich wieder auf und kniete sich an das Ufer. Mit der Hand schöpfte sie Wasser, das sie gierig trank. Das kalte, klare Bergwasser erfrischte sie und bis gerade eben hatte sie nicht gewusst, wie durstig sie wirklich gewesen war. Hand um Hand schlürfte sie das belebende Nass. Schließlich stand sie auf und ging einen Schritt in das Wasser hinein, dort wusch sie sich in den eiskalten Fluten, die an dieser Stelle gerade mal knietief waren, aber die Strömung war kräftig und zerrte an ihrem Körper. Für einen Moment war das Mädchen unaufmerksam. Der Bach riss sie von den Füßen und die Strömung zog sie mit sich fort.

Kendrana wirbelte im Bach umher. Immer noch trug sie den goldenen Halsreif, der nun ihren Kopf nach unten zog. Sie schluckte Wasser und riss verzweifelt an dem Reif. Mit der letzten Kraft streifte sie ihn ab und konnte auftauchen. Mühsam zog sie sich zum Ufer, konnte allerdings nicht auf die glitschigen Steine hinauf gelangen.

So zog sie sich am Ufer entlang, bis sie in einer flachen Senke saß. Dort blieb sich einfach in dem Bach sitzen und hustete das verschluckte Wasser heraus. Klatschnass spürte sie nun die Kälte der Nacht in den eiskalten Fluten. Damit hatte sie jetzt also auch noch die Möglichkeit, zu erfrieren. Mühsam schleppte sie sich an das Ufer, wo es ihr gelang, auf den Stein zu klettern. Auf diesem sitzend, begann das Mädchen wieder zu weinen, als ob ihr das helfen würde. Warum war sie nicht einfach gesprungen? Dann hätte sie es jetzt schon hinter sich! Vielleicht hätten die Götter ihr Opfer gnädig angenommen.

Sie streifte sich das nasse Kleid über den Kopf und versuchte mit Beinen und dem einen Arm das Wasser aus dem Stoff zu bekommen, aber das gelang ihr eher schlecht. Mit beiden Armen wäre es besser gegangen, aber es half nichts, denn so sehr sie sich auch anstrengte, der rechte Arm zuckte nicht einmal mehr. Nach ein paar Versuchen zog sie sich das, nun etwas trockenere, Kleid wieder über den Leib. Erneut begann sie über ihr Schicksal nachzudenken. Wenn sie diese Nacht überlebte, so würde sie in das Dorf zurückgehen und was dann geschehen würde, das war ihr im Moment egal. Ihre Erinnerung ging an die anderen sechs Mädchen, deren zerschmetterte Leiber nicht weit von ihr entfernt lagen.

Aus dieser Richtung hörte sie auch ein paar Wölfe heulen. Erschrocken fuhr sie herum. Den Blick starr in die Dunkelheit gerichtet versuchte sie zu sehen, ob sich da etwas hinter ihr bewegte. Nun kam ihr der Platz am Bach nicht mehr so gut gewählt vor, denn wenn ein Wolf, oder gar ein Bär, hierher zum Trinken kommen würde, dann würde er sie sicher nicht übersehen. Irgendwo knackte es im Unterholz und Kendrana erhob sich. Im Mondlicht kletterte sie eine kleine Anhöhe hinauf und setzte sich weit über den Bach.

War dieser Platz nun besser? Wohl kaum! Hier gab es nur einen Weg herauf und rund um sie herum ging es steil bergab. Damit war sie wieder auf solch einem Platz, wie es jener gewesen war, auf dem sie vor nicht allzu langer Zeit noch weit oben gestanden hatte.

Von unten hörte sie das Knacken wieder und ein Bär schob sich brummend nur wenige Schritte unterhalb ihres Sitzplatzes zum Bach vor. Das Mädchen sah die Bewegungen des Tieres und hielt den Atem an. Nur jetzt nicht den eigenen Standort verraten und dem Tier noch einen Tipp geben, wo es zum Trank auch noch ein leckeres Mahl bekam, denn sie sollte doch den Göttern geopfert werden und nicht einem Bären als Nachtmahl dienen.

Erst als das Tier wieder im Wald verschwunden war, wagte Kendrana wieder zu atmen. So saß sie nun am Abgrund, die Beine nach unten hängend und wartete auf den neuen Tag. Sie zog sich den einen Arm nach vorn auf ihren Schoß und betastete ihn von der Schulter bis zur Hand. Ganz oben war noch etwas Gefühl darin, aber auch in der Schulter konnte sie den Arm nicht bewegen. Am Ellenbogen schien etwas zerbrochen zu sein, denn durch die Haut fühlte sie ein paar Kanten, die da vorher noch nicht gewesen waren. Es knirschte auch leise, als sie darauf drückte.

Im Laufe der Nacht bekam sie in den Fingern der rechten Hand wieder etwas Gefühl und als sie den Zeigefinger wieder bewegen konnte, da weinte sie vor Freude. Mit den ersten Sonnenstrahlen erhob sie sich und stieg die Anhöhe wieder hinunter. Nach ein paar

Schlucken Wasser machte sie sich auf den Weg. Sie folgte dem Bach in das Tal, da die Siedlung auch an einem Bach gelegen hatte.

Es war ein beschwerlicher Weg durch das teilweise sehr dichte Unterholz. Immer wieder riss ein Dornenzweig an ihrem Kleid und die fortgeworfenen Schuhe fehlten ihr nun. Mehr schwankend als gehend bewegte sie sich durch das Gehölz. Es dauerte eine ganze Weile, bevor sich der Wald wieder vor ihr lichtete und den Blick auf die Ebene freigab. Nicht weit entfernt sah sie das Dorf mit dem dahinter liegenden Hügel. Dort oben standen auch ein paar Häuser hinter einer Steinmauer, die durch eine Palisade aus Holzstämmen gekrönt war.

Das Mädchen wusste, dass dort auch der Druide wohnte und er würde über ihr Schicksal entscheiden Tod oder Leben! Kendrana ging auf diesen Hügel zu.

4. Kapitel

Wege des Lebens

ie alte Frau hatte das Mädchen gesehen, das zerzaust und mit zerrissener Kleidung aus dem Wald gekommen war. Sieben waren gegangen, eine kam zurück! Torona stemmte sich von ihrem Platz vor der Hütte hoch. Sie war schon mehr als sechzig Sommer alt und die Mühsal des Lebens hatte dicke Furchen in ihr Gesicht gezogen. Das schlohweiße Haar hatte sie in einem langen Zopf kunstvoll geflochten und der Stab in ihrer Hand wies sie als Zauberin aus. Langsam schritt sie auf das Mädchen zu und am Rande der Siedlung trafen sie aufeinander. „Du hast überlebt?", fragte Torona, doch das war ja offensichtlich. Das Mädchen nickte nur und versuchte an ihr vorbei zu gehen, doch die Frau stellte sich ihr in den Weg. Sie sah in die wachen Augen des Mädchens. „Mein Arm", sagte sie schwach und Torona zog sie zur Seite. Vorsichtig betastete sie den Arm, aber die Knochen des Ellenbogens waren vollkommen zertrümmert. „Kannst du ihn bewegen?", fragte sie und das Mädchen schüttelte den Kopf.

Hinter der Frau standen nun ein paar andere Frauen, die ihr zusahen. „Der Arm wird wohl steif bleiben", sagte die Frau schließlich und gab dem Mädchen etwas zu trinken. Am Ende der Gasse erschien der Druide und schob sich durch die Menschenmenge bis zu Torona. „Wir müssen sie Opfern, sonst werden die Götter uns zürnen!", rief er und zeigte dabei auf das Mädchen. Torona drehte sich um und rief „Nein! Die Götter wollten das Opfer nicht und daher ist sie noch am Leben!" Bei diesen Worten rammte sie ihren Stab in den Boden.

Der Druide funkelte sie zornig an. „Sie muss den Göttern geopfert werden!", begann er wieder. „Sie steht nun unter dem

Schutz Teutates!", entgegnete Torona. Immer weiter flogen die Worte zwischen den beiden Alten hin und her.

Mittlerweile hatte sich schon ein Kreis von Dorfbewohnern um sie herum gebildet und keiner der Beiden wollte diesen Streit verlieren. „Aber es müssen Sieben sein! Sonst werden unsere Krieger verlieren!", beendete der Druide den Streit und packte das Mädchen am Arm.

Doch der alte Mann erwischte den gebrochenen Arm und das Mädchen schrie auf, als er daran zog. Erschrocken ließ er los und versuchte den anderen Arm zu greifen, doch da hatte sich die Frau schon vor das Mädchen geschoben. „Nein!", beharrte sie. „Dann ist es deine Schuld, wenn wir verlieren!", rief der Druide zornig, stampfte mit dem Fuß auf und verließ wütend den Platz.

„Sie steht unter meinem Schutz!", rief Torona, als sie sah, dass einige Krieger das Mädchen ergreifen wollten. Mit ihr wollten sie sich aber nicht anlegen und die Menschenmenge zerstreute sich langsam. „Wie ist dein Name?", fragte sie das Mädchen. „Kendrana", sagte sie und die Frau legte ihr die Hand auf die Schulter. „Ich bin Torona und du stehst jetzt unter meinem Schutz! Möchtest du mich begleiten?" Das Mädchen nickte und Torona zog sie zu ihrer Hütte am Rande des Dorfes. Dort legte sie dem Arm eine Schiene und einen Verband aus Kräutern an.

„Das hier ist meine Hütte, wenn ich im Dorf bin. Sonst lebe ich im Wald." „Da war ich die letzte Nacht auch!", entgegnete das Mädchen. Torona drehte sich zum Ausgang zu und sagte „Warte hier!" Sie verließ die Hütte, ging ein paar Hütten weiter und besorgte ein neues Kleid für Kendrana. Auf dem Rückweg sah sie zwei Krieger, die zu ihrer Hütte schlichen. „Wenn ihr dem Mäd-

chen etwas tut, so wird euch die große Göttin dafür bestrafen!",
rief sie den Männern zu, die daraufhin schnell das Weite suchten.

Nach einem Blick, den sie ihnen hinterherwarf, betrat sie die
Hütte wieder und gab dem Mädchen das neue Kleid. Als Kendrana
das alte, zerrissene Kleid auszog, sah Torona die Wunden am Rücken. „Warte", sagte die Frau und holte ein paar Kräuter, die sie
schnell zubereitete und dann als Brei auf die Wunden am Rücken
aufstrich. Schließlich zerkaute sie noch ein paar Kräuter und klebte
danach auch diese auf den Rücken. „Nun kannst du das Kleid anziehen" Dabei half sie dem Mädchen. „Bist du hungrig?", fragte
sie und Kendrana bestätigte dies mit einem kläglichen „Ja!"

Torona holte eine Schüssel, mit etwas Brei, welche sich das
Mädchen auf den Schoß stellte. Dann begann sie den Brei herun-
terzuschlingen. „Einst, vor vielen, vielen Jahren, ging es mir wie
dir jetzt. Auch mein Opfer wurde von den Göttern nicht angenommen, doch seit jenem Tag stehe ich unter dem Schutz der Götter und ich kann mit ihnen reden", erklärte die alte Frau und strich
dem Mädchen dabei über den Kopf. „Allerdings wurde ich nicht
von einem Felsen geworfen, sondern bei mir war es ein giftiges
Getränk, das ich trinken sollte. Die anderen sind daran gestorben.
Nur ich habe überlebt. Daher kann ich fühlen, wie es dir gerade
geht!" Torona und füllte die Schüssel noch einmal.

„Ist mein Vater noch hier?", fragte das Mädchen, doch Torona
schüttelte den Kopf. „Die Krieger sind aufgebrochen, kurz nachdem der Druide euch aus dem Dorf geführt hatte. Sie sind schon
auf dem Weg in den Krieg. Es sind nur wenige Männer im Dorf
geblieben", antwortete sie und sah sich noch einmal den Verband
am Arm an. Dann wechselte sie ein paar Kräuter an diesem Verband aus.

„Du musst dich nun ausruhen. Morgen brechen wir auf", sagte Torona, als sie bemerkte, dass das Mädchen kaum noch die Augen offen halten konnte. Sie brachte sie zum Bett, welches sich im hinteren Bereich der Hütte befand, und ließ sie sich dort hinlegen. Wenig später schlief das Mädchen auch schon und die alte Frau deckte sie liebevoll zu.

Lange stand sie einfach so da und sah das Mädchen an. Für die alte Zauberin war es wie ein Rückblick auf ihr eigenes Leben und all die vergangenen Bilder rauschten wieder durch ihren Kopf. Vielleicht war es Bestimmung gewesen, dass das Mädchen überlebt hatte. In allen Jahren war sie die Einzige gewesen, deren Leben die Götter verschont hatten und sie war eine Dienerin der großen Göttin geworden. Sollte Kendrana ihr auf diesem Weg folgen?

Torona wusste schon lange, dass es mit ihr bald zu Ende gehen würde und vielleicht würde dieses Mädchen in ein paar Jahren ihren Stab übernehmen und weiter führen. So wie sie ihn damals von ihrer Vorgängerin übernommen hatte. Sie nahm den kunstvoll geschnitzten Stock in die Hand, strich über die daran angebrachten Figuren und dachte an Asurma, die nun schon viele Jahre bei den Göttern war.

Torona nickte und setzte sich an das Feuer. In den Flammen hörte sie die Stimmen der Ahnen und sah die fernen Gesichter der Götter. Sie griff in den Beutel an ihrem Gürtel und zog ein paar Kräuter heraus. Diese streute sie in das Feuer und ein süßlicher Duft zog durch die Hütte. Die alte Zauberin reiste im Geiste zu Asurma.

5. Kapitel

Nachtgedanken

Der alte Druide stand an der Palisade und schaute nach unten auf die Siedlung. So durfte es nicht enden! Er brauchte dieses Mädchen, sonst wäre der ganze Kriegszug gefährdet! Was würde geschehen, wenn die Stammesführer erfahren würden, dass eine der Töchter überlebt hatte? Es würde zum Streit kommen. Ganz sicher würden sich einige davon benachteiligt fühlen und sie hätten recht damit! Er, als Druide, kannte sich mit dem Recht aus. Mit der knöchernen Hand hieb er auf den Holzstamm. Im Moment waren in der Oppida zwar nur zehn alte Krieger, aber damit musste man doch dieses Mädchen der alten Frau entreißen können! Doch die Männer hatten Angst vor der Zauberin.

Natürlich war die Aussage von Torona zutreffend, dass das Mädchen als Opfer von den Göttern nicht angenommen worden war, aber es war eben auf der anderen Seite auch gefährlich, sie am Leben zu lassen. Damit steckte er zwischen zwei Möglichkeiten fest. Wie sollte er entscheiden? Der alte Druide drehte sich um und ging zu seinem Haus zurück. Dabei ließ er den Blick über die Hügelkuppe gleiten. Ein Dutzend Häuser, ein paar Ställe und einige Scheunen sah er, umgrenzt von einer Holzpalisade, die an der Kante zur steil abfallenden Hügelseite stand.

Im Mondlicht konnte er dem hölzernen Turm erkennen, der direkt über dem, jetzt in der Nacht selbstverständlich fest verschlossenen, Tor stand. Seine Hütte, mit einem großen freien Platz davor, befand sich in der Mitte der Hügelburg. Und dort sah er auch den Altar. Warum hatten ihm die Götter nicht dazu aufgefordert, die Mädchen darauf mit dem Messer zu töten? Dann wäre sein

Problem schon lange gelöst, denn trotz seines hohen Alters war er sehr flink mit der Klinge. Die jahrelangen Tieropfer, die er hier an diesem Altar durchführte, hatten ihn schnell werden lassen. Seine Hand berührte den Dolch mit dem silbernen Griff, den er am Gürtel trug. Noch ein paar Schritte, dann betrat er seine Hütte, wobei sein Blick auf seinen Schüler fiel, der am Feuer des kleinen Hauses saß. Dieser war fast zwanzig Sommer alt und lernte schon mehr als dreizehn davon bei ihm. Irgendwann würde er sein Amt an ihn übergeben.

War dies der richtige Zeitpunkt für einen Test? Der Druide setzte sich an das Feuer und fragte den jungen Mann „Wie würdest du entscheiden?" Er setzte aber absichtlich nicht dazu, worauf seine Frage abzielte. Doch der junge Mann wusste vermutlich sowieso, worum es ihm ging. „Leben oder Tod?", fragte er zurück und der Druide nickte. „Schwierig. Lässt du sie am Leben, gibt es Streit mit den Männern. Tötest du sie, gibt es Streit mit den Frauen. Streit gibt es in jedem Falle." „So ist es!", seufzte der Druide und warf eine Handvoll Kräuter, welche er aus einem Krug genommen hatte, in das Feuer. „Vielleicht wissen die Götter einen Ratschlag", murmelte er leise und zusammen versanken sie in eine tiefe Trance, in der sie den Rat der Götter einholen wollten.

Es war immer noch Nacht, als die beiden Männer wieder erwachten. „Und?", fragte der Druide. „Wir sollen sie mit Torona ziehen lassen!", sagte der andere Mann und der Druide nickte. „So habe ich es auch erhalten. Aber das wird Ärger geben." „Wir könnten ja dafür sorgen, dass den Frauen im Wald ein kleines Missgeschick passiert. Dann haben wir sie ziehen lassen und auch wieder nicht", entgegnete der jüngere Mann. Die Augen des Druiden blitzten auf und er schlug dem Jüngeren auf die Schulter. „Mein Schüler!", sagte er anerkennend und nicht ohne Stolz.

Gemeinsam erhoben sie sich vom Feuer und traten aus dem Haus. Es würde noch eine Weile dauern, bis die Sonne den nächsten Tag verkünden würde. „Aber die Männer haben Angst vor Torona", sagte der Druide, mit Blick auf das schlafende Dorf zu Füßen des Hügels. „Dann brauchen wir andere Männer. Nicht solche Angsthasen!", entgegnete der jüngere Mann.

„Wo bekommen wir die nur her?", fragte der alte Mann und kratzte sich am Kopf. „Lass mich nur machen! Ich habe da so meine Verbindungen", entgegnete ihm der Schüler. „Wenn du das schaffst, so mache ich dich vorfristig zum Druiden. Das Wissen scheinst du ja schon zu haben", sagte der alte Mann und hätte sicher das gierige Funkeln in den Augen des anderen gesehen, aber der Mond stand dafür zu ungünstig und wer konnte schon wissen, ob ihn das gestört hätte. Der alte Mann ging in seine Hütte zurück und legte sich in sein Bett, denn für den Moment konnte er nichts mehr tun. Es blieb ihm nur übrig, zu warten.

Als die Sonne aufging, erhob er sich wieder von seinem Lager und trat auf die freie Fläche zwischen den Hütten. Mit erhobenen Armen begrüßte er an seinem Altar den neuen Tag. Sein Schüler war nicht anwesend, obwohl er in den letzten Jahren nicht ein einziges Mal gefehlt hatte. Vielleicht war es bald Zeit, sich zur Ruhe zu setzen. Mochten sich die Jungen herumstreiten. Schließlich lebte er schon mehr wie siebzig Sommer und viele, die nach ihm geboren waren, hatte er schon zu Grabe getragen.

Nach der Zeremonie trat der Schüler zu ihm und nickte nur vielsagend. Gemeinsam gingen sie zum Tor, das gerade geöffnet wurde und damit den Weg freigab, der zum Dorf hinunter führte. Ein Mann ritt an ihnen vorbei und stürmte den Hügel hinab. Eine lange Staubfahne bildete sich hinter dem Pferd und als sich der

Staub gelegt hatte, sahen sie, wie die beiden Frauen gerade das Dorf verließen.

Langsam stiegen die beiden Männer zum Dorf hinab, denn heute war wieder Gerichtstag und schon bald würden die ersten Bittsteller sich in der Mitte des Dorfes versammeln. Jeder von ihnen würde eine kleine Gebühr entrichten und damit den Wohlstand des Druiden mehren. Die meisten Menschen kamen dabei aus der direkten Umgebung ihrer Siedlung.

Das hohe Alter ließ ihn weise erscheinen, aber meist hatte er seinen eigenen Vorteil im Blick. Nur selten war er wirklich unparteiisch, aber niemand durfte den Richtspruch der Götter anzweifeln, der durch seinen Mund verkündet wurde. Sie ließen sich auf den beiden Stühlen nieder, blinzelten in die Sonne und warteten.

6. Kapitel

Zweisamkeit

Sie waren bei Sonnenaufgang zu zweit aus dem Dorf aufgebrochen. Die alte Frau trug ein langes Schwert schräg über den Rücken. Die Scheide aus Fell ragte von der Schulter bis zur Hüfte und unten war diese offen, wodurch etwa zwei Handbreit der Klinge herausragten. Der Stahl blitzte in der Sonne, wenn Torona sich bewegte. Kendrana folgte in ihrer Spur. An ihrem Gürtel hing ein langer Dolch, der ihr fast bis zum Knie reichte und immer wieder gegen ihren Oberschenkel schlug. Sie liefen nach Norden und schon bald waren sie im dichten Wald eingetaucht. Die alte Frau bewegte sich katzenartig und mit einer fast schlafwandlerischen Sicherheit durch das Gestrüpp, in welchem das Mädchen nur ein paar Schritte weit sehen konnte. Von Zeit zu Zeit drehte sich Torona um und sah nach ihr, aber das Klappern des Dolches verriet ihr sowieso, das Kendrana hinter ihr war. Vielleicht hatte die erfahrene Frau diese Waffe extra deswegen für sie ausgewählt.

Das Mädchen hatte die ganze Nacht traumlos durchgeschlafen und auch die Bilder der toten Freundinnen hatten sie dabei nicht verfolgt. Mittlerweile hatte sie sich damit abgefunden, dass sie überlebt und den Göttern nur ihren Arm geopfert hatte. Inzwischen konnte sie die Finger und die Hand wieder bewegen, aber der Arm war durch eine Schlinge von Torona fest an ihren Körper angebunden. Vor dem Aufbruch hatte die erfahrene Frau diesen Arm noch kurz gerichtet und mit einer Schiene im Winkel festgemacht, damit ruhte die Hand nun auf Kendranas Bauch. Mit der freien Hand versuchte sie, die zurückschnellenden Zweige abzufangen, aber mitunter schlug ihr einer davon klatschend in ihr Gesicht.

Als die Sonne am höchsten Punkt über ihnen angelangt war, erreichten sie einen kleinen Bach, wo sie Rast machten. Torona gab ihr etwas getrocknetes Fleisch, dass sie aus der Tasche an ihrer Seite zog. Zusammen mit dem Wasser aus dem Bach konnte man das Fleisch zu einem Brei kauen und dann herunterschlucken. Ohne dieses Wasser wäre es nur ein zäher Strunk aus Sehnen und hartem Fleisch gewesen.

Nachdem sie sich gestärkt hatten, kontrollierte die Frau den Verband des Mädchens und dann brachen sie wieder auf. Nicht ein Wort war bisher zwischen ihnen gewechselt worden. Die Einsamkeit Toronas war sicherlich ein Grund dafür, dass sie nicht sehr gesprächig war und Kendrana steckte viel zu sehr in ihren eigenen Gedanken fest. Noch ein paar Tage zuvor war sie die angesehene Tochter des Stammesführers gewesen und nun? Eine Ausgestoßene im Wald. Ein Opfer, das keiner wollte!

In Gedanken trottete sie hinter der Zauberin her. Jäh stoppte Torona, krümmte sich noch mehr zusammen und ihre Hand ging zur Schulter, wo der Griff des Schwertes herausragte. Langsam zog sie die Waffe und Kendrana sah die Spitze verschwinden. Schnell griff sie nach dem Doch und riss diesen aus der Scheide heraus. Noch wusste sie nicht, was passiert war, aber es musste gefährlich sein, denn sonst würde die Frau vor ihr nicht die Waffe ziehen. Ein Knacken und Brummen war nun von vorn zu hören. Direkt vor ihnen richtete sich ein zotteliger Bär auf und Kendrana schrie vor Angst auf.

Doch Toronas Haltung entspannte sich wieder und sie schob das Schwert zurück. Entgeistert blickte Kendrana auf das Tier und die Frau. Nur zwei Armlängen trennten sie. Dann ging der Bär wieder auf alle viere und Torona trat an ihn heran. Zum Entsetzen des Mädchens streichelte die alte Frau den Bären und erklärte dann „Das ist Mikara. Ich habe sie als verwaistes Bärenkind im Wald gefunden und mit Ziegenmilch wieder aufgepäppelt. Die tut dir nichts."

Langsam steckte das Mädchen den Dolch wieder zurück, machte aber einen großen Bogen um das zottelige Tier. Die kräftigen Klauen hielten sie auf Abstand. Einen Moment später verschwand die Bärin wieder im Wald.

Vorsichtiger, und nun auf die Umgebung achtend, setzten sie den Weg fort. Die alte Frau pflückte ein paar Blätter an einem Strauch, kaute sie und legte sie danach unter die Schiene am Ellenbogen des Mädchens. Vermutlich sollten sie die Knochen wieder zusammen wachsen lassen. „Gegen die Schmerzen", erklärte sie. Sicherlich hatte sie die fragenden Augen des Mädchens gesehen. „Aber ich habe doch gar keine Schmerzen", entgegnete sie. Die Frau antwortete „Eben deshalb. Dein Ellenbogen ist zertrümmert. Ohne diese Kräuter würdest du die Schmerzen nicht aushalten können. Und das hier ist gegen das Fieber", sagte sie und pflückte noch ein paar Blätter, die sie Kendrana hinhielt. „Kaue sie langsam!"

Kauend setzte sie sich kurz darauf erneut in Bewegung. Kendrana folgte der Frau einfach, hielt nun aber die Ohren offen, denn diesen Bären hatte sie viel zu spät wahrgenommen. Torona hatte es viel früher gemerkt, dass da etwas vor ihnen im Wald war.

Nach einer kleinen Ewigkeit hörte das Mädchen vor sich ein Geräusch, dass wie das Meckern einer Ziege klang. Hier mitten im Wald? Hatten ihr ihre Sinne einen Streich gespielt? Sie trat zu Torona und legte ihre Hand auf den Rücken der Frau. „Hast du das gehört?", fragte sie leise und sah in das verschmitzte Gesicht der alten Frau. „Was?", fragte diese, aber Kendrana war sich sicher, dass Torona wusste, was sie meinte. „Es klang wie eine Ziege. Aber hier? Mitten im Wald?"

Die alte Frau nickte und schob das Mädchen nach vorn. Direkt vor ihnen öffnete sich der Wald und dort stand eine kleine Hütte an einem Teich auf einer Lichtung. „Du hast gute Ohren", sagte sie und zeigte auf die Ziege, die halb von der Hütte verdeckt am Ufer des Teiches Gras fraß.

„Hast du keine Angst um sie, wegen der Wölfe?" „Ich habe doch meine Bären. Da traut sich kein Wolf an meine Hütte!", erwiderte Torona und trat auf die Lichtung hinaus. „Du meinst deine Bärin!", verbesserte Kendrana. „Nein! Meine Bären. Sie sind zusammen mit der Ziege aufgewachsen und würden sie gegen alles auf der Welt verteidigen!" „Wie viele hast du denn?", fragte das Mädchen neugierig. „Es sind vier und einer ist immer in der Nähe. Aber nun komm rein", sagte die Frau und hielt die Hüttentür auf. Es war ein kleines Holzhaus mit einem Schilfdach. Sauber und ordentlich, und so erbaut, wie viele der Häuser ihres Volkes hier in der Gegend. „Meine Hütte sei nun auch deine Hütte", sagte Torona und die Ziege meckerte zustimmend.

7. Kapitel

Der Schatten eines Kriegers

Er wich dem Anführer nun schon seit ein paar Tagen nicht mehr von der Seite. Der junge Mann war wie ein Schatten des erfahrenen Kämpfers geworden. Höchstens zwei Armlängen trennten sie voneinander, so, wie es der erfahrene Krieger von ihm in jener Nacht am Feuer gefordert hatte. Noch war nichts passiert und sie marschierten nur der südlichen Sonne entgegen. Mittlerweile waren alle Kämpfer versammelt. Fünf Sonnenaufgänge hatte es gedauert, aber nun war eine kaum überschaubare Menge von Kriegern zusammen gekommen. Noch nie hatte Ivain so viele gesehen. In seinem Dorf waren zwar immer mal Abordnungen der anderen Stämme zu Besuch gewesen, aber noch nie so viele.

Manchmal musste er an seine Schwester denken, die mit den anderen Mädchen vom Druiden in den Wald geführt worden war. Vermutlich war sie nun schon tot, auch wenn der Vater darüber kein Wort verloren hatte. Am Anfang der Reise hatte es ihn noch geschmerzt, doch nun dachte er nur, dass sie ihm vorangegangen war, denn sicher würde er ihr in ein paar Tagen folgen. Er war einfach zu unerfahren und konnte sich nicht vorstellen, wie er den Kampf wohl überleben würde. Der alte Kämpfer an seiner Seite hob allerdings seinen Mut, denn bestimmt hatte auch er einmal so angefangen.

Nach dem Wald begann der Aufstieg über die Berge. Die Händler, die im Sommer immer wieder in ihr Dorf gekommen waren, die hatten ihm von dem Land hinter dem Berg erzählt. Vom großen Meer und den fremden Früchten. Einmal hatten sie ihm eine der gelben Früchte geschenkt und gelacht, als er in die saure

Frucht gebissen hatte. Das war schon viele Sommer her und heute würde er mit dem Schwert auf ihr Lachen reagieren und nicht weinend zur Mutter rennen, wie er es damals getan hatte. Unwillkürlich krampfte sich seine Hand um den Schwertgriff, bei dem Gedanken an die damalige Schmach.

Diese Händler brachten auch Geschichten mit, die er natürlich nicht nachprüfen konnte. Sie erzählten von zweiköpfigen Männer auf der anderen Seite des Meeres und von Meerjungfrauen, welche die Schiffe der Händler begleiteten. „Glaubst du, dass sie uns erwarten werden?", fragte er den Mann. Dieser sah in die Ferne, dachte offenbar über diese Frage nach, und antwortete schließlich kurz „Unsere Streitmacht ist kaum zu übersehen. Ich denke ja!" Danach setzte er schweigend seinen Weg fort.

Im Allgemeinen wurde sowieso nicht viel gesprochen. Vielleicht zwanzig Sätze hatte der Mann seit ihrem Aufbruch gesagt. Manchmal sangen sie alle zusammen ein altes Kriegerlied und wenn diese tausend Kehlen den düsteren Gesang anstimmten, so lief Ivain eine Gänsehaut über den Rücken. Sie waren eben Männer der Tat und die Worte überließen sie den Druiden.

Wieder brach eine Nacht an, aber wo sollten sie lagern? An der Seite des Berges? Zum in der Dunkelheit einfach weiter laufen, war es zu gefährlich. Also beschlossen sie, sitzend am Berg zu schlafen. Wer abrutschte, der rollte unweigerlich zurück.

Es war eine unruhige Nacht und als die Sonne aufging, machten sie sich schnell wieder auf den Weg. Nach einer Weile ging es auf der anderen Seite wieder herunter und der Abstieg war fast schwieriger, als es der Aufstieg zuvor auf der anderen Seite gewesen war. Immer wieder rollten lose Steine davon und sausten zu

Tal. Wer nicht rechtzeitig zur Seite sprang, der wurde mitgerissen. Zum Glück passierte das den erfahrenen Kämpfern nicht. Nur ein paar Jungen stürzten, wurden aber schnell wieder gefangen.

Vorsichtig setzte er Fuß vor Fuß. Der große Schild auf seiner Schulter drückte Ivain nach vorn und er benutzte seine Lanze als Stütze vor dem Absturz. Der Helm baumelte am Riemen von seiner anderen Schulter und mehr hatte er nicht. Nur noch das lange Schwert an seiner Seite, aber das war gut befestigt. Trotz der schweren Ausrüstung blieb er an dem, vor ihm laufenden, Mann dran. Es schien ihm so, als ob dieser extra langsam laufen würde, nur um den Jungen nicht zu überfordern. Doch er wollte zeigen, was er konnte und nicht geschont werden.

Was würde sonst sein Vater über ihn denken? Manchmal sah er ihn beim Marsch und er hatte das Gefühl, dass der Vater von weitem ganz genau aufpasste, was er tat und wie er sich verhielt. Ivain hatte sich vorgenommen, dem Vater keine Schande zu machen. Nach einer, ihm unendlich lang erscheinenden, Zeit stand er schnaufend unten im Tal.

Zu seinem Glück musste der Anführer den Zug wieder sortieren, womit ihm ein paar Augenblicke zum Ausruhen blieben. „Wir sind nun in Feindesland. Helme auf!", rief der Anführer und alle folgten seiner Anweisung. Die farbigen Schilde wurden von den Schultern genommen und nach vorn gebracht. Ivain sah darauf die verschiedenen Farben und Symbole der Stämme.

Die Gruppe setzte sich langsam wieder in Bewegung. Bis zum Abend hatten sie zwei Dörfer erreicht, aber das Erste war verlassen und im Zweiten waren nur Frauen und ein paar Alte. Die kräftigen Männer waren irgendwo und würden sicher bald zum Kampf gestellt werden können. Sie lagerten in diesem zweiten Dorf und nahmen sich alles, was sie kriegen konnten. Vielleicht würden sie schon am nächsten Tag auf den Feind treffen.

Am folgenden Morgen schickten sie Späher voraus, die auch im Verlaufe des Tages auf den Feind trafen. Nach deren Bericht waren es ganz schön viele, aber nun wussten sie, wo der Feind zu finden sein würde. Abends hing ein jeder am Feuer seinen Gedanken nach. Was würde der Kampf für ihn bringen? Ivain würde den Vater nicht enttäuschen! Er würde kämpfen und ehrenvoll sterben!

Der neue Tag begann mit einer gründlichen Wäsche. Sie wollten sauber vor ihre Götter treten! Danach marschierte die Gruppe der Kämpfer auf. Am anderen Ende einer freien Fläche standen ihnen die Feinde schon gegenüber. Es waren sicher etwa fünfmal so viele, wie sie selbst waren. Ivain schaute zum wolkenlosen Himmel hinauf und ging in stille Zwiesprache mit den Göttern, dann zog er den Schild nach vorn. Noch einmal kontrollierte er den Riemen des Helmes, doch der saß fest.

Der erfahrene Kämpfer neben ihm nickte ihm zu und griff zu seinem Speer. Auf ein Zeichen von ihm flogen tausend Speere gegen den Feind und trafen genau in die Reihen der fremden Krieger. Dann riss der alte Mann das Schwert aus dem Gürtel und schrie „Bei Teutates! Wir werden sie Schlachten!" Die Carnyx ließen ihre schauerlichen Töne über die Ebene schallen.

8. Kapitel

Waldidyll am Teich

eit ein paar Tagen lebten sie nun schon in der kleinen Hütte am Teich. Torona war mit ihrer neuen Schülerin sehr zufrieden. Auch wenn sie ihr bisher nur Kräuter erklärt hatte, die mit ihren Verletzungen zu tun hatten, so hatte das Mädchen alles gut behalten. Die ersten Pflanzen kannte sie nun und kümmerte sich schon selber um ihren verletzten Arm. Manchmal hatte sie noch Rückfragen, welche die erfahrene Kräuterfrau gern beantwortete. Zusätzlich zu der neuen Erfahrung musste das Mädchen aber auch noch lernen, mit nur einem Arm zurechtzukommen, denn viele Tätigkeiten des alltäglichen Lebens verlangten beide Hände. Somit war es richtig, dass Kendrana lernte, mit einer Hand ihre Aufgaben zu erfüllen. Sogar das Melken der Ziege klappte einhändig schon ganz gut.

Sie lernte Sachen zwischen die Knie zu klemmen und dann mit der Hand zu bearbeiten. Von Tag zu Tag wurde sie darin besser. Der verletzte Arm hing dabei in einer Schlinge, die Torona hinter dem Körper des Mädchens zuzog, denn der Arm würde Ruhe brauchen, um zu heilen. Vielleicht war im Winter dann schon alles wieder zusammen gewachsen, aber jede unnötige Bewegung würde den Heilungsprozess nur verlängern.

Jeden Tag nahm sie sich die Zeit, um dem Mädchen etwas zu erklären und abzufragen, was sie schon kannte. Manchmal kamen auch Frauen aus den Dörfern zu ihr in den Wald und Kendrana lauschte aufmerksam auf jedes Wort, das sie zu diesen Frauen sagte. Manche Nachfrage beantwortete sie gern. Sie freute sich über das Interesse des Mädchens und wusste, dass es die richtige Entscheidung gewesen war, das Mädchen mit in den Wald zu nehmen.

Im Sommer lebte sie eigentlich immer hier am Teich. Nur im Winter zog sie mit der Ziege in das Dorf. Da schliefen ja auch ihre Beschützer in irgendeiner Höhle in den Bergen.

Hier im Wald hatten sie ihre Waffen abgelegt. Ihr Schwert und Kendranas Dolch lagen in der Hütte. Mit den Bären, die rund um sie herum lebten, brauchten sie sich vor wilden Tieren nicht zu fürchten. Von den Menschen fanden nur die Frauen zu ihnen, die Männer, wenn sie nicht gerade im Krieg waren, fürchteten sich vor ihrem Zauber. Dabei machte sie doch nicht wirklich etwas, um diesen Ruf zu erhalten. Sie half nur den Frauen und befragte die Götter. Aber mit den Göttern verscherzte man es sich eben lieber nicht. Sonst würde Teutates den Himmel auf sie hernieder werfen.

Torona trat vor die Hütte und blickte sich nach Kendrana um. Dann sah sie deren Kleid im Gras liegen und das konnte nur eines bedeuten. Schnell ging sie um die Hütte herum, setzte sich an den Teich und schaute zu, wie das Mädchen im Wasser planschte.

Es war ein warmer Tag und die Sonne schien an einem blauen Himmel. Torona steckte ihre Hand in das warme Wasser des Teiches. Zwei Enten schwammen an ihr vorbei und sie sah dem Mädchen bewundernd zu. Schwimmen war mit einem Arm ja ebenfalls nicht so einfach. Umso mehr freute es die alte Frau, dass das Mädchen es trotzdem täglich wieder versuchte. Versonnen dachte sie dabei daran, wie sie selbst vor vielen Sommern hier im Teich schwimmen gelernt hatte. „Komm raus. Wir essen gleich!", rief sie dem Mädchen zu und Kendrana kam auf das Ufer zu, an dem Torona saß. Die alte Frau erhob sich und holte das Kleid des Mädchens, dann half sie ihr in das Kleid. Einen Moment später gingen sie zur Hütte, wo Torona schon das tägliche Mahl vorbereitet hatte. Gemeinsam löffelten sie den nahrhaften Brei aus Ziegenmilch, Kräutern, Gräsern und Wurzeln.

Schließlich gingen sie zum Teich zurück, wo sie die Schüsseln wieder säuberten. „Kannst du mir noch ein paar Blätter vom Herzstrauch holen?", fragte sie und Kendrana nickte. Das Mädchen übergab ihre Schüssel und rannte zum Waldrand. Nach ein paar Augenblicken hatte sie genügend von den Blättern gepflückt und kam damit zurück. Im weichen Gras sitzend begann die Lehrstunde.

Mitten in dieser Schulung betrat eine Frau die Lichtung, deren Schwester Hilfe bei der Geburt brauchte. Schnell packten sie das Nötigste zusammen und brachen zu dem Dorf auf. Der Weg durch den Wald war nicht weit und damit konnte sie Kendrana auch einiges über Geburtshilfe beibringen.

Normalerweise halfen die Druiden bei allen medizinischen Fragen, aber bei all den Dingen, die spezielle Frauenleiden waren, oder wenn es um Geburtshilfe ging, ließen sie meist Torona den Vortritt, denn sie hatte in ihrem Leben sicher schon fünfhundert Kindern auf die Welt geholfen. Schnell untersuchte die Zauberin die Frau in der Hütte und sortierte danach ihre Sachen für die Geburtshilfe.

Am Anfang stand Kendrana etwas unschlüssig in der Hütte herum, aber die erfahrene Frau gab ihr mit schnellen Tipps die richtige Richtung vor, wodurch sie helfen konnte. Das gelang ihr auch mit einer Hand.

Da es nicht die erste Geburt der Frau war, ging es sehr schnell, bis das Kind auf der Welt war und für die beiden Helfer war dabei fast nichts zu tun. Da es aber trotzdem spät geworden war, beschlossen sie, über Nacht in dem Dorf zu bleiben und wurden dabei vor der Familie freigiebig bewirtet.

Eine der Frauen kannte Kendrana, da sie früher in dem Stamm des Mädchens gelebt hatte, bevor sie in diesen Stamm verheiratet worden war. So hatten die Beiden eine Menge Gesprächsstoff, der bis tief in die Nacht reichte. Erst spät kamen sie so auf ihre Schlafstatt und so, wie sie es im Wald taten, schliefen sie auch hier zusammen in einem Bett.

Nach einer kurzen Nacht machten sich Beide auf den Weg zurück zu ihrer Hütte und unterwegs sammelte sie ein paar Blüten auf einer kleinen Lichtung. Zu jeder davon gab es eine Erklärung und das dauerte natürlich seine Zeit, bis sie damit fertig waren. „Die werden wir dann in der Hütte trocknen", sagte sie und das Mädchen nickte.

Schließlich betraten sie die Lichtung mit dem Teich wieder. Die Ziege begrüßte sie und sie gingen auf die Hütte zu. Auf dem halben Weg zum Teich sagte Torona „Hole mir noch ein paar Blätter von dem Herzstrauch!" und während sie zur Ziege weiter ging, lief Kendrana zum Waldrand hinüber.

9. Kapitel

Furcht

Er hatte die Angst in den Augen des Jungen gesehen, aber nun war der Moment, wo er darauf keine Rücksicht mehr nehmen konnte. Wer diesen Kampf überleben würde, der würde ein Mann sein. Für einen Wimpernschlag dachte er an seinen ersten Kampf zurück. Douranix fasste das Schwert fester und erhob es, dann gab er das Kommando zum Vorwärtsstürmen. Von da an konnte sie niemand mehr aufhalten! „Sieg oder Tod!", schrie er im Laufen und alle stimmten in diesen Ruf mit ein. Der Ruf der Carnyx peitschte sie nach vorn und brachte Furcht unter die Feinde. Dann krachten die beiden Gruppen aufeinander. Die Gegner waren zwar organisierter und hielten ihre Linie, aber seine Männer waren stärker, größer und hatten die längeren Schwerter. Selbst die sechzehnjährigen Jungen waren größer, als die meisten der Kontrahenten.

Wie es üblich war, wurde einfach drauflos gehauen. Wo es traf, war egal. Ob mit Schild oder Schwert. Nur der Treffer zählte und schon bald waren sie alle mit Blut bespritzt. Ob es das eigene oder fremdes war, dass konnte im Moment niemand sagen. Die Wunden würden sie nach dem Kampf zählen, jetzt hieß es draufhauen, solange man noch lebte.

Aus dem Augenwinkel sah er den Jungen, der sich wacker neben ihm schlug. Zwar fehlte ihm die Erfahrung, aber sein Mut machte das im Handgemenge mehr als wett. „Immer den Schild festhalten! Er ist euer Leben!" Das hatte er ihnen vor dem Kampf gesagt. Man konnte das Schwert verlieren und trotzdem siegen, aber wer den Schild verlor, der war verloren. Offensichtlich hatte der Junge ihn verstanden, denn er stieß und schlug auch mit dem Schild zu.

Mittlerweile war der zuvor trockene Boden durch das vergossene Blut rutschig und es war schwierig geworden, darauf auf den Beinen zu bleiben. Wer hinfiel, der konnte sich nicht wehren und war den Schlägen auf Kopf und Rücken schutzlos ausgeliefert.

Die größere Armlänge und die längeren Schwerter verschoben das Kriegsglück langsam zu ihren Gunsten. Er konnte schon das Wanken der zuvor festen Linien sehen. „Drückt nach!", schrie er, so laut er konnte, um den Lärm des Kampfes zu übertönen. Immer mehr Feinde fielen getötet zu Boden. Mit einem Mal rutschte er aus und sofort war er von Feinden umringt, doch der Junge schlug mit allem, was er hatte, um sich. Selbst Fußtritte setzte er dabei an.

Einer der Feinde setzte über ihm zum tödlichen Hieb an, doch der Junge hieb ihm die Kante des Schildes gegen den Hals, wobei man, selbst durch den Schlachtenlärm hindurch, das Splittern der Knochen hören konnte. Unbeweglich fiel der Mann zu Boden und ein weiterer Hieb mit dem Schild beendete sein Leben. Schnell gab der Junge ihm die Hand und zog ihn auf die Beine. Nun stürmten sie nebeneinander in die Reihen der Feinde und das war für diese wohl zu viel. Die geordneten Reihen zerbrachen und alle flohen in einer heillosen Bewegung nach hinten. Mit lautem Gejohle setzten sie nach, waren aber nicht schnell genug, denn der Feind rannte einfach ohne Waffen und Schilde davon. Nur die Verletzten ließen sie zurück.

Für einen Moment schaute Douranix ihnen hinterher, dann gab er dem Jungen neben sich die Hand „Danke. Du bist jetzt ein Mann. Und das ist mir bei meinem ersten Kampf auch passiert!"

Dabei zeigte er auf die braune Spur am Bein des Jüngeren. „Dort drüben kannst du dich säubern", sagte er und zeigte mit dem blutverkrusteten Schwert zu einem Bach an der Seite. Danach schaute er über seine Männer, die johlend und mit erhobenen Schwertern den Sieg feierten. Langsam gingen sie über das Feld. Sie zogen ihre eigenen Verwundeten zur Seite und töteten die überlebenden Feinde.

Als der Junge wieder neben ihn getreten war, begann er „Die erzählen immer von dem großen Rom, aber so groß kann es ja nicht wirklich sein. Sie sind wie die Hasen gelaufen." Erneut ging sein Blick zu seinen Männern. „Wir haben etwa zweihundert Männer verloren. Die Verluste der Römer sind viel höher!", sagte er, dann rief er „Bei Teutates! Wir haben gesiegt!" Alle stimmten in ein Jubelgeheul ein und erst jetzt merkten manche, dass sie verletzt waren. Einige humpelten vom Platz und setzten sich an den Bach. Mit Nadel und Faden wurden ein paar Wunden genäht und es schien so, als ob Douranix und sein junger Begleiter die einzigen waren, die unverletzt geblieben waren.

Ein Mann, der nach der Farbe des Schildes vom selben Stamm wie der Junge war, trat an sie heran. „Dein Vater hat es nicht überlebt", sagte er und führte sie in die Mitte, wo sich ein regelrechter Berg von Feinden auftürmte. Daneben lag der Vater des Jungen, der auch der älteste Freund von Douranix war. Das Schwert hatte er noch fest in der Hand, aber die Spitze war abgebrochen. Sie knieten sich vor ihm hin und erwiesen ihm die letzte Ehre, dann hoben sie ihn an und trugen ihn zum Bach hinüber, wo sie ihn wuschen. Anschließend legten sie ihn zu der Reihe der Gefallenen.

Douranix legte seine Hand auf die Schulter des jungen Mannes. „Ab jetzt bist du, Ivain, der Führer deines Stammes!" Er hatte das erste Mal nicht „Junge" gedacht, das fiel dem Mann als Erstes auf.

Ivain stand etwas verloren da und sagte „Ich habe doch aber gar keine Ahnung." „Bleibe bei mir und lerne!", sagte der Mann und begann die Begräbniszeremonie vorzubereiten. Die fliehenden Feinde waren im Moment egal. Die würde man schon noch fangen. Eine Reihe von Gräbern wurden ausgehoben und jeder Krieger mit seinen Waffen bestattet. Douranix hielt eine kurze Rede, dann stießen sie auf die toten Freunde an und verschlossen die Gräber wieder.

Am Abend versammelten sich alle an den Feuerstellen. Ivain saß das erste Mal als Stammesführer am Feuer und war nun auch sonst ein Mann. „Was machen wir nun? Verfolgen wir sie? Oder gehen wir zurück?", fragte Douranix in die Runde der Anführer. Ivain ergriff das Wort und erwiderte „Wir sollten ihnen ein für alle Mal eine Lehre erteilen, damit sie sich nie wieder über den Berg trauen!"

Zustimmendes Gemurmel war zu hören und Douranix legte seine Hand erneut auf die Schulter des jungen Mannes. „Dein Vater hätte es nicht besser sagen können! Und zusätzlich werden wir uns noch ein bisschen Beute holen. Sozusagen als Strafe!" Nun lachten alle und stießen mit dem erbeuteten Wein auf den Sieg an.

10. Kapitel

In Gefahr

Kendrana hatte eine ganze Menge von den Blättern gepflückt und in das Tuch gestopft, das sie vor dem Bauch trug. Damit drehte sie sich um und sah zur Hütte hinüber, neben der Torona mit dem Rücken zu ihr saß und die Ziege molk. Im selben Moment spürte das Mädchen eine Klinge an ihrem Hals. Eine Hand legte sich auf ihren Mund und eine Stimme flüsterte ihr ins Ohr „Ein Laut und du bist tot!" Wie erstarrt stand sie neben dem Strauch. Ein zweiter Mann trat vor sie und band ihr den Mund mit einem Tuch zu. Danach ergriff der erste Mann ihren gesunden Arm und zog ihn nach hinten. Der andere zog sein Schwert und zusammen mit noch zwei Männern schlich er nun zu Torona hinüber.

Die Klinge an Kendranas Hals drückte immer weiter nach oben und sie atmete ganz vorsichtig, auf Zehenspitzen stehend, damit sie sich nicht daran schneiden würde. Der Angreifer zog gleichzeitig den Arm nach hinten und drückte dabei den Dolch immer weiter in ihren Hals. Noch immer schlichen die Männer auf die Lichtung. Was sollte sie tun?

Kendrana zog ihren geschienten Arm nach vorn und rammte die Schiene dem hinter ihr stehenden Mann in den Bauch. Die Klinge glitt von ihrem Hals ab und ihr Arm kam frei. Schnell riss sie das Tuch ab und schrie „Toro..." Aber weiter kam sie nicht, denn der Mann hatte sie wieder geschnappt und hielt ihr den Mund zu. Sie zappelte und der Dolch suchte erneut sein Ziel an ihrem Hals, doch es hatte für Torona gereicht. Die Frau sprang mit dem Eimer in der Hand auf und schlug diesen dem zuvorderst stehenden Mann gegen den Kopf. Der ließ sein Schwert fallen, das die alte Frau sofort aufhob. Sofort änderte sich ihre Körperhaltung. Da war wieder diese katzenhafte Spannung, wie ein Luchs auf dem Sprung.

Mit dem Dolch am Hals stand sie da und sah zu, wie die drei Männer versuchten, die Frau zu überwältigen, die sicher dreimal so alt war, wie jeder von ihnen. Es dauerte nicht lange, da lag der erste Mann niedergestreckt im Gras der Lichtung. Der Mann hinter ihr zog Kendrana zur Seite und fesselte sie an einen Baum, dann lief er zu seinen Kumpanen hinüber, um ihnen zu helfen. Damit stand es erneut Drei gegen Eine.

Aber auch das half ihnen nicht.

Einer nach dem anderen ging zu Boden. Schon bald kämpfte Torona mit zwei Schwertern gegen den letzten Angreifer, der Kendrana zuvor festgehalten hatte. Er war sicher der Anführer der kleinen Gruppe und kämpfte besser, als die anderen, aber gegen Torona half ihm das nichts. Schon bald traf ihn der tödliche Hieb und die alte Frau kam zu Kendrana gelaufen.

„Du blutest ja", sagte sie und Kendrana griff sich an den Hals, nachdem die ältere Freundin sie losgemacht hatte. „Er stand auf einmal hinter mir!" Das Mädchen sah auf das Blut an ihrer Hand. „Warte", entgegnete Torona, riss einen Streifen Stoff von ihrem Kleid ab und verband ihr den blutenden Hals. Nun gingen sie zusammen zu den vier toten Männern. Die Zauberin hob eines der Schwerter auf. „Das sind die Waffen der südlichen Räuber. Kurz und minderwertiges Material!", erklärte sie und zerbrach eines davon über ihrem Knie.

Anschließend warf sie die Schwerter in den Teich. „Aber was machen die hier im Wald?", fragte Torona weiter. Die Männer konnten die Frage nicht mehr beantworten. „Sicher war es nur Zufall", sagte das Mädchen und zweifelte doch selbst an ihren Worten.

„Hier im Wald? Da waren die noch nie!", sagte Torona und zog die vier Männer auf einem Platz zusammen, dann durchsuchte sie die Beutel und Taschen der Männer. „Was suchst du?", fragte das Mädchen. „Ich weiß es nicht. Aber vielleicht das hier?" Sie zog ein Schmuckstück hervor, das auch Kendrana bekannt vorkam. „Das stammt aus unserem Dorf. Ich kenne diese Art von Schmuck!" „Vielleicht hatten sie es in dem Dorf geraubt?", fragte das Mädchen und zusätzlich fragte sie „Was machen wir nun mit ihnen?" „Wir legen sie in den Wald. Die wilden Tiere werden sich freuen!", antwortete Torona und zog sich den ersten Mann auf den Rücken. Kendrana ergriff eine Leiche am Arm und schleifte diese hinter sich her.

Sie gingen einige hundert Schritte in den Wald und legten die Toten auf einer anderen Lichtung ab, danach holten sie die anderen Beiden. „Ich wüsste aber zu gern, ob es wirklich Zufall war", murmelte Torona auf dem Heimweg. „Passiert so etwas hier öfters?", fragte das Mädchen. „Bisher noch nie!", erwiderte Torona. „Kann es mit mir zu tun haben?", fragte das Mädchen. „Wer weiß. Bisher war bei mir nie etwas zu holen. Nun bist du hier und sie hätten dir deine Ehre rauben können." „Aber woher hätten sie es wissen können? Ich bin doch erst ein paar Tage hier?" „Vielleicht sind sie uns von dem Dorf gefolgt, in dem wir letzte Nacht waren!", beendete Torona den müßigen Gedanken.

Als sie wieder an der Hütte eingetroffen waren, zeigte Kendrana auf die beiden Waffen an der Tür. „Sollten wir die jetzt nicht lieber immer dabei haben?", fragte sie und griff zum Dolch. „Wenn du dich besser fühlst, dann ja", sagte Torona und legte ihr den Gürtel um. „Und du?" „Ich brauche das eigentlich nicht. Das kann hier bleiben. Aber was hätte er dir genutzt? Vorhin dort am Baum?" Kendrana schaute nachdenklich auf den Dolch, den sie aus dem Gürtel zog. „Ich wäre jetzt vermutlich tot!", sagte das Mädchen nachdenklich. „Es ist gut, wenn du weißt, wo er ist und aufmerksam im Wald bist. Deine Sinne sind schärfer als jede Waffe!", entgegnete die ältere Frau und legte sich auf das Bett.

„Und bevor du jetzt etwas sagst: Ich bin sechs Mal so alt wie du. Meine Sinne lassen schon etwas nach", beendete Torona das Gespräch und schloss die Augen. Kendrana öffnete den Gürtel, legte den Dolch zurück und setzte sich vor die Hütte in das Gras. Nun lauschte das Mädchen auf die Geräusche des Waldes. In der Dämmerung wurden sie viel deutlicher.

Schon bald hatte Kendrana verstanden, dass das fehlende Licht ihr Gehör verbesserte. Lauschend saß sie da, bis der Mond aufging. Der Wald flüsterte, raunte, zwitscherte und raschelte eine Geschichte direkt in ihr Ohr. Man konnte sie verstehen, wenn man nur wusste, wie man zuhören musste.

11. Kapitel

Südwärts, so schnell die Füße tragen

s war eine schmähliche Niederlage gewesen, die er hatte einstecken müssen. Doch er gab nicht sich die Schuld, sondern den zerstrittenen Herrschern in Rom, die jeder für sich einen größtmöglichen Teil des Reiches beanspruchten. Mit einer fast fünffachen Übermacht hatte er nicht gegen diese zerlumpten Barbaren aus dem Norden bestehen können und nun war er auf der Flucht. Zwar waren die Feinde immer noch weit entfernt von Rom und damit eigentlich keine Gefahr, doch Quintus Augustinus wollte sich beweisen, um bei den Herrschern einen noch besseren Platz einnehmen zu können. Mit ihm zusammen fluteten die Reste der zerschlagenen Legion nach Süden und er hatte alle Mühe, um die Soldaten wieder dazu zu bringen, geordnet in ein Lager zu marschieren.

Um nicht noch schlechter dazustehen, vermied er es eine Meldung abzugeben, sondern vertuschte die Niederlage. Er nannte es „Kontrolliertes Ausweichen" und log sich damit eigentlich selbst etwas vor, doch wenn die Wahrheit bekannt werden würde, so würde man ihm sicher das Kommando über die Legion entziehen. So rannten sie durch die Provinz Gallia Cisalpina und erst an einem breiten Fluss stoppten sie notgedrungen, da die Brücke unter dem Gewicht der ersten Wagen zusammenbrach und er damit seine Legion wieder unter Kontrolle hatte.

Mit schnellen Auffüllungen und jedem verfügbaren Mann brachte er sie wieder auf die erforderliche Stärke und trieb die Männer zurück nach Norden. Zahlreiche Hilfstruppen schlossen sich ihnen an, aber er vermied den direkten Kontakt zum Feind. Er beobachtete ihn lediglich und sah die Zerstörungen in den Dörfern.

Im Abstand von etwa einem Tagesmarsch folgte er den Feinden und tat damit zumindest so, als ob er sie stellen wollte. Seine Legionäre hatten vermutlich nichts dagegen, nicht kämpfen zu müssen. Diese bärtigen, riesigen Krieger hatten ihnen allen Angst gemacht und in der Menge, wie sie jetzt hier unterwegs waren, sicherlich mehr wie tausend Kämpfer, blieb er lieber auf Abstand zu ihnen, denn die Legionäre, die er schnell verpflichtet hatte, die hatten keine Ahnung vom Kampf.

Vielleicht war es eine bessere Möglichkeit, die Gruppe dazu zu bewegen, dass sie sich zerstreuten und man sie einzeln aufreiben konnte. Doch so sehr er sie auch durch Finten dazu bringen wollte, sich aufzuteilen, sie ließen sich nicht darauf ein, sondern marschierten geschlossen weiter.

Bisher waren es selten mehr als hundert Krieger, die über die Berge gekommen waren, und mit denen hatten sie oft leichtes Spiel gehabt. Manchmal waren sie auch über die Berge zu ihnen hinübergewechselt, doch anscheinend hatten einige Räuber im letzten Jahr das Maß übertrieben und damit den Zorn der Barbaren auf sich gezogen.

Dennoch konnte solch ein starker Feind nicht an der Nordgrenze des Reiches geduldet werden. Zu unsicher würden damit die Grenzen werden. Hätte Caesar nicht auch diesen Teil des Landes der Kelten besetzen können, als er die Gallier schon auf den Knien hatte? Nun waren sie in diesem Teil des Landes wieder erstarkt und bildeten immer noch eine Gefahr.

Wenn dieser unsägliche Konflikt zwischen Marcus Antonius und Octavian irgendwann mal abgeschlossen sein würde, und danach im Reich wieder Normalität unter einem Herrscher eingezogen war, so würde dieser Feind sicherlich als nächster angegriffen werden.

Schließlich verließ er die Legion, als diese ein Lager aufgeschlagen hatte und begab sich nach Rom. Dort versuchte er im Senat mit dem Verweis auf die Angriffe vom Norden her, die allerdings schon dreihundert Jahre her waren, die Mitglieder zu beeinflussen. Einen Verweis auf die Eroberungen Caesars vermied er allerdings, denn noch war es in den Wirren des Bürgerkrieges zu gefährlich, den großen Heerführer und Kaiser direkt zu erwähnen. Man konnte ja nie wissen, ob man sich nicht damit einem Platz im sizilianischen Exil sichern würde.

So blieb ihm nur die Möglichkeit, als Mahner zu fungieren und die Drohung recht bildlich zu machen. Dabei vermied er es aber, seine eigene Schuld zu erwähnen.

Nach einem Monat der vergeblichen Versuche brach er wieder auf, um seine Legion zu finden, die immer noch durch den Norden zog und den Feind verfolgte. Wie gerne wäre er länger in der Hauptstadt geblieben, denn das warme Wetter, die Thermen und das angenehme Leben dort hatten ihm schon sehr gefallen.

Auf dem Weg zu seinen Kämpfern sah er einen Kaufmann mit seinem Wagen und dabei kam ihm der Gedanke, sich auf der anderen Seite der Berge einen Verbündeten zu suchen, mit dessen Hilfe er vielleicht einen Keil in die Geschlossenheit der Feinde treiben konnte. Hatte nicht der Konflikt zwischen Antonius und Octavian ihm gerade selber bildlich vor Augen geführt, wie sehr doch so ein innerer Konflikt ein Reich auch nach außen hin schwächen konnte? Und wie es der Zufall so wollte, traf er in einer Taverne am Rande des Weges auf ein paar Händler, die im lauten Gespräch über ihre Handelsbeziehungen zu den Kelten sprachen. Schließlich setzte er sich dazu, gab ein paar Krüge Wein aus und kam mit ihnen in das Gespräch.

Zwei große Beutel Münzen wechselten dabei den Besitzer, einen sollten die Händler behalten und den anderen sollten sie an einen Kelten übergeben, und er versprach sich davon, über diesen Mittelsmann an Informationen zu kommen. Wenn es eine hochgestellte Persönlichkeit wäre, so könnte er vielleicht auch direkt einen Einfluss erhalten. Um seine Kontrolle zu behalten, wies er einen seiner Diener an, die Händler zu begleiten. So wirklich traute er ihnen nämlich nicht und der Diener, den er ihnen mitgab, war gleichzeitig auch für ihn ein guter Freund geworden.

Am nächsten Morgen brachen sie auf, er ritt nach Norden zu seiner Legion und die Händler reisten nach Westen, um so auf dem etwas weiteren, aber im Moment ungefährlicheren, Weg das Land im Norden zu erreichen. Der Pass, den sie sonst immer genommen hatten, der lag ja nun im Bereich der fremden Krieger und war damit für friedliche Händler unpassierbar.

Nun blieb nur zu warten, was sein Mittelsmann erreichen würde. Könnte er durch diese List seinen Einfluss auf den Senat vergrößern? Er sah sich schon mit der Toga in den Hallen stehen. Wenn es ihm gelang, die Grenze nach Norden alleine zu verteidigen und dauerhaft zu sichern, so würde sein Einfluss gewaltig wachsen. Doch nun musste er erst mal wieder den Staub von Legionärsschuhen schlucken und einem Feind hinterherziehen, den er hier nicht haben wollte.

12. Kapitel

Auf Beutezug

Sie folgten dem geschlagenen Feind schon ein paar Monde, aber die Zeit, die ihnen dafür zur Verfügung stand, war begrenzt. Im Herbst mussten sie das Gebirge wieder überquert haben. Das wussten vermutlich auch die Feinde, daher wichen sie immer weiter nach Süden aus. Aber damit ließen sie die Siedlungen im Norden schutzlos zurück und so konnten sie sich nehmen, wonach ihnen auch immer der Sinn stand. Frauen, Wein, Vieh oder Getreide. Alles wanderte auf die Wagen, die nun den Zug begleiteten. Von seinen Männern war Ivain von Anfang an als neuer Stammesführer akzeptiert worden und nun führte er die Männer an, von denen die Meisten mehr als doppelt so alt waren, wie er selbst. Von Douranix lernte er auch viel, nur Kämpfe gab es nicht mehr.

Die Gegend auf dieser Seite der Berge war so ganz anders, als ihre Heimat. Er sah seltsame Bäume und weite Ebenen. Schon lange hatte er aber begriffen, dass die Geschichten der Händler nicht wahr waren. Hier waren dieselben Menschen mit derselben Arbeit beschäftigt, wie bei ihnen. Mit dem Unterschied, dass hier alles etwas kleiner war. Ivain war nicht der größte bei ihrem Zug und doch überragte er die meisten der hier lebenden Menschen um einen halben Kopf. Viele von ihnen waren geflohen und nur wenige schienen zurückgeblieben zu sein.

Aus den Schilderungen seines Vaters hatte er sich früher ein anderes Bild von einem Kriegszug gemacht. Wahrscheinlich waren das alles Geschichten, die man den zu Hause gebliebenen in kalten Winternächten am Feuer erzählte und mit jeder Erzählung wurde die Geschichte ein bisschen mehr ausgeschmückt. Oder für

Frauen und Kinder geschönt. Nie hatte der Vater von den gellenden Schreien der Frauen und Mädchen erzählt, wenn die Männer über sie herfielen und ihnen Gewalt antaten. Auch nicht von der Träne in den Augen der alten Bäuerin, der man die letzte Kuh aus dem Stall holte. Nicht von den ängstlichen Kinderaugen. In den Geschichten ging es immer nur um Ehre, Kampf und Heldentum. Nun hatte er die Realität hinter diesen Erzählungen direkt vor sich und durfte nichts dagegen sagen, denn sein Einfluss und sein Ansehen hingen an dem Raub.

War es bei seinem Vater anders gewesen? Vermutlich nicht. Nie hatte sich Ivain darüber Gedanken gemacht, wo all der Wohlstand herkam, den sie besaßen. Die kostbaren Kleider mit der Goldborte, welche die Mutter so gern trug und die goldenen Halsreife der Schwestern. Er selbst hatte immer satt zu essen gehabt, im Gegensatz zu vielen anderen Angehörigen des Stammes. Waren das moralische Skrupel, die nun hier in ihm aufkamen? Vielleicht hatte diese Zweifel auch sein alter griechischer Lehrer Aremax in ihm gesät, als er von seiner fernen Heimat erzählt hatte. Im Kampf hier half das aber alles nichts. Die feine Erziehung war hier umsonst!

Hier musste man trinken können, sich Frauen zu willen machen, schnell mit dem Schwert und groß mit dem Maul sein!

Darauf hatte ihn niemand vorbereitet. Er versuchte all das von Douranix zu lernen, und zwar schnell. Irgendwie gefiel ihm der ältere Freund und manchmal hörte er in einer Bemerkung, dass er in einigen Dingen ähnlich dachte wie er. Das brachte sie nur noch enger zusammen. Vielleicht war es dass, was die Männer zusammenhielt! Freundschaft und Verständnis? Allerdings konnte er sich da keinen Fehlversuch leisten, um es herauszufinden. Ein Fehler, ein falsches Wort und sein Ansehen würde eventuell dahin sein. Da war es einfacher mit ihnen zu trinken. Er stiftete ein paar Krüge Wein für seine Männer und verschwand mit einem schwarzhaarigen Mädchen in seinem Zelt.

Es konnte alles so einfach sein, wenn seine Erziehung nicht gewesen wäre. Manchmal fluchte er darüber, denn ohne dieses Wissen wäre es leichter gewesen. Ivain wäre einfach nur den Instinkten gefolgt! Er hätte dem Mädchen die Kleider vom Leib reißen und sie auf das Lager werfen sollen! Und der junge Mann sah die Angst in den Augen der Frau, dass sie genau das erwartete. Stattdessen setzte er sich mit ihr hin und erzählte über seine Heimat. Sein Lehrer hatte ihm die Sprache der Römer beigebracht und so konnte er sich gut mit ihr unterhalten.

Die ganze Nacht redeten sie über alles Mögliche und erst gegen Morgen zerriss er dem Mädchen dann das Kleid, aber nur, damit sein „guter" Ruf bei den Männern nicht leiden würde. So erfuhr er viel über die Gegend und sein Ansehen bei den Kriegern wuchs. Er brauchte ja schließlich keinem erzählen, dass er nachts nur mit den Frauen redete.

Schließlich wendeten sie den Tross und zogen wieder nach Norden. Es war schon erstaunlich, was sie in der kurzen Zeit alles erbeutet hatten. Auf dem Rückweg wählten sie einen anderen Weg, wodurch sie nicht durch die schon geplünderte Gegend ziehen mussten, sondern noch unangetastete Siedlungen vorfanden. Wenn es Widerstand durch die Bauern gab, so wurde dieser sofort mit dem Schwert gebrochen und anders hatten es die südlichen Räuber ja bei ihnen damals auch nicht gemacht.

Mit jedem Krug Wein, den sie verluden, mehrte sich der Reichtum der Stammesführer. Ihnen gehörte das erbeutete Gut und sie durften es als Kriegsbeute später auch an ihre Männer verteilen. Da es aber sieben Führer waren, war nicht wirklich immer klar, wem was von der Beute gehören sollte. Dabei half dann meist Douranix aus Dankbarkeit für die Rettung in der Schlacht, dass Ivain auch einen schönen Teil erhielt.

Im Hochsommer waren sie umgekehrt, als es schon fast unerträglich heiß hier war und sicher würden sie noch einmal drei Monde bis zum Gebirge brauchen. Er hoffte und bat die Götter, dass sie noch rechtzeitig den Weg auf die andere Seite schaffen würden, denn wenn der Winter ihnen den Weg abschnitt, so saßen sie hier in der Falle und würden dann dem, sicher irgendwann nachrückenden, Feind nicht mehr viel entgegen setzen können.

13. Kapitel

Eine Weihe

___

Das Mädchen sah von der Arbeit auf und bemerkte Torona, die sich der Hütte näherte. Die alte Frau kam mit einem Hasen aus dem Wald zurück, den sie an den Ohren gepackt hatte. Offensichtlich lebte der Hase noch, denn Kendrana konnte sehen, dass er sich bewegte und heftig strampelte. In all der langen Zeit, die sie nun schon hier im Wald zusammen verbracht hatten, hatte die erfahrene Jägerin zwar schon viele Hasen gefangen, aber keinen davon noch lebend aus der Falle gezogen.

Die alte Zauberin hielt das Tier freudestrahlend hoch und rief „Das ist ein Zeichen der Götter!" „Wofür?", fragte Kendrana laut zurück. „Du bist bereit! Die große Göttin wird dich heute unter ihren Schutz nehmen!", erklärte Torona und übergab den Hasen an das Mädchen, dann verschwand sie in der Hütte und kam wenig später mit einem geschwungenen Dolch zurück, wie ihn die Druiden für ihre Opferungen benutzten.

Die Frau nahm den Hasen wieder zurück und sagte „Wir gehen zu meinem Opferplatz." Kendrana erschrak bei diesen Worten. „Ich möchte nicht auf den Opferplatz!", sagte sie und zeigte auf ihren Arm. „Keine Sorge. Dir wird nichts passieren", sagte die alte Frau und lachte. „Nicht du bist das Opfer, sondern er hier!", setzte sie fort. Dabei hob sie den zappelnden Hasen hoch.

Kendrana brauchte einen Moment, um sich dazu durchringen zu können, doch schließlich gingen sie gemeinsam in den Wald. Dabei zogen sie in eine Richtung, welche sie in der ganzen Zeit noch nicht eingeschlagen hatten und es dauerte eine ganze Weile, bis sie auf einer Lichtung eintrafen, die ringsum von Eichen gesäumt war und in deren Mitte ein großer Stein im Gras stand.

Dieser Felsbrocken war gewaltig! Fünf Männer hätten ihn wohl nicht umfassen können, aber er war nur hüfthoch und an einer Stelle flach, wie ein Tisch. Zu dieser Stelle ging Torona und stellte sich mit dem Hasen in der einen Hand und dem Dolch in der anderen vor den Felsentisch.

Mit zum Himmel erhobenen Händen begann sie ein Gebet für Mutter Natur zu singen. Danach legte sie den Hasen auf den Stein, der sich seltsamerweise nicht mehr bewegen konnte, obwohl er noch lebte. Torona hob den Dolch der Sonne entgegen und begann wieder eine Beschwörung. Allerdings sprach sie so leise, dass das Mädchen näher treten musste, um alles zu verstehen. Zuletzt schwang die Zauberin den Dolch nach unten und durchtrennte die Kehle des Opfertieres. Als das Blut des Hasen den Stein berührte, da krampfte sich Kendranas Bauch zusammen.

Dem Mädchen wurde schwindlig und sie presste ihre Hand auf den schmerzenden Bauch. Dabei spürte sie, wie etwas Warmes an ihrem Bein herablief und deshalb zog sie sich Kleid sowie Unterkleid herauf. Kendrana sah das Blut, das aus ihrem Schoß floss. Für einen Moment war sie erschrocken und verwirrt. Zwar hatte sie mit der Mutter schon darüber gesprochen, aber dass es jetzt, hier, in diesem Moment passierte, das brachte sie vollkommen durcheinander.

Die alte Frau sah die Verwirrung in den Augen des Mädchens und sagte „Die Göttin hat das Opfer angenommen und dich unter ihren Schutz gestellt. Sie gibt dir die Fruchtbarkeit des Hasen."

Unter ihr vermischte sich gerade ihr Blut, das in das Gras tropfte, mit dem Blut des Hasen, das vom Stein herab lief. Die alte Frau tauchte einen Finger in das Hasenblut auf dem Stein und zeichnete damit ein Symbol auf die Stirn des Mädchens. Ein Kreis und zwei Halbkreise, wie es sich anfühlte.

„Mit dem Mond wandelt sich auch dein Körper", erklärte Torona, dann zog die alte Frau ein Tuch aus ihrem Beutel, kniete sich vor sie und schlang dieses um Hüften und Beine des Mädchens, um so die Blutung aufzufangen. „Das wird nun dein Leben lang immer bei Vollmond passieren", sagte sie beim Aufstehen. Anschließend zog sie einige Holzspäne aus dem Beutel, legte diese auf den Stein und schlug mit einem Feuerstein ein paar Funken hinein. Vorsichtig blies sie die Glut an, bis ein kleines Feuer entstanden war.

Sie verwahrte den Feuerstein wieder und zog ein paar getrocknete Kräuter hervor, die sie in dieses Feuer warf. Ein lieblicher Duft stieg daraus auf. „Was ist das für ein Kraut?", fragte Kendrana. „Das sind die Blätter von dem Herzstrauch. Die du gesammelt hast, als ..." Dabei zeigte sie auf Kendranas Hals, wo immer noch die kleine Narbe zu sehen war. Das Mädchen spürte wieder den Dolch am Hals und musste schlucken. „Durch die Kraft der Göttin hast du nun das Gebende und das Empfangende in dir vereinigt. Genau jetzt und hier!" Torona zeigte nach oben und das Mädchen sah erst jetzt, dass Sonne und Vollmond gleichzeitig am Himmel über ihnen standen. An den beiden Seiten der Lichtung.

„Du hast diese Lichtung als Mädchen betreten und du verlässt sie als Frau! Nun bist auch du eine Dienerin der großen Göttin", erklärte Torona. „Wann immer du eine Frage an sie hast: Hier wirst du die Antwort erhalten!", setzte sie weiter fort und legte dabei ihre Hand auf den Stein. Kendrana nickte verstehend.

„Ist das bei dir auch noch so?", fragte das Mädchen und zeigte auf das Blut an ihrem Bein. Die alte Frau schüttelte den Kopf. „Schon ein paar Sommer nicht mehr, aber ich bin viel älter, als jede andere Frau, die ich kenne. Die meisten werden keine dreißig Sommer alt. Da habe ich schon mehr als das doppelte auf dem Buckel. Die schwere Arbeit, das schlechte Essen und die anstrengenden Geburten lassen viele Frauen nicht alt werden. Wir Zauberinnen haben es da etwas einfacher. Allerdings sind die Männer noch besser dran, denn wenn sie sich nicht gerade in der Schänke oder im Krieg die Schädel einschlagen, so können sie fünfzig Sommer alt werden." „Wie ungerecht!", stellte das Mädchen fest und Torona nickte.

„Viele Frauen sparen sich auch noch die Gaben für meine Hilfe und die Göttin vom Munde ab", erklärte die alte Frau weiter, während das Feuer langsam erlosch. „Könnten wir dann nicht weniger von ihnen nehmen?", fragte das Mädchen, aber die erfahrene Frau schüttelte den Kopf. „Du würdest sie beleidigen. Sie sind sehr stolz. Ich habe es einmal versucht und die Narbe von dem Dolch kann ich dir heute noch zwischen meinen Rippen zeigen!", sagte sie mit einem Schmunzeln. „Doch nun lass uns aufbrechen. Bald ist es Dunkel!", ergänzte sie.

Beide Frauen verbeugten sich vor dem Stein und brachen schnell auf, um die Hütte am Teich noch im Tageslicht zu erreichen.

14. Kapitel

Der neue Stammesfürst

Jetzt war er der Erste des Stammes. Der Fürst! Aber mit jedem Schritt, den sie dem Gebirgszug näher gekommen waren, stand ihm auch immer deutlicher vor Augen, dass er ja bald der Mutter gegenüber treten musste und dieser die Nachricht vom Tode des Vaters überbringen würde. Immer schwerer fielen ihm daher die Schritte und vermutlich war dies auch seinem väterlichen Freund Douranix aufgefallen. Bei jeder sich bietenden Gelegenheit suchte dieser das Gespräch und schließlich ließ sich Ivain darauf ein und begann „Du hast doch schon so viele Männer fallen sehen. Wie überbringt man einer Frau die Nachricht, dass der Mann nicht zu ihr zurückkommen wird?" Er sah ihn an und Douranix antwortete „Du sprichst von deinem Vater, dessen Tod du deiner Mutter überbringen musst. Oder?" Ivain nickte. „Du kannst nur von den guten Taten deines Vaters erzählen und sagen, wie heldenhaft er gestorben ist. An der Spitze seiner Männer hat er gekämpft, bis sein Schwert zerbrochen ist!", begann der Freund, dann machte er eine Pause und schaute über den Zug der Männer hinweg.

„Jeder Mann hier hat eine Frau oder Mutter, die auch weiß, worauf sie sich einlässt, wenn ihr Mann, oder Sohn, in den Krieg zieht. Jeden Tag kann es zu Ende sein. Ein Pfeil, ein Schwert, eine Krankheit und es ist vorbei. Ich denke, die meisten verabschieden sich von ihren Männern und wissen doch, dass es ein Abschied für immer sein kann. Du musst nur daran denken, dass deine Mutter zwar den Mann verloren hat, nicht aber den Sohn." Dabei legte Douranix Ivain die Hand auf die Schulter.

„Ich danke dir", antwortete Ivain und ging in Gedanken versunken weiter. Mit jedem Schritt kam das Gebirge näher und auch das erste Laub fiel schon von den Bäumen auf sie herab. Nun wurde es wirklich zu einem Wettlauf, wer eher im Gebirge war: der Schnee oder die Männer.

Jeden Tag trieben die Führer ihre Männer bis zur Erschöpfung an und erst am Fuße des Passes legten sie einen Tag Rast ein, weil die erschöpften Männer sicher den Aufstieg nicht überlebt hätten und Ivain wollte nicht, vermutlich wie auch die anderen Führer, einer Frau sagen müssen, das ihr Mann kurz vor dem Dorf wegen Übermüdung von einer Felswand gefallen war.

An diesem Tag prüften die sieben Stammesführer die Beute auf ihren Wagen. Um es eindeutig zu machen, hatten sie bereits vor längerer Zeit jeweils einen Schild in den Farben der Stämme an jeden davon angebracht. Auch Ivain prüfte seine Wagen, aber er überprüfte nicht nur den Inhalt, sondern auch, dass alles gut verschnürt war, denn der Aufstieg würde mit den schwer bepackten Wagen schwierig werden. An den Abstieg mochte er noch gar nicht denken. Er streichelte die Pferde und prüfte deren Hufe. Ein paar davon ließ er mit neuen Hufschuhen beschlagen, damit sie im Geröll den sicheren Halt finden konnten. Danach gab er seinen Männern ein paar der römischen Amphoren von dem erbeuteten Wein aus.

Sein Stamm hatte acht Wagen mit sechzehn Pferden und noch etwas mehr wie hundert Männer. Er setzte sich zwischen seine Krieger und legte fest, dass immer zehn Mann zwischen den Wagen gehen sollten, um dem Fuhrwerk zu helfen und die Pferde zu unterstützen, danach stießen sie mit dem Wein an und priesen ihren Gott Teutates für das Glück des Krieges und erbaten eine sichere Überquerung des Gebirges. Den ersten Schluck Wein opferten sie den Göttern, dann tranken sie die Gefäße leer. Auch einen zweiten Becher Wein gab es für alle, dann waren die Krüge leer und wurden am Wegesrand zerschlagen. Im Aufstehen sah Ivain, dass sein Freund gerade auch seine Wagen und Pferde kontrollierte, so wie er es zuvor getan hatte.

Er ging zu Douranix hinüber und der nickte ihm zu. „Dein Vater wäre sehr stolz auf dich. Du hast viel gelernt und du bist ein guter Anführer deines Stammes!", lobte ihn der erfahrene Mann. Sie gaben sich beide die Hand und schickten ihre Leute in die Zelte, während die anderen Stämme noch kräftig die Siege feierten.

Der nächste Morgen sah viele übermüdete Krieger und einige ausgeschlafene, die mit vollem Elan den Aufstieg angingen. Die Aufteilung von Wagen und Kriegern erwies sich dabei als zweckmäßig.

Die beiden Gruppen von Ivain und Douranix waren schon oben am Pass, als sich die anderen Männer noch mitten im Aufstieg befanden. Auch der Abstieg gelang, zwar mit Mühen, aber ohne Verluste und sie konnten nach Sonnenuntergang schon auf der anderen Seite schlafen, während der Rest der Krieger noch am Berg war. Das führte natürlich bei diesen Kriegern und Wagen zu Verlusten. Viele Männer starben und fünf Wagen stürzten zu Tal, während sie unten friedlich schliefen.

Weiter ging der Zug und teilte sich nun langsam wieder auf, bis jeder in seinem Dorf angekommen war. Die Männer von Ivain liefen viel schneller, als sie den heimatlichen Hügel sahen und die schwer beladenen Wagen kamen kaum hinterher. Mit jedem Schritt überlegte Ivain wieder, was er der Mutter sagen sollte.

Schließlich passierten sie das Tor auf dem Hügel und er ließ die Wagen zur Lagerscheune weiter fahren, wo sie entladen wurden. Alles wurde sorgfältig in dem Holzhaus verstaut und als Ivain das Haus wieder verließ, da sah er die Mutter auf dem freien Platz vor dem großen Haupthaus stehen. Sie war hochschwanger und davon hatte der Vater beim Abzug noch gar nicht gewusst. Immer wieder schaute sie sich um. Offensichtlich suchte sie den Vater und als sie ihren Sohn erkannte, da kam sie ihm entgegen.

Auch er schritt auf sie zu, sie blieben voreinander stehen und keiner sagte etwas. Etwas schnürte Ivain die Kehle zu und er fand kein Wort. Die Mutter sah sich weiter um und Ivain schüttelte den Kopf. Mit Tränen in den Augen umarmte sie den Sohn und danach wendeten sie sich beide dem Haus zu. Erst als sie das Tor des Haupthauses durchschritten hatten, da konnte Ivain etwas erzählen.

Er sprach vom Heldenmut seines Vaters und von der Beute. Anschließend begrüßte er seine Geschwister und betrat die große Halle. Die Mutter zeigte auf den erhöht stehenden Stuhl am schmalen Ende des Raumes. „Er gehört jetzt dir, dieser Platz. Erweise dich seiner als würdig!", sagte die Frau und verneigte sich vor Ivain.

15. Kapitel

Herbstmond

Die Zeit im Wald war viel zu schnell vorübergegangen. Noch nie hatte Kendrana einen so schönen Sommer verbracht, wie diesen mit Torona. Doch nun wurde es langsam Zeit, alles zusammenzupacken und zurück in die Siedlung zu gehen. Das Mädchen genoss die letzten Tage auf der Wiese im Wald, während die erfahrene Zauberin noch ein paar Pilze sammelte. Kendrana hatte in dieser Zeit viel gelernt. Am Anfang des Sommers hatte Torona ihr verboten, etwas davon aufzuschreiben. „Du musst jedes Wort, jedes Kraut und jede Geste auswendig können!" Das hatte sie jeden früh gesagt und darum hatte es Kendrana immer wiederholt. Dieselben Worte jeden Tag. Auch Kräuter waren jeden Tag ein paar neue dazugekommen. Trotz des ganzen Lernens war der Spaß dabei natürlich nicht zu kurz gekommen, denn schließlich war sie immer noch ein Kind.

Schwieriger war es für sie gewesen, den immer noch steifen rechten Arm zu ersetzen. Alles hatte sie sich auf den linken Arm umlernen müssen. Das Essen, das Trinken und das Waschen. Selbst das Kämpfen mit dem Schwert hatte Torona ihr beigebracht und natürlich machte sie auch das mit links. Die Schiene an ihrem anderen Arm war immer noch festgebunden und das würde wohl noch ein paar Monde so bleiben müssen.

Am Tage des Aufbruchs packten sie alles in Beutel und hängten einige davon der Ziege um, die allerdings nicht aus ihrem Sommeridyll fort wollte, doch hier im Wald konnte die Ziege im Winter nicht bleiben. Die Bären, die im Sommer für den Schutz des Tieres gesorgt hatten, die schliefen schon und zu fressen würde es für das Tier bald auch nicht mehr genug am Teich geben.

Um das störrische Tier zur Heimkehr in das Dorf zu bewegen, zog Torona vorn am Strick und Kendrana drückte auf den Hintern der Ziege. Mühsam setzten sie sich in Bewegung.

Wieder schlug der Dolch, den sie an ihrer rechten Hüfte trug, gegen ihr Bein. Er hing an dem breiten Gürtel, der die gelbe, knielange Tunika vorn zusammen hielt. Auf der einen Schulter hielt eine kleine Fibel, mit dem Bildnis der Göttin darauf, das Kleidungsstück zusammen. Torona hatte ihr diese Fibel als Zeichen des göttlichen Schutzes geschenkt und nun war sie Kendranas wertvollster Besitz. Auf der anderen Schulter steckte nur eine Nadel im Stoff. Unter der Tunika trug sie das knöchellange leinene Unterkleid und den Zopf hatte ihr die alte Frau am Morgen kunstvoll um den Kopf gelegt.

So schob sie die Ziege durch den Wald und sah dabei immer den Rücken der Freundin vor sich, mit dem breiten Schwert, dass sie nun auch gut benutzen konnte. Es war ein langer Weg, der auch ohne die Ziege schon fast den ganzen Tag dauern würde, aber Kendrana hatte keine Lust mit dem meckernden Tier im Wald zu übernachten und deshalb schob sie so sehr wie möglich.

Immer wieder schimpfte das Tier meckernd, aber es half ja nichts, denn sie mussten den Schutz des Dorfes erreichen! Mit der Ankunft dort würden sie aber auch wieder den Platz betreten, an dem sie im Frühsommer nur mit Mühe am Leben geblieben war. Dort würde sie auch den Druiden wiedersehen. Lieber wäre sie ja in ein anderes Dorf gegangen, aber sie musste bei ihrer Lehrerin bleiben. Das Mädchen hoffte darauf, das Torona sie beschützen würde und sie stand ja auch unter dem Schutz der großen Göttin. Doch wirklich wohl war ihr nicht und mit jedem Schritt wuchs das ungute Gefühl in ihrem Bauch.

Für einen Tag im Herbst war es noch sehr warm und durch die Anstrengung kam Kendrana ins Schwitzen, aber sie durften keine Rast machen. Sie mussten die Ziege in das Dorf bringen! Am liebsten hätte Kendrana jetzt wieder das kurze Kleid der Mädchen getragen, aber sie war ja nun eine Frau und das musste auch an ihren Sachen zu erkennen sein.

Aller paar Schritte wischte sie sich kurz den Schweiß von der Stirn. Es kam ihr so vor, als ob das ganze Unterkleid schon völlig durchnässt war. Immer weiter führte sie ihr Weg durch das Unterholz und der Pfad war gerade mal so breit, dass die Ziege nicht mit den Beuteln irgendwo hängen blieb.

Nach einer schier unendlichen Zeit lichtete sich der Wald vor ihnen und das Mädchen konnte die freie Fläche sehen. Damit mussten sie die Ziege ab diesem Zeitpunkt fast bremsen, denn das nahe Dorf zog das Tier an. Immer schneller gingen sie und im letzten Licht des Tages erreichten sie die Hütte am Rande des Dorfes. Vollkommen erschöpft fiel Kendrana auf die Schlafstätte und es störte sie nicht mehr, dass sie auf den Dolch fiel, der unter ihr quer zu liegen kam. Sie war eingeschlafen, bevor sie den Beutel von der Schulter nehmen konnte.

Mitten in der Nacht erwachte sie und stemmte sich von ihrem Lager hoch. Der Beutel mit ihren Sachen stand neben ihr. Vermutlich hatte Torona sie davon befreit. Auch der Gürtel mit dem Dolch lag dort. Offenbar hatte sie so fest geschlafen, dass sie davon gar nicht bemerkt hatte, dass die Freundin sie wohl hochgehoben haben musste, denn der Gürtel ging ja nur vorn aufzumachen.

Im Feuerschein sah sie die Freundin am Feuer sitzen und das Kleid fühlte sich immer noch klamm an. Das Mädchen löste die

Fibel und streifte sich die Tunika ab, dann setzte sie sich im Unterkleid zu Torona an die Feuerstelle. So würde der Stoff sicher bald trocken sein. Zu zweit schauten sie wortlos nebeneinander in die Flammen und sie folgte dem Funkenflug des trocknen Holzes mit ihrem Blick.

„Nun wird es für uns etwas schwieriger", sagte Torona. Und um den fragenden Blick des Mädchens zu beantworten, setzte sie hinzu „Hier ist der Druide und der hat es sicher immer noch auf dich abgesehen." Kendrana zuckte zusammen „Denkst du, dass er immer noch nach mir sucht?", fragte sie. Die erfahrene Frau nickte. „Das Alter hat ihn nicht weise und auch nicht vergesslich gemacht. Nur etwas schwächer", erwiderte Torona. „Aber du stehst ja unter dem Schutz der Göttin."

Bei diesen Worten sprang Kendrana von ihrem Platz auf, denn sie hatte wieder an die Fibel gedacht, die sie achtlos zum Kleid gelegt hatte. Mit einem Satz war sie dort und nahm das wertvolle Schmuckstück in ihre Hand. Langsam ging sie damit zurück zum Feuer und betrachtete das Bild der Göttin in ihrer Hand. „Ich schenke dir mal eine zweite, damit du dein Kleid so tragen kannst, wie ich es tue!", sagte Torona und das Mädchen lächelte glücklich. Mit der Fibel in der Hand war die Angst fern.

16. Kapitel

Recht oder Unrecht

Mit wehendem Umhang kam der Mann in die Hütte gelaufen. „Sie sind wieder da!", sagte er. Der Druide schaute vom Feuer auf. „Wer?", fragte er. „Die Alte und das Mädchen!" „Also haben deine Männer versagt!", entgegnete der alte Druide und warf eine Handvoll Kräuter in die Flammen. „Wenn man nicht alles selber macht!", stöhnte er, erhob sich und fuhr den anderen an, „Und nun? Ich habe dich dafür zum Druiden geweiht, damit sie verschwinden! Soll ich dir die Weihe wieder entziehen und dich in den Wald jagen?" Sein Zorn wurde grenzenlos. Zwar war der Kriegszug vorbei, aber immer noch lebte das Mädchen. Das war wie eine Anklage für ihn, dass er seine Arbeit nicht richtig gemacht hatte. Der alte Druide griff nach dem Stab, der neben ihm an der Wand gelehnt hatte und sagte nur ein undeutliches „Komm mit!"

Der alte Mann schwankte aus der Hütte. Dieser Sommer hatte ihm viel von seiner Kraft geraubt und er wollte diese Angelegenheit erledigt wissen, bevor er seine Augen für immer verschließen würde.

Auf der freien Fläche vor der Hütte blieb er stehen, schaute in den grauen Herbsthimmel und wusste, dass dies sein letzter Herbst sein würde. Alles hatte er in seinem Leben geregelt. Alles, bis auf eines, denn das Mädchen lebte noch! Er zog den Mantel um seine schmalen Schultern und setzte sich in Bewegung.

Er achtete nicht auf den anderen Mann. Mit dem Blick starr nach vorn wankte er durch die Reihen der Hütten und es dauerte eine geraume Weile, bis sie vor der Hütte angekommen waren, denn diese stand am weitesten von dem Hügel entfernt. Bis zum gegenwärtigen Moment war dies eine Position, die sowohl für ihn, als auch für seine Widersacherin sehr optimal gewesen war, denn so mussten sie sich nicht begegnen. Nun kam er schnaufend wieder zu Atem.

„Torona!", rief er ein paar Augenblicke später vor der Behausung der Zauberin und stieß dabei seinen Stab auf den Boden. Erst nach einer Weile erschien die Frau in der Tür der Hütte. „Was willst du?", fragte sie. „Gib mir das Mädchen!", forderte er mit einem drohenden Unterton in der Stimme.

Die Alte drehte sich um und rief „Kendrana!" in die Hütte. Fast sofort erschien das Mädchen, vermutlich hatte sie hinter der Tür gestanden. „Sie ist der Göttin geweiht, wie du sehen kannst. Dein Anspruch auf sie ist verwirkt!", entgegnete ihm Torona und er musste zähneknirschend akzeptieren, dass die Kleine nun Gewand und Abzeichen einer Zauberin trug. Wenn er sie nun mit Gewalt an sich reißen und opfern würde, so würde das die Göttin erzürnen und damit natürlich auch die Götter.

„Das war unrecht!", fuhr er sie an. „Das war der Wunsch der Göttin!", entgegnete sie ihm und schob das Mädchen wieder zurück in ihre Hütte. Danach ließ sie die beiden Druiden vor der Hütte stehen und verschwand ebenfalls.

Die beiden Männer schauten sich an und gingen anschließend zurück zum Hügel. Der anfängliche Unmut des alten Druiden war nun einer Wut gewichen. „Wir brauchen dieses Mädchen!", sagte er zornig und wusste doch, dass sie im Moment für ihn unerreichbar war. Beide überlegten im Gehen, was sie tun konnten. „Wenn wir sie nicht opfern können, vielleicht kann es dann der Stammesführer?", fragte der junge Mann und der Druide blieb stehen. „Wir müssen ihr etwas anhängen, wofür er sie mit dem Tod bestrafen muss. Dann ist sie doch noch geopfert und wir sind fein raus. Nur was?", fragte der alte Mann und setzte langsam den Weg zum Hügel fort.

In einer der Hütten schrie ein Säugling und der junge Mann sagte „Ich habe es gefunden!" „Nicht hier, wo jeder es hören kann!", sagte der ältere und lief nun viel schneller den Hügel hinauf. Der jüngere Druide hatte Mühe, um an dem alten Mann dranzubleiben und schon kurze Zeit später saßen sie wieder am Feuer in ihrer Hütte.

„Jetzt sag schon! Zeige mir, dass du dieses Amtes würdig bist!", drängte der alte Mann, als der andere noch immer nichts gesagt hatte. Dieser stand auf und ging zu einer der Kisten, die an der Wand der Hütte standen. Er suchte etwas darin und kam mit einem Beutel zurück an das Feuer, dann begann er zu erklären „Ich habe hier ein Kraut, das voreilige Wehen auslösen kann. Ihr wisst, das die Mutter des Stammesführers hochschwanger ist, aber es wird sicher noch einen Mond dauern." Dann machte er eine Pause, um seine Worte wirken zu lassen, doch der alte Druide trieb ihn mit „Weiter!" zur Eile an.

„Wenn ich diese der Frau gebe und wir Torona mit einem Vorwand aus dem Dorf locken, so wird es die Aufgabe des Mädchens sein, die Geburt zu unterstützen. Schließlich ist sie der Göttin geweiht!" Ein Lächeln glitt über das Gesicht des alten Mannes. „Sie ist noch so jung und hat nur einen Arm. Sie wird versagen, Mutter und Kind werden sterben und Ivain bleibt gar nichts anderes übrig, als das Mädchen den beiden auf deren Reise zu den Göttern hinterherzuschicken. Das ist ein guter Plan und nun weiß ich, dass ich die richtige Wahl mit meinem Nachfolger getroffen habe."

„Das Mittel muss an drei Tagen eingenommen werden. Ich gehe zur Küche und mische es unter das Essen der Herrin. Könnt ihr dafür sorgen, dass Torona in drei Tagen nicht da ist, das Mädchen aber schon?", fragte der jüngere Mann und stand auf. Der Druide nickte und sah in das Feuer. Einen Moment überlegte er, dann erhob er sich ebenfalls und beide verließen die Hütte. Am Altar teilten sich ihre Wege, während der alte Mann zu den Kriegern ging, wendete sich der Jüngere der Küche zu. Der Druide betrat das Haus der Wache, welches sich unmittelbar neben dem Tor befand.

Der Melder saß am Tisch und löffelte seinen täglichen Brei aus einer Schüssel. Nur sie Zwei waren in dem Raum anwesend und so konnte der Druide seinen Auftrag an den anderen Mann übergeben „Reite in das Dorf Hallendar und gehe dort zu Horanix, dem Druiden. Bitte ihn, Torona zu sich in die Siedlung zu holen. Der Vorwand ist mir dabei egal, aber es muss etwas sein, wozu sie das Mädchen nicht mitnehmen kann. Und jetzt eile dich. Dein Weg ist weit!" Mit der Hand schob er ein paar goldenen Münzen über den Tisch, die schnell in der Tasche des Reiters verschwanden.

Kurz darauf hörte man den eiligen Hufschlag des Pferdes den Hügel hinunter donnern. Der Druide verließ das Haus und ging zurück. Vor seiner Hütte traf er auf den jungen Mann und beide nickten sich zu. „Drei Tage!", sagte der alte Druide und der jüngere hob den Beutel hoch. Gemeinsam betraten sie die Hütte und holten den Rat der Götter ein, obwohl sie das sicherlich zuvor hätten tun sollen.

17. Kapitel

Das Licht der Welt

Er saß gerade in der großen Halle und dachte nach, als ein Schrei aus den hinteren Räumen Ivain von dem Stuhl riss. Der junge Fürst lief nach hinten, denn da musste ja etwas passiert sein. Umsonst machte ja niemand solch einen Lärm hier im Haus. Er folgte dem langen Gang und hörte einen zweiten Schrei, der aus dem Zimmer der Mutter zu kommen schien. An der Tür prallte er mit seiner zehnjährigen Schwester Yuna zusammen, die gerade aus dem Raum kam. „Was ist los?", fragte er und half dem Mädchen auf. „Das Kind! Es kommt!", sagte das bleiche Mädchen. „Aber das ist doch zu früh!", entgegnete er entsetzt und die Schwester nickte. Zusammen halfen sie der Mutter auf das Bett, vor dem sie zusammengebrochen war. Die Frau hielt sich unter Schmerzen den Bauch.

„Hole Torona!", konnte die Mutter nur noch herauspressen, bevor sie wieder von Schmerzen durchgeschüttelt wurde. „Bleib bei ihr!", sagte Ivain zu Yuna und rannte los. Auf die Idee, einen Boten zu schicken, kam er nicht, er lief selber aus dem Haus, über den Platz, an den beiden Druiden vorbei, zum Tor und von dort den Berg hinab in das Dorf.

Immer weiter lief er und sah am Ende der Gasse die kleine Hütte der Zauberin. Ohne davor anzuhalten, stürzte er durch die offene Tür und sah in die erschrockenen Augen eines jungen Mädchens. Für ein paar Augenblicke konnte er nichts sagen, denn er schnappte nach dem schnellen Lauf nach Luft. Endlich presste er „Torona?" heraus und das Mädchen schüttelte den Kopf. „Sie ist gestern früh aufgebrochen und wird bestimmt erst in zwei Tagen zurück sein."

„Das Kind! Es kommt aber jetzt!", sagte er. Hilflos sah ihn das Mädchen an, dann sah er die Fibeln der Zauberin auf dem Kleid des Mädchens. „Du bist auch eine Zauberin? Also musst du helfen!", legte er fest. Unschlüssig nickte das Mädchen, packte unbeholfen ein paar Dinge in einen Beutel und hängte ihn sich um. „Dann los!", sagte Ivain und sie liefen zusammen zurück. Denselben Weg, sogar die Druiden standen noch an demselben Fleck.

Schnaufend erreichten sie kurze Zeit später das Bett der Mutter. „Torona?", fragte die Frau, mit Angst in den Augen, doch er schüttelte den Kopf. „Hast du zwei Mägde, die mir zur Hand gehen können?", fragte das Mädchen und zeigte den geschienten Arm. Sofort lief er nach draußen und holte zwei Bedienstete, die er in das Zimmer hinein schickte. Ivain ging den Gang zurück, dann setzte er sich in den großen Saal und bat die Götter, das Kind und die Mutter am Leben zu lassen.

Ihm blieb auch gar nichts anderes übrig, als zu warten, was die Frauen dort hinten taten, denn schließlich waren ja nun genug in dem Raum. Und die Kinder auf diese Welt zu holen, das war nun mal Frauensache. Das hatte sein Vater auch immer zu ihm gesagt.

Schreie unterbrachen immer wieder seine Gedanken, wodurch er aufstand, durch die Halle ging und schließlich auf den freien Platz trat. Die Druiden standen an ihrem Altar und redeten irgendetwas, aber mit ihnen wollte er im Moment nichts zu tun haben, also ging er zum Tor hinüber und kletterte auf den Turm hinauf. Von dort schaute er auf sein kleines „Reich" hinunter.

Auf der einen Seite des Hügels standen etwa fünfzig kleine Hütten, eine davon war die, in der er Torona gesucht hatte. Es waren alles strohgedeckte Holzhäuser, die mit Lehm bestrichen waren, damit der Wind nicht so hindurch pfiff. Einige davon waren sogar bunt angemalt. Die meisten der Leute dort waren Bauern, aber ein paar arbeiteten auch auf der anderen Seite des Hügels.

Dorthin drehte er sich nun um und sah die rauchenden Schornsteine der fünf Schmieden, die für ihren Reichtum sorgten. Mit dem dort verhütteten und geschmiedeten Eisen konnten sie alles eintauschen oder erhandeln, was sie brauchten. Selbst Händler aus dem Lande des Gottes Ra war bei ihnen zu Besuch und boten im Austausch kostbare Öle und Schmuck an. Alles wurde gehandelt, nur keine Schwerter. Die waren nur mit Zustimmung aller sieben Stämme zu verkaufen, und so etwas war noch nie passiert. Höchstens mal ein einzelnes als Geschenk wurde übergeben.

Sein Blick glitt über die Hügelspitze mit der Befestigung. Eine Mannshohe Palisade umspannte die bunten, großen Häuser. In dem größten davon kämpfte die Mutter gerade um ihr Leben. Schon viele Frauen waren bei der Geburt gestorben und wenn es die Zauberinnen nicht geben würde, so wären es sicher noch viel mehr.

Von der anderen Seite hörte er ein Pferd und wendete seinen Kopf zum Aufgang zurück. Von unten sah er einen Wagen mit Händler den Weg zum Hügel herauf kommen. Schnell kletterte er hinab und stellte sich an das Tor, denn ein Handel und ein Gespräch unter Männern waren nun sicher genau das Richtige, um sich abzulenken. Der Wagen hielt genau vor ihm und ein bärtiger, braungebrannter Händler stieg vom Wagen herab. Er blickte sich um, als suche er jemanden, den er konnte sich sicher nicht vorstellen, dass Ivain sein Handelspartner war.

„Du suchst mich!", sagte Ivain und der Händler stutzte, dann sah er die Halskette und verneigte sich. „Was habt ihr und was wollt ihr dafür?", fragte Ivain und der Händler öffnete den Wagen. Kostbare Stoffe und Öle waren dort zu finden. „Ich suche gute Messer und die Steine, die das Licht des Lebens in sich eingeschlossen haben", sagte er mit einem leichten Akzent. Offensichtlich war er schon oft hier gewesen.

Mit einer Handbewegung bat Ivain den Händler zur Lagerhütte und der Wagen folgte ihnen. An dieser Scheune entwickelte sich nun ein Handelsgespräch, dabei wurde gefeilscht, gehandelt und schließlich wurde der Handel mit einem Handschlag besiegelt. Die Ware wechselte den Besitzer.

Beim Beladen des Wagens kam die Schwester ganz aufgeregt auf ihn zu gelaufen „Schnell! Komm! Mutter stirbt!", rief sie. Zusammen rannten sie zum Haus zurück und er ließ den Händler einfach dort stehen.

18. Kapitel

Auf Leben und Tod

Kendrana hetzte den Berg hinauf. Zwei Schritte vor ihr lief der Mann, der höchstens drei Jahre älter war, aber an der Kette und den feinen Kleidern als Stammesführer zu erkennen war. Was passiert war, das war ihr schon klar, aber konnte sie helfen? Sie hatte zwar im Sommer bei zehn Geburten geholfen, aber dabei meist nur im Wege herumgestanden, während Torona die ganze Arbeit gemacht hatte. So wirkliche Ahnung hatte sie nicht, aber welche Dreizehnjährige hatte schon Erfahrung damit, Kindern auf die Welt zu helfen? Sie war ja praktisch selbst noch ein Kind. Die ältere Freundin sah das zwar anders, aber sie war im Moment nicht da. In ihrer Aufregung hatte Kendrana einfach alles in den Beutel geworfen, von dem sie annahm, dass es ihr helfen würde und ein Gebet an die große Göttin abgegeben.

Der Fürst vor ihr war wirklich gut gebaut. Seine Muskeln an den Armen traten auch beim Laufen deutlich hervor. Es schienen Schlangen unter seiner Haut verborgen zu sein. Der junge Mann hatte breite Schultern und eine schmale Hüfte, was durch die Tunika noch besonders betont wurde. Seine roten Haare waren zu einer kunstvollen Frisur zurechtgemacht. Im Moment trug er einen silbernen Dolch an seinem Gürtel und sie fragte sich beim Rennen, warum ihr das alles auffiel, wo sie doch eigentlich andere Sorgen haben müsste. Die Geburt stand bevor! Die erste, die sie selbst und ganz alleine begleiten sollte. Doch die Angst davor war im Moment fern. Und nun näherten sie sich schnaufend dem Tor.

Sie sah den alten Druiden dort stehen und lief einen möglichst großen Bogen um ihn herum, dabei hätte sie um ein Haar den jungen Mann vor sich angerempelt, konnte aber gerade noch stoppen.

Zusammen stürmten sie in die Halle, einen Augenblick später stand sie auch schon in dem Raum und versuchte mit ihren beiden Helferinnen, die der junge Fürst ihr zur Verfügung gestellt hatte, das Leben von Mutter und Kind zu retten. Dazu schaltete das Mädchen einfach ihren Verstand ab und machte das, was das Gefühl ihr sagte. Sie folgte der Intuition!

Zuerst tastete sie den Bauch der Frau ab. Das Kind schien quer zu liegen und es würde sicherlich quer nicht durch den schmalen Kanal passen. Was konnte sie tun? Irgendwie musste das Kind in die richtige Position gedreht werden, nur welche war die richtige? Sie sah an der zehnjährigen Schwester des Herrn herab. Beine zuerst? Oder Kopf zuerst? Bei den Beinen zuerst, würden sicher die Arme stören und wenn das Kind im Mutterleib diese ausbreiten würde, so könnte es nicht auf die Welt kommen. Also Kopf zuerst! Noch ein prüfender Blick, dann sagte sie „Wir müssen das Kind drehen!" Ihr Blick ging zu der Frau und ihren beiden Helferinnen. Alle Anwesenden nickten sich zu. „Wir ziehen, du drückst! Nach der nächsten Wehe!", sagte Kendrana und zeigte allen, was sie meinte.

Jeder hatte seine Position, doch auch mit der Kraft von vier Frauen wollte sich das Kind nicht drehen. Wehe um Wehe schüttelte die schwangere Frau durch. Immer schwächer wurde die Frau und das zehnjährige Mädchen stürzte mit dem Ruf „Sie stirbt!" panisch aus dem Raum.

„Große Göttin hilf mir!", brüllte Kendrana zur Zimmerdecke und riss mit einer Hand und einer schier unglaublichen Kraft das Kind herum. Was zuvor vier Frauen nicht gelungen war, das schaffte das Mädchen nun mit der Kraft der Göttin mit links.

Die nächste Wehe traf das Kind im richtigen Winkel und es begann sich zu bewegen. Kendrana stemmte sich mit den Schultern gegen die Füße der Mutter und da das Kind erst im achten Mond war, war es auch deutlich kleiner. Somit konnte es mit den letzten beiden Wehen schnell auf die Welt kommen. Als die Mutter es nach draußen gepresst hatte, fing das Mädchen es ab und gab das Kind dann an eine der Helferinnen weiter.

Vor Entkräftung schlief die Mutter ein und im selben Moment kam der Herr, gefolgt von seiner Schwester, in den Raum gerannt. „Sind sie tot?", fragte er mit einer drohenden Stimme und nun wusste Kendrana, dass es auch um ihr Leben gegangen war, doch nun holte das Baby Luft für seinen ersten Schrei und dieser weckte auch die Mutter wieder auf.

„Mit der Kraft der Göttin haben beide überlebt!", antwortete Kendrana und verbeugte sich vor dem Fürsten. Erst dabei bemerkte sie, dass sie sich mit viel Blut beschmiert hatte. „Kann ich mich hier irgendwo säubern?", fragte sie und der junge Mann nickte. Dann begleitete er sie in einen Raum, in dem eine kleine Wanne stand. „Ich werde dir Wasser zum Waschen bringen lassen und danke dir für deine Hilfe", sagte er und verließ den Raum wieder.

Kendrana löste die Fibel an den Schultern und die Tunika rutschte zu Boden. Als der Stoff den Boden berührte, da stand der Mann erneut in der Tür und sah Kendrana im Unterkleid dort stehen. Schnell drehte er sich um und fragte über die Schulter „Was kann ich dir für deine Hilfe geben? Das hatte ich vergessen zu fragen. Entschuldige bitte." Das Mädchen hob das Kleid wieder auf und hielt es sich vor den Körper. „Gib mir nur die üblichen Gaben für die Göttin", antwortete sie und die Helferinnen brachten ein paar Krüge Wasser, damit sich Kendrana waschen konnte.

Ohne sich weiter um den Mann zu kümmern, wusch sie sich, mit der Hilfe einer der Dienerinnen, zuerst die Hände und Arme. Danach versuchte sie die Tunika zu säubern, doch da gingen die Flecken nicht mehr heraus. „Ich werde dir eine neue Tunika geben!", sagte der Mann, der sie offenbar beim Waschen beobachtet hatte. Wenig später war er mit einer schön gemusterten, wertvollen Tunika zurück.

„Das ist doch viel zu kostbar für mich!", erklärte sie entsetzt und fuhr mit den Fingern vorsichtig über den glänzenden Stoff. „Ich bestehe darauf, dass du sie nimmst. Sie gehörte meiner Schwester", entgegnete er und zog ihr die blutverschmierte Tunika aus den Händen. Sie protestierte, doch wenn sie nicht im Unterkleid durch das Dorf gehen wollte, dann musste sie die andere Tunika annehmen, denn der Mann zerriss gerade das schmutzige Kleidungsstück mit bloßen Händen in kleine Fetzen.

„Wenn du darauf bestehst, so danke ich dir dafür", sagte sie und streifte sich die Tunika über. Mit den Fibeln an den Schultern und dem Gürtel um die Hüften, bei dem ihr eine der Frauen helfen musste, sicherte sie das kostbare Kleid. Sie verbeugte sich vor ihm und sagte „Ich werde noch einmal nach Mutter und Kind schauen!" Als sich Kendrana dem Ausgang des Raumes zuwendete, brachte eine der Helferinnen einen Korb mit den Gaben für die Göttin. Kendrana nickte ihr zu, nahm den Korb am Griff und ging in den anderen Raum zurück.

Sie sah kurz nach den Beiden, den es gut ging, hängte sich den Beutel mit ihren Kräutern über die Schulter, nahm den Korb, verbeugte sich noch einmal vor dem Herrn und verließ dann das Haus.

19. Kapitel

Das Ende des Alten

ie waren in die Hütte gegangen, um nicht aufzufallen, aber sie saßen so, dass sie jede Bewegung am großen Haus gegenüber verfolgen konnten. Die große Frage stand im Raum: hatte ihr Plan funktioniert? Sie sahen den Stammesführer, der mit einem Händler verhandelte und dann dessen Schwester Yuna, die aufgelöst über den Platz zu ihm rannte. „Jetzt ist es so weit!", sagte der alte Druide und wartete, was nun passieren würde. Lange geschah nichts. Der Stammesführer würde sie bestimmt töten lassen, wenn sie versagte und bei solch einer schweren Geburt würde sogar Torona nicht immer Mutter und Kind retten können. Vielleicht würde er das Mädchen auch den Druiden übergeben, damit sie die tote Mutter in das jenseitige Reich begleiten konnte.

Schon oft hatten sie Diener oder Dienerinnen lebend mit ihren Herrn bestattet, oder sie vorher in ein Feuer geworfen, damit sie dem Herrn den Weg ebnen konnten und dort drüben schon warteten. Eigentlich blieb ihnen schon jetzt die Frage, wie sie das Mädchen wohl töten würden. Der Druide stand auf und holte seinen Dolch. Langsam zog er die gekrümmte Klinge heraus und prüfte die Schneide. Sie war makellos und scharf! Er konnte schon fast spüren, wie die Klinge durch den Hals des Mädchens glitt. Aus diesen Gedanken riss ihn der andere Druide heraus, als dieser ihn zu sich rief und nach drüben zeigte. Nebeneinander an der Tür stehend sahen sie, wie das Mädchen mit einem neuen Kleid und einem Korb das Haus unbehelligt verließ. „Unmöglich!", sagte der alte Mann, dann krampfte sich seine Brust zusammen.

Der Dolch fiel polternd zu Boden und der alte Mann griff sich an die Brust. Er rang nach Luft und brach in die Knie. Der andere Mann versuchte ihm zu helfen, doch er röchelte nur. „Versprich mir, sie für mich zu opfern!", presste er unter größter Anstrengung hervor. „Ich verspreche es!" „Schwöre es! Bei deinem Leben?", sagte der alte Mann leise. „Ja. Bei meinem Leben!", antwortete der jüngere Mann. „Bei Teutates. So sei es!", sagte der alte Druide fast unhörbar, dann fiel er nach vor und schloss seine Augen. Es folgten noch ein paar Atemzüge, dann war der alte Mann auf dem Weg zu seinen Göttern, denen er im Leben schon gedient hatte.

Nun lag es in den Händen seines Nachfolgers, die Beerdigung vorzunehmen und natürlich auch den Schwur zu erfüllen, den er dem Sterbenden im Angesicht der Götter gegeben hatte. Doch der nächste Plan musste besser durchdacht sein. Zunächst kam die Beerdigung. Er hob den alten Mann an und da dieser nicht sehr schwer war, konnte er ihn alleine zum Altar hinübertragen, wo er die Leiche ablegte. Von dort ging er zum Stammesführer, um ihn vom Übertritt des alten Druiden zu unterrichten. Wenig später hatten sich alle Bewohner der Hügelspitze vor dem Altar versammelt. Der alte Druide war zwar nicht allzu beliebt gewesen und hatte durch seine Art oft alle gegen sich aufgebracht, doch nun würde er an der Seite der Götter sitzen und da wollte es sich niemand mit ihm verderben.

Die jahrelang auswendig gelernten Formeln kamen dem jungen Druiden wie von selbst von den Lippen. Noch vor Anbruch des Abends hatten sie an einer Seite des Hügels ein Grab ausgehoben und die Leiche des alten Mannes in seinen besten Kleidern und mit all seinen Ritualgegenständen dort hineingelegt. Der junge Mann prüfte noch einmal, ob wirklich alles an seiner Position war und schob den Griff des Dolches näher an die Hand des Mannes. Dann begannen sie das Grab zu schließen. Mit den letzten Strahlen der

Sonne waren sie pünktlich fertig geworden und mit dem aufgehenden Mond ging die Seele des alten Druiden auf die Reise.

Es wurde eine sehr stürmische Nacht, selbst für einen Tag im Herbst. Alle Bewohner der Siedlung verschlossen in dieser Nacht ihre Türen, auch wenn sie das sonst kaum taten.

Der neue Tag begrüßte den neuen Druiden, der nun am Altar stand und symbolisch damit das Amt von seinem Vorgänger übernahm. Bevor er aber auch nur an die Erfüllung des Schwurs denken konnte, musste er sich eine sichere Position in der Befestigung erarbeiten. Dazu gehörte zuallererst, dass er das Vertrauen des neuen Stammesführers erhielt und seine Aufgaben als Richter und Verwalter vorbildlich erfüllte. Daher ging er kurze Zeit später zum Führer des Stammes und bat Ivain, ihn bei seinem Kontrollgang zu begleiten. Dieser stimmte gern zu, denn er kannte das Ganze ja auch noch nicht wirklich. Er war ja erst ein paar Tage in dieser Position und so gingen die beiden neuen Anführer gemeinsam zu den Schmieden hinunter.

Der Lärm, Ruß und Qualm kam ihm wie aus einer anderen Welt vor. Noch nie waren sie hier gewesen. Das glühende Eisen überstrahlte alles, und die Hammerschläge, die es in Form brachten, waren ohrenbetäubend. Langsam schritten sie von Schmiede zu Schmiede, bis sie an der Fünften wieder draußen standen. Mit einem Wagen kam gerade Eisenerz bei ihnen an und Ivain nahm einen der grau-roten Brocken in die Hand. Es war ein langer Prozess, bis daraus ein Messer, Topf, Helm oder Schwert wurde, das hatten sie nun gesehen. Weiter gingen sie zu den abgegrenzten Feldern der Bauern, wo zwar im Moment nichts wuchs, die aber mit ihren Erträgen die Scheunen füllten und damit die Ernährung aller im Dorf sicherstellten.

In ein langes Gespräch vertieft erreichten sie schließlich das große Haus auf dem Berg wieder und er hatte das Gefühl, das Ivain ihm nicht ganz abgeneigt war. Vielleicht konnte da eine Art von Freundschaft entstehen.

Der erste Teil, den Schwur zu erfüllen, war das Vertrauen des Stammesführers zu gewinnen. Und als dieser dann den Druide in sein Haus zum Essen einlud, war er einen großen Schritt weiter gekommen. Er entschuldigte sich kurz und ging zu dem Grab des alten Druiden. Dort legte er seine Hand auf die frische Erde und verband sich mit den Göttern. „Du hast es bei deinem Leben geschworen!", hörte er die Stimme in seinem Kopf. „Nur Geduld alter Mann!", sagte er laut, stand auf und ging zum großen Haus hinüber.

20. Kapitel

Der Zauber eines Augenblicks

Fürwahr, sie war eine Zauberin! Ihre Gestalt und ihre Anmut hatten Ivain verzaubert. Selbst als sie sich nur im Unterkleid, also praktisch halbnackt, vor ihm gewaschen hatte, da konnte er seinen Blick nicht von ihr abwenden, auch wenn dies hochgradig ungehörig seinem Gast gegenüber gewesen war. Bis auf den geschienten Arm schien sie perfekt zu sein. Zwar etwas schmal und flach, aber sie war noch jung. Doch dieses Haar! Rotblond, wie die Flammen in einem wärmenden Feuer und dazu grüne Augen, die einen durchbohren konnten, leicht schräg stehend und so wunderschön! Ihre Bewegungen waren auch nicht die einer Bäuerin, sondern darin zeigte sich, dass sie vermutlich die Tochter einer höher gestellten Familie war. Allerdings war sie der Göttin geweiht und daher würde er die Finger von ihr lassen müssen, auch, wenn ihm dies gerade schwerfiel.

Die junge Zauberin war sicher schon dreizehn und damit heiratsfähig, aber er konnte es sich nicht leisten, den Zorn der Göttin auf sich zu ziehen. Was konnte er also tun? Er konnte sich nur davon ablenken und da traf es sich ganz gut, dass der neue Druide ihn zu einem Rundgang durch das Dorf bat. Den alten Mann hatte er nie leiden können, aber der Neue war nur wenige Jahre älter, als er selbst.

Sie beide mussten nun in ihre Rollen hineinwachsen und da würde es sicher helfen, wenn sie sich untereinander verstanden. Beide hatten sie fast dieselben Ansichten vom Leben, wie er in einem langen Gespräch feststellte und so lud er den neuen Druiden in sein Haus zum Essen ein. Vielleicht konnte man dort das angenehme Gespräch fortsetzen und da der Andere ihm noch etwas

Zeit ließ, konnte er die Küche noch mit letzten Anweisungen für das Essen versehen, was diese auch sofort umzusetzen begannen. Schon kurz danach standen ein paar knusprig gebratene Hühner auf dem Tisch, die die Küche eigentlich unmöglich in der kurzen Zeit geschafft haben konnte.

Mit ein paar Bechern des erbeuteten römischen Weines stießen sie an und begannen das Mahl. Im Laufe des Essens kam der Druide auch darauf zu sprechen, dass der Stammesführer natürlich auch eine Frau brauchen würde. Ivain dachte wieder an die Augen der Zauberin zurück. Bis zu diesem Tag hatte er noch nie wirklich über Frauen nachgedacht. Er hatte sich zwar im Krieg mit ihnen unterhalten, aber nicht von Mann zu Frau, sondern eher wie unter Freunden. Nachdenklich sah er in seinen Becher. „Der Druide hat aber leider alle heiratsfähigen Mädchen der Führer der Stämme unserem Kriegsglück geopfert!", sagte er und schwenkte den Wein im Becher, bevor er ihn mit einem Zug austrank und dem Becher laut auf den Tisch abstellte. „Dann eine Frau aus einem anderen Stamm?", fragte der Druide.

Ivain winkte die Magd heran und hielt ihr den Becher hin, den diese schnell wieder füllte, dann trat sie wieder zurück. „Vielleicht!", sagte er und trank den Wein. Mit jedem Becher mehr wurde das Bild der Zauberin in seinem Kopf stärker. „Ich werde mich im nächsten Frühling auf die Suche machen", sagte er schließlich und stieß mit dem Druiden darauf an. „So möge es sein. Die Götter werden dir die richtige Frau schon zeigen", entgegnete der Druide und wieder hatte Ivain das Bild des Mädchens vor Augen, von dem er noch nicht einmal den Namen kannte. Schließlich verabschiedeten sie sich und während Ivain zu seinem Bett wankte, räumten die Mägde hinter ihm den Tisch ab.

Auch im Traum verfolgte ihn das Bild der Schönen im Unterkleid.

Der neue Morgen weckte ihn mit starken Kopfschmerzen, die vermutlich dem Wein geschuldet waren, aber diese gaben ihm auch die Möglichkeit, sich bei der Zauberin ein Mittel zu besorgen. Bei dieser Gelegenheit würde er sicher auch ihren Namen erfragen können.

So schnell es sein angeschlagener Zustand erlaubte, war er aus dem Bett und hatte sich eine neue Tunika von der Magd anziehen lassen. Anschließend machte er sich auf den altbekannten Weg zu der Hütte am Rande des Dorfes. Obwohl er es nicht machen musste, so klopfte er doch an die Wand neben der offen stehenden Hüttentür und trat danach ein.

Erneut trafen ihn diese Augen, deren Blick er nicht vergessen konnte. Das Mädchen stand in dem Kleid an einem Altar im Haus, drehte sich zu ihm um und fragte „Was brauchst du?" Offensichtlich hatte sie seinen Zustand aber schon erkannt, denn ohne seine Antwort abzuwarten griff sie zu einem Becher, mischte Wasser und Kräuter darin, und gab diesen Trunk an Ivain. Mit einem Schluck trank er das Gemisch aus. Es schmeckte bitter, er musste dabei husten und sie nahm ihm den Becher wieder ab, wobei sich ihre Hände kurz berührten.

„Danke dir. Wie ist dein Name?", fragte er. „Kendrana", antwortete sie und schlug die Augen nieder, dann brachte sie den Becher wieder fort. Was sollte er sie noch fragen? Er wusste es nicht! Sein Kopf schien vollkommen leer zu sein. Hatte sie ihn erneut verzaubert? Was war in dem Trunk gewesen? Sollte er einfach wieder gehen? Ihren Namen kannte er ja nun.

Während er mit sich rang, kam sie wieder zurück und er sagte „Das Kleid steht dir gut." Kendrana strich mit den Fingern über den Stoff. „Es gehörte meiner Schwester" setzte er hinzu. „Ich habe sie gekannt. Sie war sehr mutig, als der Druide sie ...", sagte sie und stockte. Ivain erwiderte „Du warst dort?" und das Mädchen nickte. „Sie war die Zweite von uns, die dort gestorben ist!", entgegnete sie und er sah eine Träne über ihre Wange laufen. „Von euch?", fragte er nach und wieder nickte sie. „Die Götter wollten aber nur meinen Arm", erklärte sie ihm und strich dabei über die Schiene.

„Du warst eine von den Sieben?", fragte er noch einmal nach und sie antwortete „Ja. Ich war die Tochter von Douranix. Nun bin ich eine Dienerin der großen Göttin!" dabei wendete sie sich dem Altar zu und verbeugte sich.

Danach kam sie wieder auf ihn zu und blieb auf Armeslänge vor ihm stehen. Ihre Blicke trafen sich wieder in dem Halbdunkel der Hütte. Ohne ein einziges Wort erzählten sie sich gegenseitig eine lange Geschichte. Ineinander versunken standen sie dort voreinander.

Erst nach einer geraumen Weile schlug sie die Augen nieder und unterbrach so das stumme Gespräch ihrer Seelen. Als dann Torona die Hütte betrat, verabschiedete er sich schnell von ihr und sagte „Ich danke dir." Das Mädchen verbeugte sich vor ihm und entgegnete „Ich danke dir!" Ohne noch einmal zu ihr zurückzusehen brach er auf. Er musste sich regelrecht dazu zwingen, aber sie war eine Dienerin der Göttin. Unantastbar! Hatte er sie schon mit seinem Blick entweiht?

21. Kapitel

Überlegungen

Hatte sie das Kleid annehmen dürfen? Hätte sie das Geschenk zurückweisen sollen? Eine schwere Frage, doch andererseits hätte Kendrana dann im Unterkleid durch das Dorf gehen müssen, nachdem der Herr ihre verschmutzte Tunika zerrissen hatte. So war sie mit dem Korb durch die Gassen gegangen und noch immer hatte sie kaum verstanden, was da passiert war. Nur, dass sie, mit der Kraft der Göttin, sowohl das Kind als auch die Mutter gerettet hatte. Erst viel zu spät hatte sie begriffen, dass es auch um ihr eigenes Leben gegangen war. Und in all diese Verwirrung und Überlegungen hinein, da hatte sie der Blick des Herrn getroffen, als sie sich gerade gewaschen hatte. Dieser Blick war tief gegangen! Bis in ihr Herz!

Was hatte er nur an ihr gesehen? Ihren schmalen Körper? Sie hatte seine Schwester gesehen, die vorher dieses Kleid getragen hatte und die für ihr Alter viel eher eine frauliche Figur gehabt hatte. Wenn Kendrana so daran dachte, dass die anderen sechs Mädchen alle in ihrem Alter gewesen waren, so war sie fast die einzige gewesen, die noch wie ein Junge aussah. Das konnte aber sicher auch damit zu tun haben, dass der Vater sie, in Ermangelung eines Sohnes, wie einen Jungen erzogen hatte. Reiten, kämpfen und sich prügeln waren noch vor diesem Sommer ihre Lieblingsbeschäftigungen gewesen und die anderen Jungs hatten sie sicher nicht gewinnen lassen, nur weil sie die Tochter des Stammesführers war.

Aber was nun? Er gefiel ihr schon und irgendwie hatte er ihr Herz berührt. Doch sie war der Göttin geweiht und da durfte man noch nicht mal an Jungs denken. Zumindest nicht in dieser Art, wie sie es gerade tat. Oder doch? Kendrana dachte daran, was Torona im Wald bei der Weihe gesagt hatte „Die Göttin hat dir die Fruchtbarkeit des Hasen gegeben." Ergab das denn einen Sinn? Wenn sie sich dem Willen der Göttin unterwerfen würde, dann wohl kaum!

Die Fruchtbarkeit der Häsin nutzte ja nur etwas, wenn sie den Hasen traf. Oder nicht? War damit eine andere Form von Fruchtbarkeit gemeint? Bis zu diesem Zusammentreffen hatte sie da gar nicht drüber nachgedacht und nun war Torona nicht da, um sie zu befragen. Das Mädchen nahm sich aber vor, genau das zu tun, wenn die alte Frau wieder zurück in der Hütte sein würde. Und überhaupt, was fand der Mann denn nur an ihr? An einem Wassereimer blieb sie kurz stehen und sah hinein.

Das Spiegelbild sah sie daraus an. Da war nichts Besonderes zu erkennen. Alles wie immer. Kurz ordnete sie ihr Haar und ging weiter. Sie war ja auch noch mit ihrem verkrüppelten Arm gestraft. Oder gesegnet? Schließlich hatten die Götter ihr das Leben gelassen. Vermutlich hätte jedes der anderen sechs Mädchen ihren rechten Arm gegeben, nur um weiter leben zu können!

Unter lauter Nachdenken hatte sie die Hütte wieder erreicht, vor der eine alte Frau wartete und Kendrana bat sie mit einer Handbewegung einzutreten. Sie hatte wohl den Blick auf das kostbare Kleid gesehen, doch sie sagte nichts dazu. Schnell hatte sie die gewünschten Kräuter herausgesucht und übergeben.

Sie verabschiedeten sich mit einer Verbeugung und dann war sie in der Hütte allein. Das Mädchen nahm den Korb und dachte daran, wie viel sie in diesem Sommer gelernt hatte. Die alte Zauberin hatte ihr aufgetragen, allen zu helfen. Offensichtlich vertraute sie auf Kendranas Kenntnisse. Oder auf die Kraft der Göttin. Wie selbstverständlich begann sie das Opfer für die Göttin auf dem Altar vorzubereiten.

Da sie im Moment keine andere Tunika besaß, beschloss sie, die kostbare Gabe einfach anzubehalten. Als sie dann später im Unterkleid in ihr Bett ging, hängte sie die Tunika vorsichtig über einen der Hocker am Altar der Göttin. Doch obwohl sie müde war, verfolgten sie die ganze Nacht seine Augen und ließen sie nicht schlafen. Irgendwann erhob sie sich dann, ging im Licht des Mondes vor die Hütte und sah zum Hügel hinauf, der sich dunkel vor dem etwas helleren Hintergrund des Himmels abzeichnete.

Sollte sie am nächsten Tag noch einmal dort hinauf gehen, um nach Mutter und Kind zu schauen? Mit Erschrecken stellte sie fest, dass sie nicht einmal wusste, ob es ein Junge oder ein Mädchen gewesen war, bei deren Geburt sie geholfen hatte. „So machst du also deine Arbeit!", sagte sie laut zu sich selbst und schüttelte dabei missbilligend den Kopf. Ein letzter sehnsuchtsvoller Blick zum Hügel, dann schlüpfte sie wieder unter die Decke, die bald ihr Mantel sein würde.

Am nächsten Morgen hatte sie sich gerade mühsam angezogen, um auf den Hügel zu steigen, da klopfte es und der junge Fürst trat ein. Nach einem Gespräch und einem langen Blickkontakt stand auf einmal Torona in der Tür und er verschwand aus der Hütte.

Die alte Frau hatte das Kleid und auch ihren Blick gesehen, als er ging, deshalb sprach Torona sie auch daraufhin an und Kendrana begann von der Geburt am Tage zuvor zu berichten. „Da ist man mal ein paar Tage nicht da", sagte die alte Zauberin schmunzelnd und strich über den kostbaren Stoff.

„Wir müssen nach Mutter und Kind schauen", sagte Kendrana und suchte die Sachen zusammen, die sie in den Korb gab, den sie auch dort wieder abgeben wollte. „Was ist es denn?", fragte Torona und traf damit den wunden Punkt des Mädchens, das betreten zu Boden schaute. „Na wenigstens gesund", sagte Torona und nahm den Korb in die Hand.

Gemeinsam begaben sie sich auf den Weg. Nun wäre die Gelegenheit für die Frage nach der Fruchtbarkeit des Hasen eigentlich günstig, doch Kendrana zögerte und so war es dann Torona, die darauf zu sprechen kam, da sie sicher den Blick gesehen hatte, den sie dem Fürsten zugeworfen hatte. „Wenn du alles gelernt hast, so wird dich die Göttin wieder freigeben. Du hast eine große und kinderreiche Zukunft vor dir!", sagte die erfahrene Frau, die durch die Göttin auch die Gabe der Zukunftsdeutung erhalten hatte.

„Verrate mir mehr!", bat das Mädchen, doch die erfahrene Zauberin schüttelte den Kopf „Alles, was ich dir sagen würde, würde deine Zukunft verändern. Nur eines: Halte dich von dem Druiden fern!", erwiderte sie und dann betraten sie durch das Tor den Hügel mit den Häusern.

22. Kapitel

Zeit der Prüfungen

So ganz egal war es Torona nicht gewesen, das Mädchen alleine in der Siedlung zurückzulassen, doch was sollte sie tun? Als die Nachricht bei ihr eintraf, dass eine alte Freundin, in einem weit entfernten Dorf, im Sterben lag, machte sie sich sofort auf den Weg. Es würde sicher drei Tage dauern, bis sie wieder zurück sein würde, doch sie hatte Vertrauen zu Kendrana. Das Mädchen hatte viel gelernt und für die kurze Zeit ihrer Abwesenheit würde sie die Zauberin sicher würdig vertreten können. Die alte Frau ging durch den Wald und hatte die Strecke schneller überwunden, als sie es selbst für möglich gehalten hatte.

Der Kummer über die schlechte Nachricht schien sie zu ziehen. Schon am Abend desselben Tages war sie angekommen und war sehr überrascht, die Freundin wohlauf vorzufinden. Sie saß im Kreise ihrer Enkel und sah in den Sonnenuntergang. Offensichtlich war sie da einer falschen Information aufgesessen, doch da sie nun schon mal da war, unterhielten sie sich bis spät in die Nacht.

Noch vor dem Morgengrauen machte sie sich dann aber auch schon wieder auf den Rückweg zu ihrer Hütte, da sie das Mädchen nicht unnötig warten lassen wollte. Gleichzeitig hatte sie aber auch ein ungutes Gefühl in ihrem Bauch, sonst wäre sie nie so früh aufgebrochen. Unterwegs, sie war noch nicht weit gekommen, hielt ein Reiter neben ihr an, der sie gut kannte und im Moment auch noch ein leeres Packpferd hinter sich herzog.

Torona nahm die Gelegenheit, schneller zu reisen, gern an und war auch schon wenig später auf dem breiten Handelsweg unterwegs. Der Reiter hatte es sehr eilig und so hatte sie alle Mühe, auf dem galoppierenden Pferd zu bleiben.

Damit war der Heimweg auch im Bruchteil dessen geschafft, den sie für den Hinweg benötigt hatte. Die Sonne war noch nicht lange aufgegangen, da stand sie wieder in der Mitte des heimatlichen Dorfes und bedankte sich für den schnellen Ritt. Wenig später betrat sie ihre Hütte und sah den jungen Herrn dort stehen, das Mädchen trug ein sehr kostbares Kleid und nach der Erklärung hatte sie auch begriffen, warum.

Als sie den Hügel betraten, fiel ihr sofort auf, dass der junge Druide an einer Stelle kniete, die offensichtlich ein Grab war. Die dort angebrachten Gegenstände wiesen es als Grab eines Druiden aus. Kurz ließ sie Kendrana in einigen Abstand warten und trat an das Grab heran. Der junge Mann blickte auf und auf ihren fragenden Blick sagte er „Er ist gestern gestorben." „Leben geht, Leben kommt", antwortete Torona und sie nickten sich beide zu.

Danach trat sie zu dem Mädchen zurück und informierte diese über das Ableben des alten Druiden, was für das Mädchen sicher eine Erlösung sein konnte. Zumindest sah sie die Erleichterung im Gesicht des Mädchens, dass sie dem Druiden nie mehr gegenüber treten brauchte. Schweigend liefen sie über den Platz, betraten die große Haupthalle und musste dabei an dem jungen Herrn vorbei. Natürlich hatte sie bemerkt, wie seine Augen an ihnen gehangen hatten, doch sicherlich hatte er nicht nach ihr alten Frau gesehen.

Jedenfalls ging es Mutter und Sohn gut. Kendrana hatte gute Arbeit geleistet und sie selbst hätte es nicht besser machen können. Anerkennend strich sie über die Wange des Mädchens, das bei dem Lob sichtbar verlegen wurde. „Du hast im Sommer viel gelernt und nun muss ich dir auch noch ein paar Sachen im Herbst und Winter erklären", sagte Torona, als sie das Tor in der Palisade wieder durchschritten hatten. „Auch hier gibt es Pflanzen und viele davon gibt es nur im Herbst. Es gibt Pilze und andere Dinge, die ich dir beibringen werde."

Das Mädchen sah sie an und fragte „Warum ist das gestern eigentlich passiert, während du nicht da warst?" „Ich glaube, es war eine Prüfung der Göttin für dich. Sicher wollte sie sehen, ob du ihr vertraust und ob du die Richtige bist." „Auf Kosten von drei Leben?", fragte das Mädchen entsetzt zurück, doch Torona nickte und entgegnete „Es ist doch alles gut gegangen. Sie hätte dir sicher keine Prüfung gegeben, von der sie nicht gewusst hätte, dass du es schaffst." Das sah das Mädchen wohl auch ein und am Strahlen ihrer Augen erkannte die alte Frau, wie stolz Kendrana darauf war, nicht versagt zu haben.

In den folgenden Tagen gingen die Unterweisungen weiter, doch Torona konnte dabei auch immer wieder den sehnsüchtigen Blick des Mädchens zur Spitze des Hügels sehen. „Du brauchst Geduld!", sagte sie dann jedes Mal zu ihr, doch Geduld war wohl nicht eine der Stärken Kendranas. Sie war es, vermutlich durch ihre Erziehung, gewohnt, das Glück auch mal zu zwingen. Doch das würde bei der Göttin nicht wirklich funktionieren. Daher versuchte sie das Mädchen immer wieder abzulenken und ihr Dinge zu erklären, über die sie sich noch nie zuvor Gedanken gemacht hatte.

Eines Tages standen sie vor einem Baum, an dem das Laub schon vollständig abgefallen war und sie zeigte nach oben „Was fällt dir auf?", fragte sie Kendrana und diese betrachtete den Baum lange. Schließlich sagte sie „An dem einen Ast sind noch Blätter dran." Die Zauberin schüttelte den Kopf. „Schau noch einmal genau hin!", forderte sie das Mädchen auf und musste fast lächeln, als sie sah, wie Kendrana angestrengt auf den Baum hinauf schaute. Schließlich erlöste sie das grübelnde Mädchen. „Das sind nicht die Blätter des Baumes. Es ist eine Mistel, die dort oben an dem Baum hängt. Wir dürfen sie erst im Frühjahr ernten. Allerdings können wir nur im Herbst sehen, wo sie sind. Im Sommer sind sie unter den Blättern des Baumes verborgen, nur jetzt kann man sie so deutlich erkennen!" „Aha", sagte Kendrana und Torona erklärte ihr, wie wichtig diese Pflanze war.

„Du musst immer alle deine Sinne einsetzen. Das habe ich dir aber schon mal gesagt!", sagte sie und Kendrana nickte verstehend. Gemeinsam gingen sie zur Hütte zurück und auch dabei war der Turm auf dem Hügel ihr Wegpunkt im sich lichtenden Wald. Ohne die Blätter war er nun aus viel größerer Entfernung zu sehen, als zuvor.

Schon lag der Geruch von Schnee in der Luft und der wärmende Mantel war ihr ständiger Begleiter geworden.

23. Kapitel

Geld regiert die Welt

Der Winter war in das Land gekommen. Jeden Tag stand der Druide nun in einer der Schmieden, denn er war für deren Verwaltung zuständig und es war auch noch schön warm darin. Er überwachte die Produktion und Ivain hatte ihm vollkommen freie Hand gelassen, was sie fertigten. Wichtig war, dass sie die Ware mit Gewinn an die Händler bringen konnten. Immer wieder hatten ihn Händler aus Rom aufgesucht, die ihn auch um die Lieferung von Schwertern gebeten hatten. Das Material, das sie für die Schwerter verwendeten, war viel besser, als das minderwertige Eisen der Römer. Doch er durfte ihnen einfach keine Schwerter liefern. Messer ja, Schwerter nicht! Aber wo war die Grenze?

Was ist ein kurzes Schwert und was ein langes Messer? Eine Gruppe von Händlern hatte ihm sogar Geld dafür geboten, dieses Verbot zu umgehen. Nur einfach dafür, dass er wegsah, hatten sie ihm einen großen Beutel mit Münzen geboten, doch er war stark geblieben. Kurz hatte er geschwankt, das Geld zu nehmen, doch dann hatte sein Pflichtgefühl gesiegt.

Was würden die anderen Stammesführer sagen, wenn sie auf einmal Waffen an den Feind liefern würden, der diese dann vielleicht im nächsten Angriff gegen sie verwenden würde. Bei dieser Gruppe war auch ein vornehmer Reisender gewesen, mit dem er sich sogar in seinem Haus getroffen hatte. Sie hatten lange miteinander gesprochen. In vielen Ansichten waren sie sich sehr ähnlich gewesen. Der Druide hatte von ihm auch viele Geschenke erhalten und das machte ihm den Mann auch etwas gewogener. Mit den Worten „Wer soll es schon erfahren?" hatte sich der Römer bei ihm verabschiedet und er hatte Recht damit, wen es der Druide nur schlau genug anstellen würde.

Daraufhin wurden nun in zwei der Schmieden Schwerter hergestellt, die die typische Form der römischen Kurzschwerter hatten. Die Arbeiter fragten zwar, aber er konnte sie beschwichtigen. Im Gegensatz zu ihren eigenen Schwertern, die ja fast doppelt so lang waren, waren diese Schwerter eben doch nur etwas längere Messer. Und noch hatte er sie ja niemanden verkauft, er ließ sie nur produzieren und in einer besonders gut gesicherten Hütte neben einer der Schmieden lagern. Vielleicht würde das Verbot ja demnächst gelockert und dann würde er sofort liefern können. Er tat also noch nicht einmal etwas Verbotenes, denn die Fürsten der Stämme hatten ja nur den Handel verboten, nicht die Herstellung.

Immer mehr füllte sich die kleine Scheune und schon bald konnte er die Menge an glänzenden Waffen bestaunen, die seine Arbeiter für ihn fertigten. Es war erstklassige Ware und sie war sicher eine ganze Menge Wert, wenn da nicht der Fürst davor stehen würde, den er ja eigentlich fragen musste, doch er kannte ja die Antwort. Schließlich entschloss er sich eigenmächtig, heimlich, still und leise, den römischen Händlern die ersten Schwerter anzubieten. Unter einer Ladung Stoffe versteckt ging die erste Ladung nach Rom zur Begutachtung der Qualität und er war sich sicher, dass diese Waffen jeden Preis wert waren, den er fordern würde.

Doch eine weitere Sache brannte ihm auf den Nägeln: Sein Schwur, den er dem alten Druiden gegeben hatte! Manchmal waren die beiden Frauen sogar hier oben an seinem Haus gewesen. Als guter Beobachter hatte er natürlich die Blicke gesehen, die sich Ivain und das Mädchen gegenseitig zuwarfen. Da lag etwas darin,

102

dass er sicher dazu benutzen konnte, seinen Schwur wahrzumachen. Wenn er das Mädchen dazu bringen würde, ihren Eid gegenüber der Göttin zu brechen, so würde es am Ende sogar Toronas Pflicht sein und in ihrer Hand liegen, das Mädchen zu opfern. Oder sie überließ es ihm! Es war zwar ein hinterhältiger Plan, aber er dachte auch an die unfähigen Männer, die er im letzten Sommer in den Wald geschickt hatte. Dort hatten sie nichts ausrichten können.

Vielleicht konnte er es hier im Dorf schaffen, einen Keil zwischen die Zauberin und ihre Schülerin zu treiben. Er brauchte nur einen Plan, wie ihm das gelingen konnte. Dazu setzte er sich an das Feuer seiner Hütte und dachte nach. Es musste irgendetwas geben, das er tun konnte, damit die beiden Frauen Ivain immer wieder über den Weg liefen, denn nur, wenn das Mädchen in der Nähe des Fürsten war, konnte sein Plan aufgehen.

Das einzige, was ihm einfiel, war der gerade erst geborene Bruder des Fürsten, bei dessen Geburt das Mädchen geholfen hatte. Durch diese Hilfe hatten die Beiden einen starken Bezug zueinander und wenn dem Baby etwas passieren würde, so müsste das Mädchen, ob sie wollte oder nicht, helfen. Damit würde sie dann zwangsläufig täglich mit Ivain zusammen treffen. Damit das aber funktionieren konnte, brauchte er eine lange schwere Krankheit des Kindes. Die er auch noch so steuern konnte, dass vielleicht dem Kind etwas geschah, dabei die Schuld auf das Mädchen fiel und er sie vielleicht so los sein würde, wen der andere Plan, sie mit dem Fürsten zu verkuppeln, um sie so zu entehren, scheitern würde.

Das war perfekt! Zwei Fallen in einer. Der Druide erhob sich von seinem Platz am Feuer und ging zu der kleinen Truhe hinüber, in welcher er die Kräuter verwahrt hatte. Darin musste doch etwas liegen, das er dafür benutzen konnte. Eine Tinktur vielleicht?

Nach langem Suchen hatte er das richtige Mittel gefunden. Nun kam der zweite Schritt, er musste diese Tinktur dem Kind verabreichen. Doch auch dafür hatte er schon einen Plan. Eine der Dienerinnen kam jeden Tag zu dem Altar auf der freien Fläche vor seiner Hütte und wenn er ihr das Fläschchen geben würde, mit der Bemerkung, dass es von den Göttern als Schutz vor bösen Mächten bei Kindern zu verwenden wäre, so würde die Dienerin es, ohne dass er es ihr sagen musste, sicher auch bei dem Kind ihrer Herrin verwenden.

Und damit diesmal wirklich nicht wieder etwas schiefging, würde er sich, sozusagen als dritter Plan, auch noch ein paar Männer suchen, denen er mehr zutrauen konnte, als den Versagern aus dem letzten Jahr.

Da traf es sich gut, dass die Römer seine Ware als gut befunden hatten und mit klingender, römischer Münze bezahlten. Einen Teil ließ er dem Vermögen des Fürsten zukommen, einen anderen Teil legte er in seine Kiste. Damit würde er dann die Münzen haben, mit denen er die besten Männer bekommen konnte, die man für Geld kaufen konnte. Es war ja nur eine Frage des Preises!

24. Kapitel

Ein Schrei in der Nacht

Irgendetwas Dunkles, bedrohliches schien sich über dem Dorf zusammenzuziehen, denn immer mehr kleine Kinder bekamen Krämpfe und Durchfall. Von einem Tag zum anderen war die Hälfte aller Neugeborenen des Dorfes davon betroffen. Torona und sie hatte alle Hände voll zu tun, um mit Tinkturen und Einreibungen zu helfen und vor allem die Mütter zu beruhigen. Beide Frauen waren sich nicht einig darüber, ob es vom Wetter oder von der Nahrung her kam. Während Torona auf das gerade nasskalte Wetter tippte, hatte Kendrana eher den Verdacht, dass es an der Nahrung lag. Noch dazu, weil es nur die Säuglinge zu betreffen schien. Konnte es etwas sein, was durch die Milch übertragen wurde? Oder hatte Torona Recht mit ihrer Vermutung? Die Kindersterblichkeit war ja sowieso ziemlich hoch, aber die Häufung der Vorfälle im Moment war bedenklich. Von früh am Morgen bis spät in die Nacht waren die beiden Frauen unterwegs, um zu helfen.

Schließlich hatte es auch das Kind der Herrin betroffen. Da sich Kendrana zu diesem Kind besonders hingezogen fühlte, überredete sie Torona, das sie sich um den kleinen Jungen kümmern konnte, während die alte Zauberin weiter im Dorf unterwegs war. „Aber gib acht auf den Druiden!", sagte die erfahrene Frau mit erhobenen Zeigefinger und Kendrana nickte. Auch wenn der junge Mann nicht so bedrohlich aussah, wie der alte Druide, so war er doch für sie eine Gefahr. Mit dem Beutel auf dem Rücken machte sie sich auf den Weg, den Hügel hinauf.

Aber da war noch etwas anders, was sie dorthin zog.

Ihr Herz klopfte, als sie durch das Tor trat und so wirklich wusste sie nicht warum. Doch als sie durch den großen Raum ging, und den Herren dort im Stuhl, bei einer Beratung, sitzen sah, wusste sie wieder, was es war. Seine Augen hatten sie eingefangen, in dem Moment, als sie den Raum betreten hatte, und er hatte sie mit seinem Blick begleitet, bis sie an ihm vorbei in den hinteren Gang getreten war. Und selbst dort spürte sie noch seinen Blick in ihrem Rücken, doch das konnte ja unmöglich sein.

Wenig später saß sie, zusammen mit der besorgten Herrin, am Bett des weinenden Kleinkindes. In diesem Falle schien es ja wohl dann doch nicht das Essen zu sein, denn die Herrin hatte sicher etwas anderes gegessen, als der Rest des Dorfes. Sollte Torona mit ihrer Vermutung richtig liegen? Oder war alles nur ein Zufall? Die beiden Frauen sorgten sich um den kleinen Jungen. Sie rieben ihm den Bauch mit einem Öl ein und baten die große Göttin, die Krankheit von ihm zu nehmen. Anschließend verbrannte Kendrana ein paar der Blätter des Herzstrauches in dem Raum und dieser Duft schien auch das schreiende Kind zu beruhigen. Oder war es die Einreibung gewesen? Nun setzten sie sich abwechselnd an das Bett und hielten Wache.

Von Zeit zu Zeit kam auch der Herr in das Zimmer, um nach seinem Bruder zu schauen, aber Kendrana schien es so, als ob es da noch einen weiteren Grund gab, den er kam seltsamerweise nie in das Zimmer, wenn seine Mutter gerade an dem Bett saß. Oder war auch das nur ein Zufall?

Irgendwie fühlte sie sich zu ihm hingezogen, doch sie war auch ihrem Eid verpflichtet und das waren eigentlich sogar solche Gedanken verboten. Doch wer konnte schon einem Herz einen Befehl geben? Wer konnte ein Gefühl stoppen? Schließlich war es

Torona, die in das Zimmer kam, um zu schauen, wie es dem Kind ging, und die sie dabei „erwischte" wie sie Händchen haltend an dem Bett standen und auf den kleinen Menschen aufpassten. Die erfahrene Zauberin ging zwischen sie und nahm Kendrana zur Seite. Von da an war Kendrana im Dorf und die alte Frau bei der Herrin tätig.

War sie nun befreiter? Oder tat es ihr Leid, nicht mehr mit ihm zusammenzutreffen? Vielleicht hatte die alte Frau dabei auch wieder ein glückliches Händchen bewiesen, wer weiß was vielleicht sonst noch passiert wäre. Und doch war sie ein wenig traurig über das Ende dessen, was so schön hätte werden können. Aber sie musste diese törichten Gedanken ablegen und darum ging sie von Haus zu Haus und schaute dazwischen immer wieder sehnsüchtig zum Hügel hinauf.

Es war eine Art von Qual für Kendrana, ihm so nah und doch so fern zu sein. Schließlich ging es allen Kindern im Dorf wieder gut, nur das Kind der Herrin war noch immer nicht völlig genesen. Damit sie Torona zur Hand gehen konnte, holte diese sie dann doch noch auf den Hügel, behielt sie aber immer fest im Blick.

Nachdem es dem Kind kurzzeitig besser gegangen war, verschlechterte sich sein Zustand auf einmal mitten in der Nacht wieder. Kendrana hatte gerade an seinem Bettchen gesessen, als das Kind zu röcheln begann. Sie sprang auf und rief nach Torona. Danach versuchte sie alles, um den Kind zu helfen, aber noch bevor die beiden Frauen in das Zimmer gestürzt kamen, war das kleine Kind unter ihren Händen gestorben. Die Mutter brach mit einem Schrei am Bett zusammen und alle aus dem Haus kamen gelaufen. Selbst der Druide, der ja weit entfernt, auf der anderen Seite des Platzes wohnte, lief in das Zimmer.

Der Mann sah das tote Kind in Kendranas Händen und beschuldigte sie, das Kind getötet zu haben. Für einen Moment stand sie erstarrt da. Alle Augen waren auf sie gerichtet und die ersten Tränen begannen über ihre Wangen zu laufen. „Aber ich habe doch nichts ... ich war das nicht ... ich weiß doch nicht ...", stammelte sie und sah auf den toten Körper herunter.

Sie blickte auf und sah die auf sie gerichteten Finger und den Zorn in den Augen der Mutter und des Herren, doch Torona stellte sich vor sie und begann sie zu verteidigen. „Es war eine Entscheidung der Götter", erklärte Torona. Kendrana drückte der Mutter das Kind in die Hand und lief verzweifelt aus dem Raum. Auf dem großen Platz vor dem Haus brach sie weinend zusammen. Sie wand sich in ihrem Schmerz und konnte sich nicht wieder beruhigen.

Dann legte sich eine Hand auf ihre Schulter und sie zuckte dabei zusammen. „Es war nicht deine Schuld!", hörte sie eine Männerstimme und sah zu dem Herren auf, der hinter sie getreten war. Verzweifelt sprang sie auf und rannte durch das Tor in das Dorf hinab. Dort verkroch sie sich weinend in der Hütte der Zauberin.

25. Kapitel

Fremde Schuld

Er hatte alle Mühe gehabt, seine Mutter über den Verlust hinwegzutrösten, doch er gab nicht dem Mädchen die Schuld. Es hätte auch in der Zeit passieren können, in der Torona oder seine Mutter an dem Bett gesessen hatten. Auf der anderen Seite fragte er sich aber auch, ob er bei einer anderen Frau genauso nachgiebig gewesen wäre, oder ob er da mit aller Gewalt, die ihm das Recht gegeben hat, reagiert hätte. Natürlich lagen sie jederzeit in der Hand der Götter und niemand wusste, was am nächsten Tag sein würde, aber so ein kleines Kind? Wieso nur?

Ivain setzte sich in den großen Raum, wie jedes Mal, wenn er über etwas nachdenken wollte. Keine der Dienerinnen wagte es, ihn zu stören und so hatte er dort gesessen, bis die Sonne wieder über dem Hügel aufgegangen war. Es war schon verrückt! Wenn dieser Schwur nicht gewesen wäre, so hätte er dieses Mädchen sofort zur Frau genommen, denn er kam einfach nicht von ihren Augen los!

Torona trat in den Raum, um nach ihm zu sehen, doch er nickte ihr nur zu. „Dich und das Mädchen trifft keine Schuld!", sagte er schließlich und sie verließ den Raum wieder. Der Druide trat in den Raum und kam auf ihn zu. Der Mann baute sich direkt vor seinem Stuhl auf und begann eine Erklärung, welcher Ivain nur kurz zu folgen vermochte. Der Mann erzählte von Schuld, Gerechtigkeit und Sühne für die Tat. Natürlich hatte der Druide recht, aber er wollte Kendrana einfach nicht bestrafen. Wofür auch? Er machte eine wegwischende Handbewegung, aber der Mann ließ nicht los. Immer wieder versuchte der Druide ihn zu beeinflussen, doch er ließ sich einfach nicht beirren.

Schließlich stand er auf und sagte zornig „Es ist genug!" Der Druide verstummte. Beide sahen sich einen Augenblick lang an, dann verließ der Druide ohne ein weiteres Wort den Raum. Ivain sah ihm noch hinterher, doch nun musste er wieder zu seiner Mutter zurück, um sie zu beruhigen.

Er fand sie in dem Zimmer an dem, nun leeren, Bett des Kindes sitzend vor. Mit verweinten Augen sah sie ihn an. Tröstend nahm er sie in den Arm, doch konnte er da Trost schenken? So saßen sie eine ganze Weile, bis eine der Dienerinnen hereinkam und Bescheid gab, dass der Druide nun die Zeremonie der Beerdigung vorbereitet hatte. Ivain musste seine Mutter stützen, als er mit ihr den Raum verließ, dann gingen sie die wenigen Schritte bis zu dem Altar. Nach einer kurzen Zeremonie des Druiden war das Grab auch schon wieder geschlossen und alles würde seinen täglichen Ablauf folgen.

Viel gefasster schritt die Mutter zurück zum Haus, denn sie musste sich ja noch um die anderen Kinder kümmern, die zum Teil auch noch recht klein waren und der Hilfe der Mutter bedurften. Ivain blieb noch einen Augenblick an dem Grab stehen und als er sich umdrehte, da fiel sein Blick direkt durch das Tor auf die Hütte der Zauberin. Sie war zwar weit entfernt, aber ein Sonnenstrahl hatte gerade die Häuserwand getroffen und ließ die weiße Farbe aufleuchten, als wenn es ein Signalfeuer gewesen wäre.

Wie magisch zog ihn dieses Leuchten an und er ging einfach los. Er ließ den Druiden einfach stehen, der wieder ein Gespräch über die Schuld des Mädchens anfangen wollte und lief durch das Tor den Hügel hinab. Wenig später stand er vor dem Hause der Zauberin. Das Mädchen saß dort an dem Feuer. Mit verheulten Augen sah sie ihn an und doch war sie in diesem Moment wunderschön. Wieder sagte er zu ihr „Dich trifft keine Schuld." Doch so richtig schien sie ihm nicht zu glauben. „Wir alle liegen in der Hand der Götter", pflichtete ihm auch Torona bei und langsam schien auch das Mädchen es zu glauben.

Irgendetwas zog ihn zu dieser Frau. Er wollte sie beschützen und in den Arm nehmen, doch ihr Eid würde es nicht zulassen! Dieser Eid war ein echter Fluch! Er konnte jede Frau haben, doch die, welche er wirklich von Herzen haben wollte, die schützen die Götter vor seinem Zugriff! Also konnte er ja dann doch nicht jede Frau haben! Es war zum Verrücktwerden! Kendrana erhob sich vom Feuer, kam auf ihn zu und wie ein Keulenschlag traf ihn der Blick aus ihren Augen.

Er, der mächtige Krieger und Fürst über mehrere tausend Menschen, musste seinen Blick senken vor diesem Mädchen. Was war da los? Sie gingen ein Stück um die Hütte, aber er spürte den Blick der Zauberin in seinem Rücken. So gern hätte er ihre Hand genommen, so wie damals in jener Nacht, doch dann würde sicher Torona wieder zwischen sie treten. So gingen sie einfach mehrere Runden um das Haus, schweigend und vor sich hin blickend. „Wenn es nicht meine Schuld war, wessen Schuld war es denn dann?", fragte sie schließlich, doch darauf wusste er keine Antwort.

Stundenlang hatte er in der Nacht genau über diese Frage nachgedacht. Wer trug Schuld daran? Gab es denn wirklich jemanden, der Schuld hatte? Oder war es einfach nur Bestimmung gewesen? So wie der Moment, in dem sie sich damals getroffen hatten? Bei der Geburt genau dieses Kindes? Er blickte sich um und sah zu Torona, sie würde sicher die Antwort kennen, doch sie würde sie ihm nie verraten. Das wusste er mit einem Blick in ihre Augen.

Zu gern hätte er nun erneut Kendranas Hand genommen, doch das durfte er nicht, also ging er wieder zurück zum Hügel und ließ sie einfach dort stehen. Der Weg hinauf war viel schwieriger, nicht nur, weil der Schnee seinen Weg behinderte, sondern weil ein unsichtbares Band ihn immer wieder zurück zu der kleinen Hütte zog.

Am Tor wendete er sich wieder um und sah auf das Dorf hinunter. Als hätte er dort auf ihn gewartet, trat der Druide wieder an ihn heran und Ivain winkte einfach nur ab, bevor der Mann etwas sagen konnte. Der Druide nickte und ging nach unten zu den Schmieden, die er nun zu kontrollieren hatte. Ivain war es nun ganz recht, das er dem Mann für eine Weile nicht mehr sehen musste.

Der Druide vertrat ihn ja vor den Göttern und vielleicht war es die Schuld des Druiden, dass das Kind gestorben war, weil er die Götter nicht richtig um Hilfe gebeten hatte. Ivains Blick bohrte sich zwischen die Schulterblätter des nach unten gehenden Mannes.

26. Kapitel

Düstere Pläne

ieser Plan hatte doch gar nicht schiefgehen können, und doch war es passiert! Nur der Starrköpfigkeit des Stammesführers war es geschuldet, dass das Mädchen immer noch lebte. Natürlich war das Ganze etwas missglückt, aber wer hatte schon ahnen können, dass die Dienerin mit der Tinktur gleich das halbe Dorf beschenkt. Den ersten Teil des Planes hatte Torona zunichtegemacht, indem sie das Mädchen in das Dorf geschickt hatte, noch bevor sich da etwas zwischen ihr und dem Stammesführer anbahnen konnte, dann hatte er die Dosis des Mittels erhöht und den zweiten Teil hatte dann der Fürst zerstört, indem er sie laufen ließ.

Nun blieb ihm nur der dritte Teil des Planes und den konnte er so schlecht kontrollieren. Er musste Torona und das Mädchen irgendwie auseinander bringen, dann würde ihm die Kleine von selbst in die Falle gehen. Da war er sich sicher. Nur wie? Sollte er sie hier im Dorf schon angreifen lassen? Die Männer dazu hatte er nun mittlerweile. Oder sollte er lieber warten, bis sie wieder in den Wald gegangen sein würden?

Er entschloss sich, zu warten, da es viel zu gefährlich war, die beiden Frauen im Dorf anzugreifen. Ein kleiner Fehler und es konnte alles Mögliche passieren. Ein anderer Krieger konnte einschreiten, Ivain konnte aus Versehen in der Nähe sein, oder andere Frauen könnten die Männer einfach in die Flucht schlagen. Vieles war möglich. Aber vielleicht konnte er auch das enge Verhältnis zwischen den beiden Frauen schon vorher zerrütten, indem er einfach ein paar geschickt formulierte Gerüchte streuen würde. Bei den Frauen würde so etwas immer funktionieren, eine jede von ihnen setzte noch etwas dazu, oder ließ eine wichtige Information fort und damit würde das Bild immer schwammiger werden.

Der Druide hatte die Frauen schon oft dabei beobachtet, wenn sie am Markttag auf dem Platz vor seiner Gerichtshütte standen und einfach über jeden und alle herzogen. Er brauchte nur das größte Klatschmaul zu finden. Der Rest wäre dann ein Kinderspiel und wenn das Vertrauen erst mal fort sein würde, so wäre der Rest für ihn viel einfacher.

Nur wie sollte das gehen? Am besten ging das natürlich, indem man dazu sagte „Aber verrate es keinem!" Damit war dann schon mal sicher, dass es am nächsten Tag das ganze Dorf wusste und als Zweites konnte man es ja auch noch so machen, dass man absichtlich bei solch einer Indiskretion von der Frau belauscht würde. Sollte es da irgendetwas geben, so könnte man immer noch sagen, man wäre falsch verstanden worden. Innerlich begann er zu lächeln.

Die Gelegenheit für seinen Plan bot sich ihm auch schon am nächsten Tag. Am Eingang einer der Schmieden stand einer der Arbeiter und wenige Schritte hinter ihm stand eine der Frauen, von denen der Druide wusste, dass sie nichts für sich behalten konnten.

Leise begann er, dem Arbeiter gegenüber zu erzählen, wie er den Fürsten und Kendrana in dem Zimmer des Kindes hatte stehen sehen. Das Mädchen und der Stammesführer, Hand in Hand! Aus dem Augenwinkel konnte er sehen, wie die Frau wenige Schritte neben ihm aufmerksam lauschte und jedes Wort in sich hineinsog.

War das Gerücht erst mal auf dem Weg, so konnte es keiner mehr stoppen und als er die Schmiede betrat, da rannte die Frau davon. Teil drei des Planes lief an und er lächelte still in sich hinein.

Schon am Abend konnte er, auf dem Heimweg, den Erfolg sehen. Überall tuschelten die Frauen miteinander. Er hörte Wortfetzen wie „... und sie steht doch unter Eid ...", „... wie kann sie nur ..." sowie „... hast du das schon gehört? ...". Auch Worte wie „Schande", „Frechheit" und „Gotteslästerung" vernahm er. Nun musste er eigentlich nur noch warten, bis sich die erste Frau bei ihm oder Torona beschwerte und alles Weitere würde von selbst gehen.

Befragung, Urteil und Vollstreckung.

Und da dabei auch der Fürst involviert war, würde dieser keinen Einspruch gegen das Urteil einwenden können, ohne dabei selbst sein Gesicht zu verlieren. Jetzt, da das Gerücht unterwegs war, konnte er schon mal anfangen die Klinge zu wetzen, denn er würde sie sicher bald brauchen. Er setzte sich in seine Hütte und wartete ab. Alles lief wie geplant.

Konnte noch etwas schiefgehen? War er sich zu sicher? Wieder war es der Stammesführer, der begann das Gerücht zu zerstreuen, doch damit heizte er es ja nur noch weiter an, denn er war ja ein Teil des Gerüchtes. Der Druide lehnte sich zurück und rieb sich die Hände. Zu seinem Glück musste Torona auch noch in das Nachbardorf und er sagte sich „Jetzt oder nie!", wenig später schickte er seine Männer los, die das Mädchen in dem Haus der Zauberin antrafen und nach oben auf den Hügel brachten.

Er sperrte sie in einer der Scheunen ein und bereitete den Prozess vor, denn er wollte es noch am selben Tage zu Ende bringen, bevor vielleicht Torona auch diesen Plan wieder durchkreuzen konnte. Und viel zu lange hatte er schon diesen Schwur, der ihn band.

Die Zeugin war schnell gefunden und der Herr musste sich aus dem Prozess heraus halten, da er ja mit darin verwickelt war. Nur als Zeuge konnte er aussagen, doch was konnte ihr das helfen?

Einer der Krieger zog das Mädchen am Arm aus der Scheune und brachte sie in die Hütte des Druiden. Im Angesicht der Götter begann der Prozess. Die Zeugin sagte aus, wie sie gesehen haben wollte, dass sich die beiden in dem Zimmer geküsst hatten. Das Händchenhalten hatten sie Beide schon zugegeben, aber den Kuss bestritten sie.

In der Hütte war kaum Platz für alle Schaulustigen und selbst draußen im Schnee warteten ein paar Frauen und wollten alle Neuigkeiten genau hören. Für jeden Anwesenden waren schon die Blicke, die das Mädchen und der Fürst wechselten, Beweis genug für die Schuld.

Doch eigentlich war auch ein Kuss noch kein Bruch des Eides an sich gewesen. Waren die beiden noch weiter gegangen? Beide stritten dies vehement ab. Aber war dies die Wahrheit? Dann begann die Zeugin zu erzählen, dass das Kind in jener Nacht gestorben war. War es passiert, weil das Mädchen durch den Fürsten abgelenkt war? Oder hatte sie es sterben lassen? Natürlich kannte er die Antwort, doch er klagte das Mädchen an. „Du hast dich an der großen Göttin versündigt. Während das Kind starb, für dessen

Wohl du hättest sorgen müssen, hast du dich dem Manne hingegeben", schrie er sie an und ließ sie nach draußen schaffen.

Am nächsten Tag sollte nun das Urteil fallen, das passte ihm
zwar nicht, aber der Fürst bestand darauf und so landete das Mädchen für eine Nacht in dem ungeheizten Schuppen. Jetzt musste er
noch für ein weiteres Detail sorgen, denn er brauchte einen Beweis
dafür, dass sie sich dem Manne hingegeben hatte. Nachdem alle
Schaulustigen sich wieder vor seiner Hütte zerstreut hatten, holte
er einen seiner Männer nach oben.

Gegen die Gabe von ein paar Münzen erteilte er dem Mann
den Auftrag, dass das Mädchen am nächsten Morgen nicht mehr
unberührt sein würde. Die Dämmerung legte sich langsam über die
Hügelburg und der Druide zog sich zu einem Altar zurück. Alles
war vorbereitet.

27. Kapitel

Zweifel und Schuld

Da saß sie nun in der kalten, dunklen Hütte und musste warten. Eigentlich konnte ihr nur noch Torona helfen, wenn die alte Zauberin das überhaupt noch wollte. Kendrana hockte an der hinteren Wand und hatte die Knie angezogen. Sie hatte sich ganz fest in den Mantel gewickelt und von ihrer Nasenspitze tropfte eine Träne nach der anderen vor ihr auf den Umhang. Sie war schuldig, denn sie hatte das Kind nicht retten können! Doch an allen anderen Vorwürfen war kein einziges wahres Wort! Natürlich hatte sie darüber nachgedacht, wie es wohl gewesen wäre wenn..., aber Denken war doch nicht verboten. Und Händchen halten auch nicht.

Oder doch? Wieder fiel ihr der Eid ein, den sie der großen Göttin geschworen hatte. Sie hätte es nicht tun sollen und doch war es einfach so passiert. Mit dem Mantelsaum wischte sie sich das Gesicht ab, doch die Tränen versiegten nicht. Das Grab des kleinen Jungen war direkt neben dieser Hütte. Eigentlich nur zwei Schritte entfernt und sie begann sich bei ihm wortreich zu entschuldigen. Dann wanderten ihre Gedanken zu dem anderen Haus hinüber, wo der Herr jetzt vermutlich saß.

Ein Klappern an der Tür ließ sie zusammen zucken. Die Tür wurde geöffnet und eine Dienerin brachte ihr etwas zu essen und zu trinken. Dazu legte sie auch noch Kendranas Kamm, der ihr aus der Tasche gefallen sein musste, als sie hier hineingeworfen worden war. Für einen Moment fragte sie sich, was sie damit wohl sollte, doch dann dachte sie daran, dass sie vielleicht am nächsten Tag sterben würde und da wollte sie sich doch noch einmal die Haare kämmen.

Die Tür fiel zu und sie war wieder allein. Zuerst aß sie den Brei, dann griff sie sich den Kamm. Wieder hockte sie sich hin, löste mühsam die Zöpfe und begann das Haar zu kämmen. Es beruhigte sie und gab ihr eine Beschäftigung. Trotzdem dachte sie dabei fast ständig an den Herrn, von dem sie noch nicht einmal den Namen kannte, wie sie gerade feststellte.

Ihre Finger strichen über den Kamm. Torona hatte ihn ihr geschenkt und auch hier war die große Göttin darauf abgebildet. Kendrana ging in ein inneres Zwiegespräch mit der großen Mutter. Sie entschuldigte sich für ihr Vergehen und bedankte sich für den Schutz. Schließlich rutschte sie an der Hüttenwand herab und schlief ein. Im Traum sah sie Torona und die Göttin, aber sie konnte die beiden nicht erreichen. So schnell sie auch lief, die beiden anderen entfernten sich immer weiter von ihr. Eine dunkle Gestalt baute sich vor ihr auf und griff nach ihr. Kendrana spürte den Schmerz in ihrem Unterleib, der sie fast zu zerreißen drohte. Was war hier los?

Mit einem Schrei nach Torona wachte sie auf und durch die Ritzen der Schuppentür fiel schon Licht in den Raum. Der neue Tag hatte begonnen und der Schmerz ließ langsam nach. Würde es ihr letzter Tag sein? Sollte sie nun doch durch die Hand des Druiden sterben? Langsam erhob sie sich und ging durch die kleine Hütte. Drei Schritte hin, drei Schritte zurück. Dabei gingen ihre Gedanken nun zu Torona, die in der letzten Zeit wie eine Mutter für sie geworden war. Sie dachte auch an den Herrn und fast ärgerte sie sich dafür, nicht das getan zu haben, für was sie nun verurteilt werden würde.

Die Tür wurde geöffnet und das Mädchen wortlos durch einen Krieger nach draußen gezogen. Der Druide wartete schon und auch der Herr saß in der Hütte des Druiden. Dann stand sie dort und wartete auf das Urteil, aber noch bevor der Druide etwas sagen konnte, erschien Torona und erklärte „Für Kendrana gebe ich euch mein Wort, dass sie unschuldig ist! Wer kann das Gegenteil beweisen?" „Dann lasst uns feststellen, ob sie noch unberührt ist", entgegnete der Druide und Kendrana zuckte zurück. Natürlich hatte sie dabei nichts zu befürchten, doch hier? Vor allen Leuten? Der Traum fiel ihr wieder ein. War es etwa kein Traum gewesen? Kendrana legte ihre Hand auf ihren Unterleib und horchte in sich hinein. Da war etwas! Erschrocken ging ihr Blick über die Menschen, die sie ja praktisch schon verurteilt hatten.

Torona bot sich an, diese Untersuchung durchzuführen, doch da sie eine Beteiligte des Prozesses war, lehnte der Fürst dies ab und zeigte auf eine der alten Frauen, die neben ihm standen. Die Frau verbeugte sich, ergriff Kendranas Arm und zog sie hinter sich her.

Nach ein paar Schritten waren sie erneut in dem Schuppen, wo die Frau sie zu Boden drückte und sich an die hintere Schuppenwand setzen ließ. Die Alte schlug Kendranas Gewand zurück, zog ihr die Beine auseinander und tastete mit groben Fingern in das Innere des Mädchens, doch dort traf sie auf den Widerstand ihrer Jungfernschaft. Erleichtert atmete Kendrana auf. Es war wirklich nur ein böser Trau gewesen.

Die Alte nickte und zog das Mädchen wieder auf die Füße. Danach gingen sie wieder zurück zu der wartenden Menge. „Sie ist noch unberührt!", verkündete die alte Frau und Torona ergänzte „Dann hat sie auch den Eid nicht gebrochen. Oder sieht das jemand hier anders?" Alle schwiegen.

Kendrana war gerettet, fiel der Freundin um den Hals und sah, dass der Druide aufstand und in den hinteren Teil der Hütte ging. Der Herr erhob sich ebenfalls von seinem Platz und kam zu Torona „Ich danke dir", sagte er und die Zauberin nickte. „Wie heißt du denn eigentlich?", fragte Kendrana und Ivain nannte seinen Namen. Alle drei verabschiedeten sich und das Mädchen ging mit der Zauberin den Hügel hinab „Da lässt man dich mal eine Nacht allein und du hast das Messer des Druiden schon fast am Hals!", sagte Torona vorwurfsvoll.

„Aber ich habe gar nichts gemacht", antwortete Kendrana trotzig. „Trotzdem wirst du dich lieber den Rest des Winters vom Hügel fern halten", befahl die alte Zauberin und fasste das Mädchen an der Hand.

Mit jedem Schritt entfernte sie sich weiter von Ivain und dabei zog es sie doch eigentlich zu ihm hinüber. Immer wieder drehte sie sich um, so als ob sie ihn sehen könnte. Doch die alte Frau zog sie immer weiter mit sich, bis sie die Hütte erreicht hatten.

„Nun kannst du der Göttin danken, denn ohne sie wärst du jetzt schon tot", erklärte Torona und Kendrana verbeugte sich vor dem Altar. „War es wirklich meine Schuld, dass das Kind gestorben ist? Hätte ich dafür nicht eine Strafe erhalten müssen?", fragte sie danach die alte Frau.

Torona zeigte auf die Bank am Feuer und setzte sich darauf. „Ich habe mir früher auch oft Gedanken darüber gemacht, ob ich einen Fehler gemacht habe. Doch dann hat die große Göttin zu mir gesagt: Alles, was ich tue, das tue ich durch sie. Es liegt nicht in meiner Hand. Es liegt bei ihr", sagte Torona und zeigte auf das Abbild der Göttin an der Fibel an Kendranas Tunika. „Wir Menschen können uns nur gegenseitig in Liebe beistehen. Den Rest machen die Götter", setzte Torona hinzu und ergänzte, „Aber nicht in dieser Art von Liebe!", nachdem sie Kendranas Blick zur Hügelspitze gesehen hatte, die durch die Tür zu sehen war.

„Gemeint ist die Liebe zwischen den Menschen. Nicht die zwischen Mann und Frau. Das ist etwas anderes und viel Stärkeres, aber das wirst du auch noch sehen", erklärte sie weiter und legte ein paar Holzscheite nach, damit es in der Hütte wieder warm wurde.

Kendrana erhob sich und ging zur Tür. Sehnsüchtig schaute das Mädchen von dort aus zu dem Hügel hinauf. Torona trat an ihre Seite und sagte „Habe Geduld. Die Göttin wird alles in deinem Sinne fügen!" Dabei legte sie dem Mädchen die Hand auf den Arm. Sie nickte und ging mit Torona zurück zum Feuer. Ihre Finger strichen über das Bildnis der Göttin auf ihrer Schulter. Was hatte sie mit ihr vor? Die Fruchtbarkeit der Häsin sauste wieder durch ihren Kopf und ließ Kendranas Ohren glühen.

28. Kapitel

Schmutzige Geschäfte

Und wieder war einer seiner Pläne gescheitert. Er hätte in der Nacht einen anderen Krieger zu ihr schicken sollen, der vollendete Tatsachen geschaffen hätte, als diesen Hasenfuß, aber der Mann wollte sich nicht gegen die Göttin versündigen. Feigling! Sein Dolch hatte den Mann dann doch noch bestraft für diese Frechheit, die Münzen zu nehmen und ihn anzulügen. Solange das Mädchen unter Toronas Schutz stand, solange würde er erst einmal die Finger davon lassen, das Mädchen opfern zu wollen. Ein weiterer Plan begann in seinem Kopf Gestalt anzunehmen: Zwar hatte er jetzt die Leute, um die beiden Frauen im Wald überfallen zu können, doch auch davon würde er erst mal Abstand nehmen, denn zuerst musste er die Frauen auseinander bekommen.

Zuvor würde er sich erst einmal darum kümmern, die Schwerter an die Römer zu liefern und auch die Stämme aus dem Norden hatten schon angefragt, ob er sie mit Waffen beliefern würde. Konnte er ihnen trauen? Würden sie die Absprachen einhalten? Die Stämme der Kimbern wollten zwar auch Küchengeräte haben, doch durfte er an Leute verkaufen, die sonst andere Stämme überfielen?

Eigentlich lehnte sein Gefühl dies ab, aber die Felle, die er dafür erhalten würde, die waren wiederum bei den Römern begehrt. So ließ er sich schließlich auf den Handel ein. Ivain brauchte er dabei nicht zu fürchten, denn der Fürst ließ ihm schon seit einer ganzen Weile vollkommen freie Hand bei seinen Geschäften und er brauchte ihm ja nicht sagen, dass er mit denselben Männern Handel trieb, die der Fürst mit seinen Leuten anschließend jagte.

Vielleicht wanderte sogar ein Teil der Beute so wieder in die Scheunen der Siedlung zurück. Und auch die schönen, gewebten, karierten Stoffe waren bei den anderen Stämmen sehr begehrt. Vom Schmuck ganz zu schweigen. Alles, was in der Siedlung angefertigt wurde, das konnte er an die vielen fremden Händler gewinnbringend verkaufen.

Manchmal dachte er daran, ob das alles Gerecht war. Früher hatte er die Druiden immer für ihre Rechtsprechung bewundert. Doch tat er nun dasselbe? Er tat alles für seinen Stamm, das da die anderen Stämme auf der Strecke bleiben würden, war ihm da im Moment egal. Sein eigenes Wohl war wichtig, danach folgten die anderen.

Immer, wenn er den Ruf der Kriegstrompete, der Carnyx, hörte, mit der Ivain seine Männer auf dem Hügel zusammen rief, dann zuckte er zusammen. Jedes Mal dachte er, dass nun sein Tun aufgedeckt werden würde, doch immer, wenn die Männer nach ein paar Tagen zurückkamen, hatten sie wieder niemanden fangen können. Die Feinde hatten sich nach den Überfällen schon lange zurückgezogen und er musste ja niemanden sagen, dass sie nur ein paar Tage später bei ihm auftauchten, um die Beute aus den Überfällen gegen wertvollere Waren umzutauschen. An sich waren es schmutzige Geschäfte und nun klebte Blut an seinen Händen, doch er beruhigte sich damit, dass, wenn er dieses Geschäft nicht machte, es einfach ein anderer machen würde, den sein Gewissen nicht so beißen würde.

So ging das den ganzen Winter und der Handel mit den Waren florierte in dem Dorf. Natürlich blieb auch keinem der anderen Fürsten der Aufschwung verborgen. Zu viele Wagen fuhren nur durch ihre Gebiete, um dann bei ihnen Handel zu treiben. Das

Verhältnis zwischen den sieben Stämmen wurde dadurch immer schlechter, doch daran konnte er ja nicht viel ändern. Zum Glück mussten die Händler nach Rom nicht durch das Gebiet der anderen Fürsten. Nicht auszudenken, was wohl passiert wäre, wenn einer der anderen die verräterische Fracht bemerkt und gefunden hätte.

Da kam es dem Druiden ganz gut zupass, dass ihm der Fürst fast blind vertraute. Der junge Mann hatte nicht viel Ahnung von den Geschäften und er machte alles dafür, dass dies auch so blieb. Er übergab ihm nur die ihm zustehenden Münzen zur Verwaltung und führte ihm ausgewählte Händler zu, die er vorher genau instruierte, damit sich keiner verplapperte. Da die meisten aber sowieso nicht ihre Sprache sprachen und er daher übersetzen musste, war auch dabei die Gefahr ziemlich gering. Der Fürst war eben für den Kampf da und nicht für das Schachern mit Ware. Und der Druide beließ ihn in diesem Glauben.

Zwar bestand er darauf, dass die Schwerter beim Transport immer gut versteckt auf den Wagen verladen wurden, zum Teil sogar in einem doppelten Boden des Wagens, doch das würde nur einer kurzen Überprüfung standhalten und sicher würden ihn die Händler verraten, um ihr eigenes Leben zu retten, wenn sie den anderen Fürsten in die Hände fielen.

Im Winter war es zwar gefährlich, die Pässe über das Gebirge zu benutzen, denn immer mal wieder konnte ein Wagen abstürzen und so seine Fracht im Tal offenbaren, aber je länger der Winter dauerte, umso mehr konnte er sich die Taschen füllen. Als „Opfergabe für die Götter" wie er es nannte. Aber eigentlich für seine Truhe. Was sollten die Götter auch mit Münzen? So hatte es der alte Druide schon vor ihm gemacht und er sah keine Veranlassung, daran etwas zu ändern. Durch den Verkauf der Schwerter wurde es nur etwas mehr, was bei ihm hängen blieb und nicht in die Gemeinschaftskasse des Stammes wanderte.

Da das Verhältnis zwischen den Stämmen immer schon sehr brüchig war, zerbrach es nun vollkommen und als dann der Frühling in das Land kam, da musste sich die kleine Schar um Ivain nicht nur mit den Römern aus dem Süden und den Stämmen aus dem Norden, sondern auch noch mit den eigenen Nachbarn herumschlagen. Dabei half nun das Geld zum Anwerben von Kämpfern, die dann für ihren Stamm in den Kampf zogen.

Auch Angehörige der anderen Stämme kamen nun zu ihnen, denn wo Wohlstand war, da wollten sie alle hin. Wer wollte schon in Armut leben? Und so kam es, dass sie zwar in den Kämpfen Krieger verloren, sich aber vor neuen Leuten nicht retten konnten, die für sie kämpfen wollten. Zwischenzeitlich hatte Ivain eine beachtliche Streitmacht von mehr wie zweihundert Männern, die ihm folgten. Und auch die Bewohner des Dorfes unterhalb des Hügels wurden immer mehr.

Nachdem sich die Anzahl der Schmieden und Werkstätten noch einmal verdoppelt hatten, wurden auch die Handelswege immer besser besucht. Dabei kam ihnen wieder die nahe Lage an dem Gebirge zugute. Sie konnten allen Händlern freies Geleit durch ihr Gebiet gewähren und mussten dazu nicht mit den Nachbarstämmen verhandeln. Natürlich blieb dabei ein schaler Beigeschmack, doch ihnen ging es gut damit und solange sich die anderen Stämme nicht einigen konnten, gemeinsam auf sie loszugehen, war alles noch beherrschbar. So dachte es zumindest der Druide, und sicher schätzte er die Nachbarn damit richtig ein.

29. Kapitel

Suche ohne Ziel

Den ganzen Winter über hatte er so viel zu tun gehabt, dass er sich nicht dem Mädchen widmen konnte. Aber solange sie auch noch der Göttin geweiht war, so lange würden seine Gedanken an sie auch umsonst sein. Nun, da der Frühling endlich da war, und sie wieder mit der alten Zauberin im Wald verschwunden war, wurde es eigentlich Zeit für ihn, sich nach einer Frau umzusehen. Doch wo? In den Wirren des Stammeszwistes hatte er mit fast allen Nachbarn schon gekämpft. Sollte er da nun nach nur ein paar Monden an die Tür klopfen und fragen „Gibst du mir deine Tochter?" Das fühlte sich irgendwie falsch an. Einzig mit seinem alten Freund Douranix hatte er keinen Kampf gehabt. Das war sicher aber auch dem geschuldet, dass ihre Gebiete am weitesten auseinander lagen. Da der Freund damit aber auch der einzige war, zu dem Ivain aufbrechen konnte, machte er sich nach der Schneeschmelze mit einer Abordnung seiner Krieger dorthin auf den Weg.

Nach allen Seiten sicherte sich die kleine Gruppe ab, denn es ging durch nicht sehr freundliches Gebiet. Von überall her drohte ihnen Gefahr, doch sie kamen gut voran. Vorsichtshalber blieben sie aber fernab der Händlerrouten und gingen durch den Wald. Bereits am zweiten Tag, als die Abenddämmerung sich auf das Land legte, waren sie am Hügel der anderen Siedlung angelangt, wo sie von Douranix mit offenen Armen empfangen wurden.

Am Abend saß er dann mit seinem Freund am Feuer der großen Hütte und dort schwärmten sie von der, noch gar nicht so lange vergangenen, Zeit des gemeinsamen Feldzuges nach Süden. Da Douranix nur Töchter hatte, saßen sie alleine. In anderen Häusern hätten vielleicht auch die Söhne mit offenem Mund dort gesessen und den beiden Männern gelauscht. Ivain konnte sich noch gut an seine eigene Kindheit erinnern.

Allerdings eröffnete ihm Douranix im Laufe des Gespräches, dass seine älteste Tochter gerade einmal zehn Sommer alt war und damit noch lange nicht in der Lage sein würde, die Anführerin eines Stammes zu sein. Wieder dachte Ivain an Kendrana, das schöne Mädchen aus seinem Dorf, das ja nun mit der Zauberin für den Sommer im Wald leben würde. Vielleicht war es keine schlechte Idee, auf dem Rückweg einen kleinen Umweg einzulegen und die beiden Frauen in ihrem Sommerlager zu besuchen. Was er sich davon wirklich versprach, wusste er nicht. Aber etwas zog ihn einfach dort hin.

Noch etwas bohrte sich durch seinen Körper. Sollte er dem Freund sagen, dass dessen älteste Tochter doch nicht gestorben war? Aber was würde es ändern, wenn der Freund es wusste? Kendrana war eigentlich in einem anderen Leben. Das dreizehn-jährige Mädchen, die Tochter von Douranix, war an jenem verhängnisvollen Tag gestorben. Dem Sieg geopfert worden und seit diesem Tag gab es nun nur noch Kendrana, die Zauberin, die Dienerin der Göttin. Als diese ließen die Götter sie unter ihrem Schutz am Leben. Als Mädchen würden sie bestimmt ihren Tod fordern.

Der Druide hätte sofort ihrem Willen Ausdruck verliehen. Allerdings würde es schon einen Grund dafür geben, warum die sieben Mädchen damals von der Klippe geworfen worden waren und nicht, wie sonst üblich, mit dem Messer getötet und dann in das Schachtgrab hinter dem Altar geworfen, oder mit Steinen beschwert im Moor versenkt worden waren. Bei beiden Varianten hätte Kendrana wohl kaum überlebt.

Die Götter hatten anders gewählt und er wollte es dem Freund lieber nicht erzählen. Zu tief saß noch der Schmerz des Vaters über die geopferte und damit verlorene Tochter. Das spürte Ivain bei jeder Erzählung von Douranix. Aber war er nicht aus einem anderen Grunde hierhergekommen? Was sollte er denn nun mit seiner Suche nach einer Frau machen? Sollte er einfach noch ein paar Jahre warten, bis die älteste Tochter von Douranix, Ceana, soweit sein würde? Noch war er jung, aber es waren gefährliche Zeiten. Suchte er überhaupt? Und wenn ja, was suchte er? Eine Frau? Oder eine Kopie von Kendrana?

Mit dem Blick in den Becher dachte er zurück. Als er von dem Freund begrüßt worden war, da hatte er in den Gesichtern der Mädchen, der Töchter des Freundes, das Gesicht von Kendrana gesucht. Ihre Augen, ihr Lächeln. Aber das alles gab es sicher nur ein einziges Mal. Wo sie war, das wusste er und so beschloss er am nächsten Morgen wieder aufzubrechen. Bis dahin wurde es eine lange Nacht. Mit vielen Bechern Wein und einem köstlichen Mahl.

Als Ivain dann doch im Bett lag, das die Hausherrin für ihn hatte bereiten lassen, waren seine Gedanken schon wieder bei Kendrana. Sie hatte lange in diesem Haus gelebt und ihre Energie steckte noch überall. Machte er die Augen zu, so sah er ihr Gesicht vor sich und machte er sie auf, so sah er ihre Augen überall. Es war die reinste Quälerei und er wünschte sich, dass er mehr von dem Wein getrunken hätte. Dann wäre ihm das Schlafen sicher leichter gefallen.

Es war fast Morgen, bevor ihm endlich die Augen zufielen und schon wenig später musste er auch schon wieder aufbrechen. Ivain bedankte sich bei Douranix mit einer Umarmung für die Gastfreundschaft und brach mit seiner kleinen Schar von Kämpfern wieder auf.

Auf einem anderen Weg zogen sie wieder zurück, doch diesmal war ihnen das Glück nicht gewogen, denn als die Sonne am höchsten Punkt stand, da trafen sie mitten im Wald auf eine Gruppe von Kämpfern, die dem Stamme der Kimbern angehörten. Sie hatten mehr als doppelt so viele Männer, wie Ivain und durch das plötzliche Aufeinandertreffen konnten sich beide Gruppen nicht auf den Kampf vorbereiten. Im Bruchteil eines Momentes waren sie mit Schwert, Schild und Äxten aufeinander geprallt.

Der Wald hallte von den Hieben und den Schreien der getroffenen Männer wieder. So schnell, wie es begonnen hatte, so schnell war der Kampf dann auch vorbei. Alle Feinde lagen getötet am Boden, doch von Ivains kleiner Truppe waren nur noch acht Männer am Leben. Viele davon verletzt. Nun mussten sie sich beeilen, um Toronas Lager zu erreichen, damit sie wieder gesunden konnten. Gegenseitig sich stützend eilten sie los, so schnell sie es noch vermochten.

Noch vor Sonnenuntergang hatten sie die Lichtung erreicht und die beiden Frauen begannen mit Verbänden und Kräutern zu helfen. Ivain konnte keinen Blick von dem Mädchen lassen, doch er wich ihrem Blick aus. Er war hierher geeilt, um sie zu sehen und nun wagte er nicht, mit ihr zu reden, denn sicher würde ihn dabei sein Gefühl überwältigen und das wäre gefährlich für Kendrana. Die Götter duldeten keinen Frevel. Hatten sie die Feinde ihm deshalb in den Weg gestellt, um ihn an diesem Treffen zu hindern? Was würde da erst passieren, wenn er mit ihr Händchen hielt? Stürzte dann der Himmel auf ihn herunter?

30. Kapitel

Hoffnungen

In den letzten drei Jahren im Wald hatte Kendrana alles gelernt, was Torona ihr beibringen konnte und wieder ging es auf den Herbst zu. Sie war nun sechzehn Sommer alt und nichts erinnerte mehr an das flache Mädchen, das sich mit den Jungs geprügelt hatte, und als das sie vor unglaublich vielen Übungen in den Wald gegangen war. Mittlerweile kannte sie jedes Kraut, das in dem Wald wuchs. Doch so, wie es Torona schon bei ihrem ersten Treffen vermutet hatte, war der Arm steif geblieben. Die junge Frau konnte ihn in der Schulter drehen und die Hand benutzen, aber das Armgelenk war nicht zu bewegen. Ein dicker Knubbel war nun da, wo vorher der eher spitze Ellenbogen gewesen war.

Zusammen machten sie sich wieder auf den Weg von ihrem Sommerhaus zu dem Winterquartier in dem Dorf und damit auch in die Nähe von Ivain. Die störrische Ziege lief meckernd vor ihr her, aber Kendrana trieb das Tier nur zusätzlich an, denn sie konnte es kaum erwarten, den Mann wiederzusehen und das, obwohl es auch vermutlich nur beim Sehen bleiben würde, denn nur selten hatte es mal ein Gespräch zwischen ihnen gegeben. Das Kleid, welches er ihr damals gegeben hatte, das hatte sie wie einen Schatz gehütet, selbst dann noch, als es ihr nicht mehr gepasst hatte.

Die Bäume hatten schon bunte Blätter und ein doch schon kräftiger Wind zerrte an dem Laub. Sicherlich würde es nur noch wenige Tage dauern, bis der Schnee die Ebene vor den Bergen bedecken würde. Offenbar hatte Torona wirklich bis zum letzten möglichen Tag mit ihrem Aufbruch gewartete. Unendlich lang schlängelte sich der Pfad dahin und Kendrana war in ihren Gedanken schon weit voraus. Immer näher kam das Dorf und der Hügel war schon deutlich über den Baumgipfeln zu sehen.

Als der Wald endete, da drehte sich Torona um und sagte „Ich soll dir von der Göttin sagen, dass dein Eid nun von ihr aufgelöst wurde. Du kennst alles, was ich dir beibringen konnte und nun beginnt ein neuer Schritt in deinem Leben." Verwundert sah Kendrana zu der Freundin, hinter deren Kopf schon der Turm zu sehen war. „Was bedeutet das?", fragte sie und die Zauberin erwiderte „Ich glaube, du weißt es selbst!" Dabei drehte sie sich um, zog die Ziege die letzten paar Schritte durch den Wald und zeigte dann auf den Hügel.

„Die Göttin lässt dir sagen: Du wirst erwartet!", deutete Torona ihr an. Die Göttin hatte ihr den sehnlichsten Wunsch erfüllt! Sofort stürzte Kendrana los und rannte auch schon an der Zauberin vorbei. „Danke!", rief Kendrana nach hinten und lief so schnell, wie sie nur konnte. Dabei schlug der Dolch gegen ihr Bein, der Beutel tanzte auf ihrem Rücken und doch schien der ersehnte Hügel nicht näher kommen zu wollen.

Wie konnte sie eigentlich so sicher sein, das er auf sie warten würde? Torona hatte ja nicht gesagt, wer wartete. Kendrana rannte durch die ganze Siedlung und ignorierte die Blicke der anderen Frauen. Erst am Fuße des Hügels blieb sie keuchend stehen, um zu verschnaufen. Jetzt erst setzte der Verstand wieder ein. Was sollte nun werden? Zweifel sausten durch ihren Kopf.

Die junge Frau blickte sich um und die Hütte, in der sie die letzten Winter verbracht hatte, war nicht sehr weit entfernt. Sollte sie dorthin gehen, bevor sie sich hier vielleicht völlig lächerlich machen würde? Als sie im Frühling in den Wald aufgebrochen waren, da war Ivain noch nicht gebunden gewesen. Was war in den Monden seither geschehen? War er immer noch für sie frei? Er konnte ja nicht wissen, dass die Göttin sie nun von dem Eid entbunden hatte. Aber wer nicht fragte, der konnte es nicht erfahren. Und hatte die große Göttin sie jemals belogen?

Langsam stieg sie den Berg hinauf und durchschritt das Tor. Die beiden Krieger, die dort Wache hielten, kannten sie noch immer gut und ließen sie sofort passieren. Von dort aus führten sie ihre Schritte auf das große Haupthaus zu, weil er vermutlich darin sein würde. Kendrana betrat zögerlich die große Halle, in der Ivain gerade mit ein paar Händlern sprach.

Bei seinem Anblick sauste ein warmes Gefühl durch ihren Bauch und ihre Augen streichelten ihn. Neben der Tür lehnte sie sich an die Wand und wartete, dass das Gespräch enden und er die Männer wegschicken würde. Es dauerte eine ganze Weile und sie konnte ihre Ungeduld fast nicht mehr zügeln, aber einfach in ein Gespräch der Männer hineinzuplatzen, das galt für eine Frau als ungehörig. Obwohl es sie so sehr drängte, wartete sie geduldig auf ihn! Schließlich hatte sie drei lange Jahre gewartet und dagegen war diese kurze Zeit nur ein Wimpernschlag. Und doch dehnte sich dieser Moment unendlich lang.

Endlich hatte er die Händler verabschiedet und kam auf sie zu. Das Kribbeln in ihrem Bauch wurde mit jedem Schritt, mit dem er sich ihr näherte, immer größer. Was würde er sagen? Was würde er tun? Dann standen sie nur noch auf Armlänge voreinander und er sah von oben in ihre Augen. Er war nun, trotz dass sie auch noch ein Stück gewachsen war, fast einen Kopf größer als sie. Dieser Blick traf ihr Herz und setzte es in Flammen. „Kendrana. Willkommen zurück im Dorf. Ich habe dich schon erwartet", sagte er und ihr brennendes Herz machte einen Sprung in ihrer Brust. Es begann so schnell zu schlagen, das ihr dabei fast schwindelig wurde und sie wusste nicht, wie sie beginnen sollte.

Schließlich zeigte sie auf die Fibel an ihrer Schulter, mit dem Bild der Göttin darauf, die sie immer noch als Zeichen ihrer Zugehörigkeit zum Stand der Zauberinnen trug. „Die Göttin hat mich von meinem Eid entbunden! Ich bin jetzt eine freie Frau!", sagte sie und strahlte ihn an.

Für einen Moment war Ruhe und nur seine Augen redeten mit ihr. „Wirklich?", fragte er zweifelnd einen Moment später und sie nickte. „Möchtest du meine Frau werden?", setzte er sofort die Frage fort und erneut nickte sie zur Bestätigung. Dann trafen sich ihre Lippen zum ersten unbeholfenen Kuss. Wie das ging, wusste sie nicht, sie hatte es nur oft bei ihren Eltern gesehen, aber es fühlte sich gut an. Das Gefühl in ihrem Bauch war mittlerweile so stark, dass ihre Knie zu zittern begannen.

Ivain löste sich aus diesem wundervollen Kuss, hob sie auf seine Arme und trug sie den Saal entlang zu den hinteren Räumen. Von dort brachte er sie weiter den Gang entlang, den sie ja schon von ihren Besuchen kannte, und setzte sie erst in seinen Räumen wieder auf dem Boden ab. „Ich kann es immer noch nicht glauben", sagte er, doch sie sagte nur heißer „Ja. Glaube es nur!" Die Aufregung hatte ihr die Stimme verschlagen.

Erneut küsste er sie. „So lange habe ich darauf gewartet", sagte er einen Augenblick später und öffnete ihren Gürtel. Der Dolch fiel polternd zu Boden und eine Magd erschien im Zimmer, um zu schauen, was wohl passiert war, doch er sagte „Alles gut!" Mit einer Verbeugung entfernte sich die Dienerin wieder aus dem Raum.

Kendrana löste die beiden Fibeln an ihren Schultern und der Stoff der gelben Tunika fiel rauschend über ihre Hüften zu Boden. Erneut trafen sich ihre Lippen, sie spürte seine Hände auf ihren Schultern und dann folgte das Unterkleid der Tunika.

„Sei mein für diese Nacht und danach für immer!", sagte er, hob sie hoch und trug sie nackt auf seinen Armen in einen angrenzenden Raum, wo er sie vor einem großen Bett wieder mit den Füßen auf den Boden stellte. Nun begann er seine Kleidung ebenfalls abzulegen. Kendrana stand einfach nackt in dem Raum und das rötliche Feuer in der Ecke des Raumes, das die einzige Lichtquelle hier war, tauchte ihren Körper in eine rote Farbe, so würde er nicht sehen können, dass sie selbst bei seinem Anblick errötete.

Der Mann hatte noch sein Unterhemd an, als er sie wieder anhob und vorsichtig in das Bett legte, so als ob sie zerbrechlich wäre. Über sie gebeugt küsste er sie, dann stand er auf und streifte sich die Unterkleidung über den Kopf. Achtlos warf er das Kleidungsstück nach hinten und Kendrana sah die Löckchen auf seiner Brust. Auch Narben eines Kampfes konnte sie darauf erkennen und mit den Fingern fuhr sie eine dieser Furchen entlang.

Dann zog etwas ihre Aufmerksamkeit nach unten. Kendrana sah nun, worüber sie im Wald oft mit Torona geredet hatte und im Moment wusste sie nicht, ob sie nicht lieber flüchten sollte, doch sie blieb liegen. Ihr Blick ruhte auf seiner Leibesmitte, wo seine Erregung langsam immer mehr nach oben zeigte und bedrohliche Ausmaße annahm. „Keine Angst!", flüsterte er, weil er wohl ihren Blick gesehen hatte.

Schließlich legte er sich zu ihr in das Bett und begann sie zu streicheln. Dabei folgte eine Gänsehaut den Fingerspitzen des Mannes auf ihrer Haut. Das Kribbeln in ihrem Bauch zog nun durch ihren Unterleib und sie legte sich im Bett zurück. Ein neuer Kuss folgte, dann schob Ivain mit einer Hand eines ihre Knie zur Seite, wodurch sie sich für ihn öffnete. Seine Hand tastete sich über ihren Oberschenkel voran und sie zuckte zusammen, als er oben angekommen war. Genau an dieser Stelle, an welcher nun seine Finger ruhten, da spürte sie nun ihr Blut in sich pochen.

Unerfahren, wie sie war, musste er, der anscheinend auch nicht viel erfahrener war, den aktiven Teil übernehmen. Mit einer schnellen Bewegung glitt er zwischen ihre Schenkel und stieß unvermittelt zu. Ein Brennen verdrängte das Kribbeln, doch diesen ersten Schmerz biss sie sich fort, dann überwiegten die Glücksgefühle. Sie war bci dem geliebten Mann. So nah, wie es näher nicht ging! Ivain wartete einen Moment, bevor er sich in ihrem Schoß zu bewegen begann.

Keuchend lag er über ihr, immer schneller wurden seine Bewegungen und sie kam ihm nun bei jedem Stoß mit dem Unterleib entgegen. Es schien ihr immer tiefer zu gehen, dann stöhne er auf, brach über ihr zusammen und schlief neben ihr ein.

Kendrana schaute auf das Feuer und sah das Funkeln der Fibeln, die sie mitgebracht hatte und die neben dem Bett lagen. Der Tag, den sie als Dienerin der Göttin begonnen hatte, den hatte sie als Fürstin und Herrin gehen sehen. Sie dankte der Göttin, kuschelte sich an Ivain an, schloss die Augen und schlief glücklich ein.

31. Kapitel

Neuer Wind

Er schlug die Augen auf und sah die neben ihm schlafende Frau. Es war also doch kein Traum gewesen. Eine Haarsträhne hatte sich gelöst und war über ihr Gesicht gerutscht, aber er wollte sie nicht wecken und ließ sie daher einfach dort. Im Schein des Feuers betrachtete er die Frau. Die Decke, die sie vermutlich über sie beide gezogen hatte, war in der Nacht zur Seite gerutscht und gab einen Teil ihres Körpers frei. Erst jetzt hatte er wirklich Zeit, um sie anzuschauen, am Abend zuvor war alles so schnell gegangen. All die Zeit hatte er keine Frau finden können und nun wusste er auch warum. Zum Glück war er der Stammesführer und musste daher auch niemanden fragen, ob er heiraten durfte und bei ihr war es ja ähnlich gewesen, die Göttin hatte sie freigegeben. Schließlich strich er ihr doch die Strähne zurück und sie erwachte.

Im Halbdunkel des Raumes trafen sich wieder ihre Augen. „Wie hat mein Herr geschlafen?", fragte sie und er küsste sie. „Dann zeige ich dir mal dein neues Reich", sagte er und wollte aufstehen, doch sie zog ihn zurück in das Bett. Eine neue Welle an Zärtlichkeiten traf über ihnen zusammen. All die Zeit des Wartens drängte darauf, dass sie sich wieder vereinigten. Leidenschaftliche Küsse und das Streicheln durch die Finger der Frau trieben ihn vorwärts. Trieben ihn in sie. Zwei stöhnende, schwitzende Körper, die eins waren. Erst viel später standen sie dann gemeinsam auf.

Eine Dienerin erschien auf seinen Ruf sofort und half zuerst Kendrana in das Unterkleid und danach ihm. Als Kendrana die Tunika wieder aufhob, nahm er sie ihr aus den Händen und sagte „Für dich gibt es nun bessere Kleider." „Aber die ist doch gut genug", sagte sie, doch er schüttelte den Kopf und gab der Dienerin die gelbe Tunika. Wenig später erschien sie mit einer dunkelblauen Tunika. Woher sie diese hatte, war sicher ein Geheimnis, aber vielleicht hatte sie diese in der Nacht genäht.

Er sah, wie Kendrana den kostbaren Stoff bewunderte und dann half die Magd ihr in das Kleidungsstück. „Welche Fibeln soll ich nehmen?", fragte die Magd, als Kendrana ihr die der Göttin hinhielt. Ivain drehte sich um und ging zu einem kleinen Kästchen, das ihm ein Händler erst vor ein paar Tagen geschenkt hatte. Er nahm es in die Hand, strich über den aufwendig verzierten Deckel und klappte es auf. Damit ging er zurück und sagte „Nimm diese hier!" Es war ein sehr kostbares Geschenk, aber genau das richtige für die Herrin von mehr als tausend Menschen und er sah an ihren Augen, dass ihr die Spangen ebenfalls gefielen.

„Wir gehen dann noch zum Druiden, um den Schutz der Götter für unsere Verbindung einzuholen", sagte er noch. Sie antwortete daraufhin „Erlaubst du mir, dass ich den Dolch dorthin mitnehme?" „Wenn du dich damit besser fühlst", entgegnete er. Dann lachte er und winkte der Dienerin zu, die den Gürtel mit der langen Waffe aus dem Nebenraum holte.

Wenig später knieten sie vor dem Altar und obwohl der Druide sie doch freundlich begrüßte, hatte er an ihren Augen gesehen, dass sie ihm nicht traute. Jede seiner Bewegungen wurde verfolgt und es war schon fast lustig, wie ihre Hand in Richtung Dolch zuckte, als der Druide etwas aus einer Tasche nahm. Sicher waren da noch die Erinnerungen an den Prozess in ihr.

Nach der Weihe gingen sie zurück in das Haus, wo er ihr seine Mutter, den Bruder und die Schwestern vorstellte. In seiner Mutter hatte sie sofort eine Freundin. Die Schmerzen und der Zorn, um das verlorene Kind, waren bei seiner Mutter schon längst verflogen. Beiden umarmten sich sofort. Die Schwestern waren da etwas zurückhaltender, aber das würde sich noch geben. Als Nächstes wurde ein Festmahl ausgerichtet, an dem alle teilnahmen. Der Druide lehnte dankend ab und das war sicher auch im Interesse von Kendrana. Es wurde eine lange und lustige Feier, bei welcher seine Frau Geschichten aus dem Wald erzählte und auch die Schwestern hörten dabei aufmerksam zu.

Nach dem Essen zogen sie sich wieder in ihre Gemächer zurück. „Du bist nun die Herrin über die Frauen. Ab morgen kannst du sie dann führen, wie es dir beliebt. Bei den Männern wende dich an mich. Die obliegen meiner Zuständigkeit", sagte er und sie nickte. Eine Dienerin erschien und half ihnen aus den Kleidern.

Wenig später lagen sie aneinander gekuschelt unter der Decke. „Und ich habe bei den Frauen freie Hand?", fragte sie ihn und er nickte. „Den Druiden mag ich aber nicht!", sagte sie weiter. „Der Mann ist freundlich und nicht der alte Griesgram, welcher der alte Druide immer gewesen war. Den habe ich auch nicht gemocht", erklärte er und zog sie an seine Brust. „Dann will ich ihm ebenfalls unvoreingenommen entgegentreten", sagte sie. „Kein Dolch mehr?", fragte er schmunzelnd. „Nein! Solange du ihm vertraust, so will ich das ebenfalls tun", entgegnete sie. Eine neue Welle der Lust erfasst sie und wieder glitten sie ineinander. Schließlich schliefen sie ermattet ein.

Am folgenden Tag begann Kendrana zuerst die Dienerschaft zu kontrollieren. Es waren zehn Frauen, die ihr direkt im Haus unterstanden. Dienerinnen, Köchinnen und die Amme für Ivains kleine Geschwister. Dazu kam, dass sie ja auch seiner Mutter und den Schwestern vorstand, so wie auch allen Frauen unten in dem Dorf. Eine große Verantwortung für eine sechzehnjährige. Daher blieb Ivain bei ihr, um ihr zu helfen. Aber er sah, wie sie seine Mutter zur Seite nahm und dann bat sie diese, ihr zu helfen, was sie auch gern annahm. Nun trug sie auch die breite Kette der Stammesführerin, welche die ältere Frau, der Not gehorchend, bis zum Tage zuvor noch getragen hatte. Nun sollte neuer Wind auf dem Hügel wehen.

Später an diesem Tag nahm Kendrana die beiden Fibeln mit dem Abbild der Göttin und ging mit ihm an der Hand damit zu Torona, denn sie durfte diese ja nun nicht mehr tragen. Sie trafen die alte Frau in dem vertrauten Haus, wo sich die beiden Frauen umarmten. Dann holte Kendrana die Fibeln aus dem Beutel. Doch Torona schob die Hand Kendranas zurück. „Du brauchst sie noch. Die Göttin wird dir sagen, was du damit machen sollst, wenn es so weit ist", sagte die erfahrene Frau. Danach drehte sie sich um und zog einen reich verzierten Opferdolch hervor. „Auch dies hier ist für dich", erklärte sie und drückte den Griff der Waffe in die Hand von Kendrana. „Ich danke dir", entgegnete Kendrana und sie verbeugten sich beide vor der Zauberin.

Die alte Frau legte ihnen ihre Hände auf die Köpfe und segnete so noch einmal die Verbindung zwischen ihnen. Danach verabschiedeten sie sich und verließen die Hütte der Zauberin. Gemeinsam gingen sie anschließend durch das Dorf, denn schließlich sollten ja alle sehen, dass sie nun die neue Herrin war und er sie unterstützen würde.

32. Kapitel

Unter dem Schutz der Götter?

Zwei Dinge hatten sich zum Guten für den Druiden gewendet: Zum einen wusste er nun jederzeit, wo das Mädchen war, und zum anderen war sie nicht mehr mit Torona zusammen unter dem Schutz der Göttin. Sie war nur noch ein ganz „normaler" Mensch. Zwar die Herrin des Stammes, aber was interessierte ihn das? Er stand ja praktisch über ihr und brauchte nur auf einen Fehler der jungen Frau zu warten. Und dass sie mit gerade einmal sechzehn Sommern zwangsläufig einen Fehler machen musste, war ihm schon fast klar. Es gab so viele Stolperfallen im öffentlichen Leben für eine junge und unerfahrene Fürstin. Die wichtigste Aufgabe war, dass sie dem Fürsten ja einen Sohn und Nachfolger schenken musste. Und da hatte er noch so seine Kräuter, mit denen er da steuernd eingreifen konnte.

Jetzt konnte er sich eigentlich zurücklehnen und warten, aber es würde auch nicht schaden, wenn man da etwas nachhalf. Und dazu war er ja schließlich auch in der Lage. Er konnte den Tod des Kindes wieder herausholen und damit den Zwist zwischen Kendrana und ihrer Schwiegermutter nähren. Oder etwas Stimmung gegen sie bei den Bediensteten machen. Natürlich durfte er sich dabei nicht erwischen lassen, doch er wusste ja immer noch, wie man Gerüchte streuen konnte.

In Gedanken versunken prüfte der Druide seine Kräuter. Was bei Ivains Mutter gewirkt hatte, um bei ihr vorzeitige Wehen auszulösen, das konnte auch bei der jungen Fürstin helfen. Natürlich wollte er sie mit dem Mittel nicht töten. Das würde dann sein Messer übernehmen, denn schließlich musste er sie noch auf dem Altar opfern. So hatte er es dem Druiden damals versprochen. Und um an sein Ziel zu gelangen, da müsste er nur die Schwangerschaften unterbrechen und der Fürst würde sie sicher verstoßen.

Wie erwarte dauerte es auch nur wenige Wochen, bis sich die ersten Rundungen unter ihrer Kleidung abzeichneten und nun war es für ihn so weit, um zu handeln. Er nahm seinen Beutel und begab sich damit in die Küche. Dort suchte er die Dienerin und drückte ihr den Beutel in die Hand. „Mische es in das Essen der Fürstin. Damit steht sie dann unter einem ganz besonderen Schutz der Götter!", sagte er und die Dienerin verbeugte sich vor dieser Gabe. Noch während er neben ihr stand, bereitete sie das Essen zu und als der Druide den Raum verließ, brachte sie das Mahl in den großen Saal.

Drei Tage würde das Mittel brauchen. Dreimal nur eine kleine Prise von den getrockneten Kräutern. Sicher würde es noch nicht beim ersten Mal ausreichen, dass der Fürst sie verstieß, aber spätestens beim dritten verlorenen Kind würde es so weit sein.

Am schwierigsten war es aber für ihn, den Beiden gegenüberzutreten und sich dabei nicht zu verraten. Zum Glück konnte er sich bei der Dienerin sicher sein, denn sie war streng gläubig und würde nie die Götter, oder ihn, verdächtigen, etwas Unrechtes zu unterstützen.

Nach den drei Tagen war das Pulver alle und in der darauf folgenden Nacht verlor die Fürstin unter schweren Krämpfen ihr Kind, so wie er es geplant hatte. Die junge Frau brach zusammen und schritt in den folgenden Tagen mit verheulten Augen über den Hügel. Der Druide hielt sich zurück und wartete. Würde diese erste Fehlgeburt schon reichen, um sie zu zerbrechen? Doch sie war stark und schon nach ein paar Tagen scheinbar über den Verlust hinweg.

Allerdings kam nun der Winter und damit auch die Zeit, in der Ivain wieder die Räuber verfolgen musste. Damit war sie nun zwangsläufig öfters allein auf dem Hügel. Er versuchte vorsichtig auf Distanz zu bleiben, um sich nicht durch sein Verhalten zu verraten, doch er war immer nah genug an ihr, um alle ihre Schritte verfolgen zu können. Zusätzlich versorgten ihn die Dienerinnen mit allen notwendigen Informationen, denn er brauchte ihnen nur zuzuhören, wenn sie an seiner Hütte vorbei zu dem kleinen Brunnen gingen, der am Rande des Hügels gegraben war.

In den letzten Jahren gab es kaum noch strenge Winter und wenn mal etwas Schnee fiel, so war es höchstens eine Hand hoch. Somit fror der Brunnen auch nicht mehr zu. Vermutlich hatten diese milden Winter auch dafür gesorgt, dass die Pässe über das Gebirge nun zu fast jeder Jahreszeit befahrbar waren.

Selbst er konnte sich nur noch ganz wage an einen Winter erinnern, in dem ihm der Schnee bis zu den Schultern gegangen war, aber damals war er ja auch noch viel kleiner gewesen. Diese milden Winter sorgten auch dafür, dass sich die Überfälle gerade in der kalten Jahreszeit mehrten. Hoch im Norden war es sicher anders. Im Wald war das Wetter unwirtlicher und er hatte oft von den Händlern erfahren, dass diese lieber hier unten bei ihm blieben, als sich in das Dunkel der Wälder zu wagen. Da aber die Ernten im Herbst eingebracht worden waren, gab es für die Räuber nun natürlich auch viel zu holen und diese hatten, da ihre eigene, meist kärgliche, Landwirtschaft ruhte, auch die Zeit dazu, sich zu holen, was sie brauchten.

Daher gab es auch kaum mal ein paar Tage hintereinander, in denen der Fürst hier war und nicht durch den Wald zog. Auch so etwas konnte eine junge Liebe beeinflussen. Und dazu kam dann auch noch die Angst, dass dem Manne etwas passieren konnte. All das zusammen trieb die Fürstin praktisch zu ihm herüber. Zuerst ein Mal und nur vorsichtig, später dann immer öfter, kam sie zu ihm in die Hütte, um den Göttern Bittgebete und Dankopfer zu überbringen, die er gern von ihr annahm. So konnte er auch ihr Vertrauen gewinnen und so tun, als ob ihm ihr Wohl am Herzen liegen würde.

Aber im Verborgenen sorgte er dann doch dafür, dass sie bei jeder erdenklichen Gelegenheit versagte. Sie trug die falsche Kleidung bei der Begrüßung einiger Händler. Sie versuchte sich mit den Dienerinnen gut zu stellen, was er im Hintergrund wieder hintertrieb und gegen sie verwendctc, dcnn schließlich musste sie, als Fürstin, doch den nötigen Abstand waren! Jeder ihrer Schritte spielte ihm in die Hände und machte sie vor den anderen Menschen im Stamm unmöglich. Natürlich hätte man über all das hinwegsehen können, doch er nutzte es geschickt aus, um ihre Position immer wieder zu untergraben, ihr somit unwürdiges Verhalten in das Gespräch zu bringen und die Frauen zerrissen sich über jeden ihrer Fehler das Maul.

Nachdem sie bis zum Beginn des Frühlings schon das zweite Kind verloren hatte, da machte sich das Gerücht über einen Fluch der Götter im Dorfe breit. Schließlich konnte ja niemand wissen, dass er es war, der dafür sorgte, dass sie die Kinder verlor. Kendrana flüchtete sich unter den Schutz der Götter, war öfters in seiner Hütte und ahnte nicht einmal, dass ihr dort die größte Gefahr drohte. Der Druide rieb sich die Hände, denn die Angst der jungen Fürstin trieb sie geradewegs in ihren Untergang. Es bedurfte nur noch eines kleinen Stoßes in ihren Rücken.

33. Kapitel

Im Bann eines Fluches?

riana saß am Bett des Mädchens und dachte über die neue Herrin nach. Schon viele Sommer war sie hier in diesem Hause als Amme bei der alten Fürstin tätig und hatte auch damals den kleinen Jungen betreut, der dann ja in den Händen von Kendrana gestorben war. Auch die Tinktur, die ihr der Druide gegeben hatte, hatte damals nicht das Leben des Kindes retten können. Seit damals misstraute sie der jungen Frau und nun war sie sozusagen ihre Herrin, auch wenn sie direkt der alten Fürstin als Dienerin unterstand. Zumindest so lange, wie die neue Herrin noch kein Kind bekommen hatte, denn dann würde sie sicher wieder als Amme für die Kinder der jungen Frau tätig werden müssen. Es blieb nur die Frage, ob sie das überhaupt wollte, denn sie war ja frei und konnte gehen, wohin sie ihr Weg führen würde, allerdings war es ihr hier immer gut gegangen. Sie hatte schon den jungen Herren damals in ihren Armen in den Schlaf gewiegt. Ihn kannte sie seit langen und ihm vertraute sie, aber konnte sie sich auf seine Objektivität verlassen, wenn es um seine Frau ging?

Schon oft hatte sie gesehen, wie er die Frau ansah. Vielleicht hatte sie ihn ja verzaubert oder anderweitig in ihren Bann gezogen, denn alles, was die Herrin machte, wurde von ihm gutgeheißen. Selbst den Verlust der beiden Kinder hatte er ohne ein Wort hingenommen. Jede andere Frau wäre da schon lange aus dem Haus geworfen oder auf dem Altar für die Fruchtbarkeit der nächsten Frau geopfert worden. Und dennoch konnte er ihr offensichtlich alles verzeihen.

Die alte Amme konnte darüber nur den Kopf schütteln und dachte daran, wie sie selbst vor vielen Jahren von dem alten Herren eine Tracht Prügel erhalten hatte, nur weil sie einen Topf hatte fallen lassen. In ihren Augen war das ein viel geringeres Vergehen, als das, ein Kind, das einem die Götter anvertraut hatten, zu verlieren und zusammen mit dem Bruder von Ivain hatte die junge Herrin damit ja auch schon drei Kinder auf dem Gewissen.

Konnten die Götter ihr das verzeihen? Sie selbst konnte es im Moment nicht. Das kleine, fünfjährige Mädchen in dem Bett wachte auf und begann zu weinen. Die Amme nahm sie heraus und begann sie in ihren Armen zu wiegen.

Dabei dachte sie daran, dass die junge Herrin auch das nicht wirklich machen konnte, denn sie hatte ja nur einen Arm! Briana ging zum Fenster und schaute in die Nacht hinaus. Der Mond stand über dem Hügel und schien auf die letzten Schneereste, die die Sonne noch nicht hatte wegtauen können. Immer mehr zweifelte sie an dem Verstand des jungen Herrn, doch sie war nur eine Dienerin. Wie hätte sie gegen seinen Willen ankämpfen können? Oder eben gegen den Bann, den Kendrana sicherlich über ihn gelegt hatte?

Vielleicht konnte der Druide ihr da behilflich sein? Immerhin war er es ja, der direkt im Kontakt mit den Göttern stand. Nur er konnte einen Bann aufheben. Briana legte das nun schlafende Kind zurück in das Bett und trat erneut an das Fenster. Direkt über dem Platz konnte sie die Hütte des Druiden im silbernen Mondlicht erkennen und beschloss, nach dem Sonnenaufgang zu ihm hinüber zu gehen, um ihn nach einem Rat zu befragen. Zwar ging sie das Ganze ja eigentlich nichts an, aber sie fühlte sich Ivain gegenüber immer noch zum Schutz verpflichtet. Für sie war er immer noch der kleine Junge, der sich einmal das Knie aufgeschlagen hatte und weinend zu ihr gelaufen war.

146

Stumm lauschte sie in die Nacht. Ruhe war jetzt in dem Haus und die Amme war im Moment wohl die einzige, die wach war. Sie fuhr sich mit der Hand durch das grau gewordene Haar und dachte an ihr langes Leben zurück. Zusammen mit Torona war sie eine der ältesten Frauen des Dorfes, wenn nicht sogar aller gemeinsamen Stämme. Viele Frauen, die nach ihr geboren worden waren, waren schon lange den Widrigkeiten des Lebens zum Opfer gefallen.

Vielleicht hatte sie aber auch ihrer nicht ganz so schweren Arbeit als Amme dieses lange Leben zu verdanken. Allerdings waren ihr dadurch eigene Kinder versagt geblieben. In Gedanken versunken setzte sie sich in den Stuhl neben dem Bettchen des Kindes. Liebevoll ruhte ihr Blick auf den dunkelbraunen Locken.

Als das erste Dämmerlicht durch die Fensteröffnung in die Hütte fiel, da stand sie auf und weckte das Kind. Nachdem sich die Kleine gewaschen hatte und zu ihrer Mutter gelaufen war, betrat Briana den Gang und traf dort auch mit der jungen Herrin zusammen, die gerade aus ihrem Zimmer am anderen Ende der Hütte trat. Briana machte eine leichte Verbeugung, wie es ihr geboten war, vermied es dabei aber, der Herrin in das Gesicht zu schauen, denn sie wollte ja nicht auch noch unter den Bann dieser Zauberin gelangen. Schnell eilte die Amme aus der Hütte und begab sich zu dem Druiden hinüber.

Der Mann saß, in seinem weißen Umhang gehüllt, am Feuer und murmelte ein paar Beschwörungsformeln, als sie den Raum betrat. Sie verharrte schweigend an der Tür und wartete, bis er sich zu ihr umdrehte. „Was ist dein Begehr?", fragte er sie und sie begann ihm zu erklären, dass sie sich vor einem Bann beschützen wollte. Briana sagte aber nicht, wen es betraf. Doch vermutlich hatten die Götter es dem Druiden bereits gesagt, denn er stand auf, ging zu einer kleinen Truhe und nahm ein Säckchen heraus. „Gib der Person, die dich mit diesem Bannfluch belegt hat, jeden Tag etwas davon in das Essen und der Bann wird sich schnell auflösen!", sagte der Druide und drückte ihr das kleine, lederne Behältnis in die Hand. Schnell kramte Briana ein paar Münzen aus ihrem Beutel, drückte sie dem Druiden in die Hand und verbeugte sich vor ihm. Rückwärts verschwand sie wieder aus der Hütte und eilte zum großen Haus hinüber, in dem gerade das Essen zubereitet werden sollte.

Zwar hatte Briana in der Küche als Amme nichts zu suchen, doch sie durfte manchmal hinein, um das Essen für die Kinder zu holen. Bei dieser Gelegenheit streute sie ein paar der Kräuter über den Brei der neuen Herrin. „Mögen die Götter den Fluch bannen!", murmelte sie und verschwand mit dem Teller für das kleine Kind wieder aus der Küche.

Nun würde sicher alles gut werden, und wenn Ivain in ein paar Tagen wieder von seinem Kriegszug zurück sein würde, so wäre sicher auch der Bann gebrochen, mit dem Kendrana ihn, nach ihrer Meinung, belegt hatte.

34. Kapitel

Geteilter Schmerz

So ganz wohl war ihm bei dem Gedanken, seine junge Frau den ganzen Winter alleine zu lassen, nicht gewesen, doch seine Tätigkeit als Führer des Stammes erforderte nun mal, dass er alle Angreifer rücksichtslos verfolgte und sie zum Kampf stellte, so es ihm möglich war. Mit der einsetzenden Schneeschmelze wurden es dann immer weniger Überfälle, da die Räuber mit ihrer Arbeitskraft nun anderweitig bei ihren Familien gebraucht wurden. In den vergangenen Monden hatte er unzählige Kimbern, Teutonen und römische Räuber getötet. In den wenigen Tagen, in denen er mit Kendrana zusammen sein konnte, waren sie unzertrennlich gewesen. Er hatte sie lachen sehen, doch er hatte auch ihren Schmerz über die verlorenen Kinder gespürt. Sie versuchte für ihn stark zu sein und doch traf der Schmerz natürlich auch ihn.

War das ein Fluch der Götter, der über ihnen lag? Hatte sich Torona damals vielleicht geirrt, als sie gesagt hatte, dass der Eid Kendranas gegenüber der großen Göttin gelöst gewesen war? Hatten sie damit unwissend gegen das Gelöbnis der Göttin verstoßen und wurden sie nun dafür bestraft? Eigentlich konnte es ja nur so sein, da die große Göttin für alles Werdende und Wachsende zuständig war. Und damit natürlich auch für den Schutz der Kinder.

Und war es dann nicht logisch, dass Kendrana nun offensichtlich nicht mehr unter dem Schutz der großen Göttin stand? Viele Sommer hatte diese Göttin doch ihre Hand behütend über sie gehalten. Und nun? Zum Glück war er durch die vielen Kämpfe von diesen unnützen Grübeleien befreit gewesen, doch er sah in den Augen seiner Frau, dass diese sich dieselben Gedanken machte und auf dem heimatlichen Hügel noch nicht mal die Ablenkung von diesen Gedanken finden konnte. Sie lebte ja mit seinen kleinen Geschwistern zusammen und seine jüngste Schwester Idara war gerade mal etwas mehr wie fünf Sommer alt. Damit wurde Kendrana dann jeden Tag darauf hingewiesen, dass sie noch kein Kind hatte. Der Schmerz musste sie doch dabei jeden Tag zerreißen und trotzdem blieb sie für ihn stark.

Mit dem beginnenden Frühling gab es nun im Dorf genug zu tun. Nur ein paar wenige Krieger blieben bei ihm auf dem Hügel, die meisten Männer gingen ihren Arbeiten auf den Feldern nach. So, wie die Räuber im Moment in ihren Siedlungen vermutlich auch. Es gab auch weder etwas zu rauben, noch kaum was zu verteidigen. Etwa zwanzig Männer taten noch bei ihm auf dem Hügel Dienst und er kannte jeden von ihnen gut. Die Meisten davon waren schon viele Sommer bei ihm und lebten mit ihren Familien in einigen der Hütten auf dem Hügel. Die meisten der Frauen arbeiteten in dem großen Haus bei Kendrana und waren Köchinnen oder Gehilfinnen. Von Dienerinnen wollte er nicht sprechen, weil weder Kendrana noch er das so sahen. Sein Vater hatte das noch so gesagt und die Frauen auch noch so behandelt, als wären es Unfreie oder durch Schulden versklavte Frauen.

Nun, da er wieder auf dem Hügel war, spürte er auch manchmal die Ablehnung durch die anderen Frauen, die diese Kendrana entgegen brachten. Davon hatte ihm seine Frau im Winter nichts gesagt und es gab diese Spannungen sicher schon länger. Ivain fragte sich, wer es wohl war, der diese Störungen des häuslichen Friedens noch zusätzlich schürte. Von Kendrana konnte es ja kaum ausgehen und mit seiner Mutter kam sie gut aus. Wie er sie einschätzte, würde die alte Frau auch nicht im Hintergrund über Kendrana herziehen, sondern Konflikte offen und direkt angehen.

Von den Köchinnen und Gehilfinnen konnte er es sich auch nicht vorstellen. Also wer blieb da noch übrig? Nur die Amme und der Druide! Ivain nahm sich vor, mit seiner alten Amme zu reden, denn von dem Druiden konnte er es sich auch nicht richtig vorstellen. Der hatte viel Zuviel mit der Verwaltung des Stammes und der Vorbereitung des Frühlingsfestes zu tun.

Mit der Zeit dieses Festes kam aber auch die Angst in Kendrana zurück. Mit jedem Tag konnte er das deutlicher sehen. Es war genau dieses Fest, das sie damals so ausgelassen gefeiert hatten, und nach dem er in den Krieg gezogen war und sie die Klippe hinab geworfen werden sollte. Diese Erinnerung hatte sich tief in ihrer beider Herzen eingebrannt und überdeckte damit die Vorfreude auf das schönste Fest des ganzen Jahres.

Je mehr die Frauen die Häuser schmückten, desto mehr zog sich Kendrana von allem zurück. Sie traute sich kaum noch den Schlafraum zu verlassen und doch würde sie, als Frau des Stammesführers, mit Torona, der Zauberin, dieses Fest eröffnen müssen. Es war ja gerade ein Fest der Fruchtbarkeit und des Werdens in der Natur.

Aber auch damit wurde ihr der Verlust der beiden Kinder im Winter immer deutlicher vor Augen geführt. Sie fragte ihn, ob sie die Richtige für dieses Fest wäre und ob nicht seine Mutter, als erfahrene Stammesführerin, dieses Fest eröffnen wolle, doch er musste dieses Ansinnen ablehnen. So leid es ihm auch innerlich tat, es würde Kendranas Position im Stamm nur noch mehr gefährden und sicher würden die Leute sagen „Schau nur, dass kann sie also auch nicht!"

Dazu kam dann auch noch, dass Torona nach diesem Fest, so wie jeden Sommer, das Dorf verlassen würde, um in den Wald zu ziehen. Dieses Jahr würde Kendrana sie natürlich nicht mehr begleiten können und damit auch noch die letzte verbliebene Freundin verlieren. Als es nur noch wenige Tage waren, musste sie sich mit Torona beim Druiden einfinden, um dort die letzten Absprachen für das Fest zu treffen. Auch dieser Gang fiel ihr offensichtlich nicht leicht und sie trug nun wieder den Dolch an ihrer Seite. Ohne diese Waffe wäre sie sich sicher schutzlos vorgekommen.

Ivain musste fast lächeln, als sie die Kammer verließ. Als ob ihr hier auf dem Hügel eine Gefahr drohen würde. Er würde sie gegen alles und jeden beschützen. Ivains Blick blieb auf dem Schwert ruhen, das neben der Tür lehnte. In der Erinnerung reiste er die Sommer zurück, in denen er damit gekämpft hatte. Er dachte an seinen ersten Kampf an der Seite von Douranix und an seinen Vater, der dabei gefallen war. Dann stand er auf, ging zur Tür und zog das Schwert heraus.

Es war ein gutes Schwert. Geschmiedet nicht weit von hier. In einer der Schmieden unten am Hügel. Seine Finger glitten über die, trotz der Kämpfe immer noch makellose, Klinge. Dieses Eisen war der Grund, warum sie immer noch hier leben konnten. Mit dem Verkauf dieses Metalls sicherten sie ihr Leben und doch traf ihn auch wieder der Schmerz, dass diese Klinge auch den Tod bringen konnte. Dabei dachte er an seinen Vater und ließ die Waffe sinken. Er sah zur Tür und Kendranas Augen trafen seine. Ihr gemeinsamer Schmerz vereinigte sich. Die Angst vor dem Tod lag in ihrem Blick und dagegen konnte sein Schwert nicht helfen. Nach einem Augenblick fielen sie sich in die Arme.

35. Kapitel

Goldene Gaben

In diesem Jahr wollte sich Quintus Augustinus selbst davon überzeugen, wie sein Mittelsmann mit dem Druiden verhandelte. Die Schwerter, die er von dort mitbrachte, waren nur Mittel zum Zweck. Vor seiner Zeit in der Legion hatte er im Kontor seines Vaters viel über den Handel gelernt und das wichtigste davon war, dass man seine Handelspartner nicht betrügen sollte. Er hatte diesen Spruch einfach umgedeutet und dann das daraus gemacht, was nun sicher zum Erfolg führen würde. In den letzten Jahren hatte er viele Händler aufgefordert, in die Gebiete nördlich der Alpen zu reisen, aber nur bei einem einzigen Stamm zu kaufen. Dabei sollten sie so offensichtlich wie möglich durch das Gebiet der anderen Stämme fahren und voll beladen wieder zurück. Der Plan dahinter war, die Einigkeit der Stämme, die ja sowieso ziemlich brüchig war, noch mehr zu zerrütten. Nie mehr wollte er der geballten Macht der Stämme gegenüber stehen müssen, sondern er wollte sie, wenn überhaupt nötig, einzeln zerschlagen.

Und da war Neid auf die Anderen schon mal ein guter Anfang, denn wer würde schon jemanden verteidigen, der einem selbst alles neidete, was man besaß? Es war an sich ein schlauer Plan, aber er brauchte Zeit zum reifen und in diesem Frühling nun wollte er also seinen Dienst in der Legion ruhen lassen, um sich selbst davon ein Bild zu machen, wie weit sein Plan nun schon aufgegangen war.

In der Kleidung eines Kaufmannes, die ihm immer noch ziemlich ungewohnt war, verließ er das Haus, und er fühlte sich an seinen eigenen Vater erinnert, den er oft so gesehen hatte. Aber da sein älterer Bruder das Kontor übernommen hatte, und er für einen

Philosophen wohl nicht gut genug reden konnte, war ihm nur der Weg in die Legion geblieben. Und da er aus einer der einfluss-reichsten Familien der Stadt stammte, und ein Ritter war, war er schnell aufgestiegen. Als Adliger würde er vielleicht schon bald Konsul werden können. Vielleicht war sogar ein Platz im Senat für ihn frei. Wer konnte es schon wissen?

Erhobenen Hauptes schritt er über den Platz und dachte dabei an Caesar, der mit seinen Legionen damals in Gallien die Kelten bekämpft hatte und dafür dann später Kaiser wurde. Für einen Moment konnte er sich selbst in dieser Position sehen, aber da ihm die militärische Macht eines Caesars fehlte, musste er diesen Man-gel mit seiner Schläue wieder ausgleichen.

Vor dem Haus standen schon die fünf Wagen aufgereiht. Die Sklaven verluden die letzten Waren und auch etwa zwanzig be-waffnete Begleiter waren schon zwischen den Wagen zu sehen, denn schließlich wollte er ja kein Risiko eingehen und hatte des-wegen extra kräftige Männer angeworben, die Kampferprobt wa-ren. Mit allen zusammen waren sie mehr als fünfzig Männer, die sich nun auf den Weg nach Norden machen sollten.

Drei der Wagen waren nach oben offen. Es waren einfach nur größere Kisten auf vier Rädern, jeweils von zwei Pferden gezogen. Die beiden anderen Wagen waren geschlossen und durch eine Tür am Heck der Wagen konnten diese verschlossen oder beladen werden. In diesen beiden geschlossenen Wagen würden sie die wertvolleren Dinge verladen und auf dem Rückweg kostbare Felle transportieren, die durch Regen nicht verdorben werden sollten. Die offenen Wagen waren mit Säcken, Amphoren und Kisten be-laden.

Nachdem alles verladen war, prüfte er, ob alles fest verzurrt war, dann gab er ein Zeichen und zwei seiner Männer schleppten eine schwere, eisenbeschlagene Kiste aus dem Haus zu dem ersten Wagen. Mit einer Kette und einem Schloss sicherten sie diese Kiste darauf. Darin befand sich, nun gut gesichert, ein beachtenswertes Vermögen. Quintus Augustinus nahm nun beide Schlüssel an sich und würde sie bis zur Rückkehr nicht mehr aus der Hand lassen.

Noch ein Blick ging über die Pferde und Männer, dann brachen sie auf. Das Rumpeln der Räder auf der steinernen Straße drang durch die Gassen und jeder konnte hören, wie die schwer beladenen Wagen unter der Last ächzten. Solange sie noch auf den Wegen des römischen Reiches unterwegs sein würden, so lange würden die Wege gut und die Unterkünfte sicher sein. Was danach kam, das lag bei den Göttern und auch für diese hatte er eine Opfergabe mit in den Wagen. Diese Gabe wollten sie dann, kurz vor dem Betreten des Passes, in dem letzten Tempel auf römischen Boden opfern. Man konnte ja nie wissen, ob man nicht doch noch einen zusätzlichen Schutz der Götter brauchen würde. Sich nur auf die Kraft der Arme und das Eisen der Schwerter zu verlassen, das wäre im Notfall sicher nicht gut genug.

Doch alles ging gut. Der Weg war zwar beschwerlich, doch sie kamen ohne Verzug voran. Anfang des Sommers hatten sie das Gebiet durchquert und standen vor dem Hügel, auf dem schon von weiter die Oppida zu sehen gewesen war. Nur der erste Wagen, der auch die Münzen enthielt, begleitete ihn mit nach oben. Die anderen fuhren zu einem Lagerhaus neben einer der Schmieden, um dort zu entladen und wieder beladen zu werden.

Das Dorf bestand aus strohgedeckten Holzhütten, die mit verschiedenfarbigen Lehm beschmiert waren. Von weitem hatten sie wie Steinhäuser gewirkt, doch von Nahem sah man die einfache Konstruktion. Nur ein Teil der Palisade oben auf dem Hügel war aus Stein, wie er beim Passieren des Tores sehen konnte. Auch oben waren es nur Holzhütten mit Stroh als Dach. Eine davon war viel größer und hatte sogar Fenster. Vor dieser hielt er den Wagen auf einem freien Platz an.

Aus einer der Hütten trat ein Mann, den sein Begleiter ihm als Druide vorstellte, denn er hatte ihn ja in den letzten Jahren zu vielerlei Geschäften getroffen. Sie gaben sich die Hand und dann wurde die schwere Kiste aus dem Wagen geholt. Knirschend drehte sich der Schlüssel in dem Schloss auf dem Deckel und mit einem klackenden Geräusch gaben die acht Riegelbolzen den Kistendeckel frei.

Mehrere Säckchen mit Münzen übergab Quintus an den Druiden, der diese in seine Hütte brachte. Nur noch ein paar Schmuckstücke befanden sich nun in der Kiste, die der Römer an sich nahm, bevor er die, nun leere, Kiste wieder verschloss und auf dem Wagen verwahren ließ. Mit dem Schmuck und dem Druiden, der gerade wieder auf den Platz gekommen war, nun an seiner Seite, begab er sich in die große Hütte. Dort traf er auf den Fürsten und die Fürstin. Beide waren noch ziemlich jung, sie begrüßten sich und er überreichte den kostbaren Schmuck, den auch in Rom nicht jeder tragen konnte. Mit einer gegenseitigen Verbeugung verabschiedeten sie sich und er machte sich wieder auf den Weg.

Als seine fünf Wagen vollbeladen wieder auf dem Rückweg waren, da lächelte er still in sich hinein. Sein Plan schien zu funktionieren, denn er hatte auch Schwerter dabei.

36. Kapitel

Geben und Nehmen

iese Römer hatten ihm so viele Münzen gegeben, dass sie damit die Waren sicher mehr als drei Mal hätten bezahlen können. Er wusste, was es Wert war und er wusste auch, dass die Römer es wussten. Warum also der Mehrwert? Irgendetwas kam ihm daran komisch vor, aber er hatte ja niemanden betrogen. Vielleicht waren die überzähligen Münzen auch nur dafür vorgesehen, dass die Römer seine Waren auch weiterhin exklusiv erhielten. Dass die anderen Stämme damit zwar auf ihn nicht gut zu sprechen waren, das störte ihn nicht im Geringsten und die Römer bestimmt auch nicht.

Der Druide lehnte sich zurück und genoss den unverhofften Reichtum. Auch der Schmuck, den der römische Händler der Fürstin überreicht hatte, war sehr kostbar gewesen. Es war eine breite goldene Kette und ein paar große Ohrringe. Ein goldener Armreif für Ivain war ebenfalls dabei. Auch das sicher nur als Garant dafür, damit sie ihm weiter gewogen blieben und seine Wagenladungen sicher nach Rom gelangen konnten, denn ein sicheres Geleit hatte er sich ja damit auch erkauft.

Die goldenen Münzen, die er bisher schon erhalten hatte, hatte er dafür genutzt, um seine Leute zu bezahlen. Nach außen hin arbeiteten sie in einer der Schmieden, aber einen Hammer oder rohes Eisen hatte keiner von ihnen bisher in der Hand gehabt. Sie waren seine persönliche Schutztruppe, die er als Druide eigentlich nicht haben durfte. Jetzt, im Sommer, hatte er mit seinen fünfundzwanzig Männern sogar eine größere Streitmacht, als sie der Fürst im Moment besaß. Auch das sorgte für eine gewisse Sicherheit, die er den Händlern versprechen konnte.

Fast täglich übten die Männer unten hinter dem Dorf auf einer der freien Flächen und auf seinen Rundgängen zu den Schmieden schaute er ihnen immer gern zu. In der Überlegung, was er mit ihnen noch so alles anstellen konnte, kam ihm der Gedanke, sie in den Wald zu schicken, damit sie Torona daran hindern würden, den Wald jemals wieder zu verlassen. Das würde ihm dann auch bei der Erfüllung seines Schwurs helfen.

Seit die Zauberin das Dorf verlassen hatte, war die Fürstin, die ja dieselbe Ausbildung genossen hatte, nun für alle Frauen des Dorfes die Ansprechpartnerin geworden. Im Stillen rieb er sich die Hände, denn es waren noch mehr Aufgaben, für eine sowieso schon völlig überforderte junge Frau. Das würde sie dem Zusammenbruch nur noch näher bringen und mit Briana hatte er auch ein Ohr direkt in der großen Hütte. Jeden Tag kam sie zu ihm und berichtete ihm alles, was passierte und was gesagt wurde. Diese Informationen waren mehr als Gold wert. Jeder der zu ihm kam, erwartete einen Rat und den konnte er nur geben, wenn er hervorragend informiert war.

Schon der alte Druide hatte das immer so gehandhabt und er hatte die Amme einfach als Quelle für den Tratsch übernommen. Orakel hin oder her, erst die kleinen Indiskretionen der Amme sorgten dafür, dass das, was er sagte, auch wirklich stimmte. Und durch die Amme kam er auch jederzeit an das Essen der Fürstin heran. Er hätte sie auch dadurch vergiften können, aber er brauchte sie lebend. Er wollte sie einfach nur demütigen und in Ungnade fallen lassen, den Rest übernahm dann das Messer, das schon so lange darauf wartete, dem Leben Kendranas ein Ende zu setzen.

Wieder zählte er die Münzen, die er am Altar verwahrt hatte. Sie waren die Gabe für die Götter und er erfüllte ihren Willen damit. Also war es ja normal, dass er sie verwendete und es wurden ja mit jedem Handel mehr. Kurz hatte er überlegt, der Amme ein paar davon zu übergeben, als Dank für die Dienste, doch er hatte die Idee schnell wieder verworfen. Sicherlich wäre die Amme misstrauisch geworden und damit hätte er bestimmt seinen Einfluss auf sie verloren.

Die alte und erfahrene Frau genoss bei allen Frauen des Hauses vollstes Vertrauen und keine von ihnen wusste ja, dass Briana mit diesem Wissen zu den Göttern, und damit zu ihm, kam, um sich Ratschläge abzuholen. So manches, im Vertrauen gesagte, Wort war schon wenig später bei ihm gelandet und durch die Frau wusste er auch immer, wie es der Fürstin ging. Zwar war das Verhältnis zwischen Briana und Kendrana immer noch gespannt, aber die anderen Dienerinnen kamen zu Briana und diese mit dem Wissen darum zu ihm.

So wusste der Druide auch sofort, wenn die Fürstin wieder schwanger war und konnte dann, unter einem fadenscheinigen Vorwand, über Briana sofort seine Gegenmaßnahmen einleiten. Zur Abwehr eines Fluches, eines Bannes oder zum Schutz der Götter drückte er dann der Amme die entsprechenden Kräuter in die Hand, die dann auch recht schnell die gewünschte Wirkung bei der jungen Fürstin zeigten. Aus Erfahrung des Todes von Ivains Bruder hatte er der Amme immer wieder eingeschärft, dass diese Kräuter nur bei Kendrana angewendet werden sollten, sonst würde sich Briana den Zorn der Götter zuziehen. Ehrfurchtsvoll setzte sie jeden seiner Wünsche sofort in die Tat um.

Er zog den Beutel zu, in den er gerade die Münzen gezählt hatte und verwahrte ihn an seinem Gürtel unter dem langen Umhang. Mit seinem Stab verließ er die Hütte und schritt gemächlich zum

Tor hinüber. Beide Torflügel standen weit offen und die Posten grüßten ihn, während er unter dem Durchgang hindurch schritt. Über ihm stand Ivain und grüßte zu ihm herunter.

Der Druide folgte langsam seinem, schon so oft gegangenen, Weg zu den Schmieden hinab. Nach einem kurzen Rundgang begab er sich auf die Freifläche, wo die Kämpfer schon wieder übten. Der Druide winkte den Anführer zu sich, löste den Beutel vom Gürtel und drückte diesen dem Mann in die Hand.

„Ich habe einen Auftrag für euch. Sorge dafür, dass die Zauberin im Wald bleibt!" Der Krieger öffnete den Beutel und zählte die goldenen Stücke nach. Dann nickte er und ging zu seinen Leuten zurück. Der Druide blieb noch einen Augenblick stehen und beobachtete, wie der Anführer mit seinen Leuten redete und dann mit mehr als zehn Männern den Platz verließ. Als er sich auf den Weg zum Hügel hinauf machte, da sah er die kleine Gruppe, nun ausgerüstet und bewaffnet, auf dem Weg zum Waldrand langsam verschwinden.

Würden sie dieses Mal mehr Erfolg haben, als die Gruppe, die er vor Jahren losgeschickt hatte? Es waren fünfzehn Mann gegen eine Frau. Langsam durchschritt er wieder das Tor.

37. Kapitel

Im Dunkel des Waldes

Nur ungern hatte sie Kendrana in dem Dorf zurückgelassen. Den ganzen Winter über hatte Torona mit ansehen müssen, wie sich die junge Frau quälte, um allen Anforderungen gerecht zu werden. Vielleicht war es auch dieser Druck gewesen, der dazu geführt hatte, dass sie die Kinder nicht hatte halten können. Doch ihrer beiden Wege waren nun getrennt. Sie, als Zauberin, musste sich den Sommer über darum kümmern, die notwendigen Kräuter zu ernten und Kendrana, als Fürstin, hatte ihren Platz an der Seite des Stammesführers und musste sich dort damit zurechtfinden. Es würde auch keine Hilfe sein, wenn Torona sie dabei unterstützen würde, denn irgendwann, in nicht allzu ferner Zeit, musste sie es ja auch selber schaffen können. So war sie also nach dem Fest schweren Herzens in den Wald aufgebrochen und hatte ihre Tätigkeiten wieder aufgenommen.

Natürlich war es nun viel einsamer, als in den Sommern, in welchen sie zu zweit in der Hütte gelebt hatten, aber viele Jahre war sie ja zuvor auch alleine im Wald gewesen. Nun fehlten ihr aber die langen Gespräche am Abend vor der Hütte, oder das Lachen des Mädchens beim Baden im Teich. Von den Besucherinnen ließ sie sich auch immer schildern, wie es dem Mädchen im Dorf ging. Es war sozusagen ein Tausch: Kräuter gegen Informationen. Doch aus der Entfernung konnte sie Kendrana sowieso nicht helfen. Da musste sie schon der Absicht der großen Göttin vertrauen.

Aber nicht alles durfte sie wissen. Oft blieb sie so lange im Ungewissen, bis der Moment gekommen war, etwas zu erfahren. Vor allem, wenn es sie selbst betraf, dann sagte die Göttin ihr im Orakel nichts. Für die ferne Freundin lagen aber alle Zeichen auf einem positiven Ausgang. Bestimmt würde es noch dauern. Im Gegensatz zu ihr hatte Kendrana in den Monden im Wald Geduld gelernt. Sie selbst wäre in der Situation des Mädchens sicherlich schon längst verzweifelt.

So gingen die Tage mit viel Arbeit in das Land und jeden Tag ging sie am Abend zu dem kleinen Altar auf der Lichtung im Wald, wo sie für die Freundin um den Schutz der großen Mutter bat.

Drei Monde waren vergangen und der Sommer war heiß, wie schon lange nicht mehr. Nun war sie es, die zur Abkühlung jeden Morgen in den kleinen Teich stieg. Es war immer wieder wie eine Art von Weihe, denn sie stieg in eine andere Welt und schwamm darin herum, bevor sie erfrischt und mit neuer Kraft wieder auf die Wiese zurückkam. Aus einer anderen Welt zurück in den Wald. Schon seit vielen Sommern hatte sie nicht mehr so ausgelassen gebadet.

Sicher war auch dies dem Zusammentreffen mit dem Mädchen geschuldet. Kendrana hatte das ganz unbefangen getan und nun machte Torona, auf ihre alten Tage, es dem Mädchen einfach nach. Wie eine Art von Jungbrunnen fühlte sich das an und hier konnte sie ja auch keiner sehen, wenn sie im Unterkleid durch das Wasser plantschte, denn um diese Zeit war sie alleine im Wald. Die anderen Dörfer waren weit entfernt und im Dunkeln wagte sich keine der Bewohnerinnen alleine in den Wald, nur sie. Aber sie stand auch unter dem Schutz der großen Göttin.

Im weichen Gras sitzend trocknete sie sich ab, molk anschließend die Ziege. Danach ließ sie das Tier einfach auf der Lichtung laufen, denn weit würde sie ja nicht kommen. Das scheue Tier traute sich nicht in den dunklen Wald hinein. Gleichzeitig war sie damit auch Toronas Schutz im Bereich der Hütte und des Teiches, denn die Bären ließen ja keinen nahe genug an die Ziege heran. Schon oft hatten sich Besucherinnen erschrocken, die der Ziege zu nahe gekommen waren. Doch wer dem Tier nichts tat, dem taten die Bären auch nichts.

Mit einer Schüssel Brei setzte sich die Zauberin an das Ufer des Teiches und schaute auf die ruhig daliegende Fläche des Wassers. Zu ihren Füßen konnte sie ihr Spiegelbild sehen. Der graue Zopf reichte ihr bis zur Hüfte und sie hatte ihn sich über die Schulter nach vorn gezogen, so wie es Kendrana oft getan hatte. Erneut gingen ihre Gedanken auf die Reise zur Fürstin.

Löffel für Löffel zogen die Momente mit der Freundin an ihr vorbei. Nachdem Torona aufgegessen hatte, wusch sie die Schüssel im Teich zu ihren Füßen ab und zog sich die gelbe Tunika an. Bevor sie aber die beiden Fibeln daran anbrachte, danke sie der großen Göttin für deren Schutz.

Schließlich machte sie sich, wie jeden Tag, auf den Weg, um auf einer der kleinen Lichtungen Kräuter zu pflücken. Da sie dazu beide Hände brauchen würde, nahm sie nur den Korb mit und ließ das Schwert in der Hütte zurück. Es waren ja auch nur ein paar hundert Schritte, die sie dem Bachlauf, der vom Teich nach Norden wegführte, folgte. Auf der kleinen Wiese an diesem Bach begann sie die Kräuter in den Korb zu legen.

Die Hitze stieg immer mehr und Torona wischte sich den Schweiß von der Stirn. Sie blinzelte zur Sonne, die hoch am Himmel stand, direkt über ihr und Torona beeilte sich, um schon bald wieder zurück zur Hütte gehen zu können, um dort die Gräser und Kräuter zu trocknen.

Das Geräusch eines knackenden Astes ließ sie herumfahren und sie sah mehr als ein Dutzend Männer, die aus dem Wald gelaufen kamen. Mit gezogenen Schwertern gegen eine unbewaffnete Frau! Für einen Moment verfluchte sie den Gedanken, das Schwert in der Hütte gelassen zu haben und griff sich einen dicken Knüppel. Wild um sich schlagend wehrte sie die vorderen Männer ab und hatte schon nach wenigen Augenblicken zwei Schwerter erbeutet, mit denen sie nun auf die Angreifer einhieb.

Ohne Rücksicht darauf, wo sie traf, schlug die erfahrene Kämpferin zu und die Räuber gingen einer nach dem anderen getroffen zu Boden. Doch die Anzahl der Angreifer war einfach viel zu groß. Ein besonders großer Krieger schlug ihr eines der Schwerter aus der Hand und traf sie mit dem Hieb am Arm. Daraufhin konnte Torona diesen nicht mehr bewegen und kämpfte deswegen nur noch mit dem linken Arm gegen die Übermacht weiter.

Immer weiter drängten sie die Männer auf der kleinen Lichtung zurück, bis sie nicht mehr weiter konnte, denn hinter ihr war nun der Bach mit dem hohen Ufer. Aber damit konnte auch von dort keiner der Angreifer kommen. Langsam erlahmten ihre Kräfte und der Druck der Angreifer blieb weiter hoch.

Für einen Moment war sie abgelenkt und das Verhängnis nahm seinen Lauf. Sie erhielt einen Schlag auf den Kopf und fiel rückwärts in den Bach. Strampelnd versank sie und alles wurde schwarz um sie herum.

38. Kapitel

Die Fruchtbarkeit der Häsin

Seit fast drei Jahren war Kendrana nun schon verheiratet und der alte Spruch von Torona, das sie die Fruchtbarkeit der Häsin von der großen Göttin erhalten hatte, der hatte sich mehr als bestätigt. Sie brauchte sich nur zu ihrem Mann legen und war auch fast sofort schwanger. Dabei mischte sich aber auch gleich wieder die Trauer mit hinein, denn in der bisher kurzen Zeit ihrer Ehe war sie schon sechs Mal schwanger geworden. Kaum hatte sie es dann allerdings bemerkt und sich die ersten Rundungen gezeigt, da hatte sie das Kind auch schon wieder verloren. Irgendwie schien ein Fluch auf ihr zu liegen, dass sie in diesem Haus kein Kind halten konnte.

Ivain stand zwar immer noch zu ihr, aber sein Blick war manchmal etwas seltsam, wenn er sie ansah und das machte ihr irgendwie Angst. Ihr war schon bewusst, dass ein anderer Mann sie schon lange verstoßen hätte, oder sogar hätte töten können. Schließlich war es ja ihre Aufgabe, dem Stammesführer einen Sohn zu schenken und dieser Aufgabe kam sie einfach nicht nach.

In mancher Nacht weinte sie sich in den Schlaf und sie hatte schon fast Angst vor der nächsten Schwangerschaft. War es der Fluch des alten Druiden, der über ihr in diesem Hause lastete? Sie wagte schon gar nicht mehr, sich neben ihren Mann zu legen, doch solch eine Verweigerung würde für sie nur noch gefährlicher sein.

Zusätzlich vermisste sie ihre Freundin Torona, die sie nun auch nicht mehr fragen konnte. Vor Jahren war sie einfach verschwunden und sie hätte den Ratschlag der erfahrenen Zauberin so dringend gebraucht. Alles schien sich gegen sie verschworen zu haben und dabei hatte sie doch mal unter dem Schutz der Göttin gestanden. War dieser Schutz verschwunden, als sie in dieses Haus gezogen war? Doch es war doch damals auch der Wille der Göttin gewesen, das sie dies tat.

Stritten sich da die Götter mit der Göttin und sie war hier nur am Ende die Leidtragende dieses Streites?

Diese Fruchtbarkeit war nun Segen und Fluch zugleich. Wieder stellte sie sich die Frage, warum die Göttin ihr diese Gabe überreicht hatte, wenn sie doch zu rein gar nichts nutze war! Oder lag es wirklich an diesem Haus?

Als sie nun feststellte, dass sie zum siebenten Mal ein Kind unter ihrem Herzen trug, da hielt sie nichts mehr in diesem Anwesen. Kendrana packte eiligst ihre Sachen in einen Beutel, legte ein schlichtes Gewand an und verschwand, ohne ihrem Mann oder irgendjemanden anders etwas davon zu sagen. Wohin sie wollte, das war ihr schon klar.

Sie folgte den ihr noch von früher altbekannten Weg, durch den Wald, der sie zur Hütte am Teich führen würde, in welcher sie mit Torona so glücklich gewesen war. Doch der Herbst begann schon die Blätter bunt zu zeichnen und den Winter über würde sie nicht im Wald bleiben können, denn das würde sie wohl kaum überleben. Wohin sollte sie sich wenden, wenn der erste Schnee zu erwarten war? Sollte sie dann wieder zurück zu Ivain? Dann würde eventuell der Fluch wieder auf sie herabstürzen und darum wollte sie erst wieder dorthin zurück, wenn das Kind geboren sein würde. In Gedanken versunken huschte sie durch den Wald, bis sie die vertraute Lichtung am Teich erreicht hatte.

Die alte Hütte war noch so, wie sie diese vor vielen Sommern verlassen hatte. Nur die Ziege fehlte. Es sah alles so aus, als ob Torona jeden Moment wieder aus dem Wald zurückkommen würde, um sie zu fragen, was sie hier machte. Sogar das Schwert stand auf den altbekannten Platz. Kendrana setzte sich auf den Hocker und begann nachzudenken. Wieder sah sie auf die Blätter der Bäume, die sich in allen Farben zeigten, und legte dabei ihre Hände auf den Bauch.

Hier, an dem vertrauten Platz, dachte sie an all die Ratschläge der Freundin zurück und dabei fiel ihr auch wieder die Lichtung mit dem Altar ein. Vielleicht würde ihr die große Göttin dort einen Ratschlag geben. Wo, wenn nicht dort? Schließlich brach sie auf und stand schon bald an dem Stein auf der Lichtung.

Alles lag ruhig und kein Laut war mehr zu vernehmen. Waren zuvor im Wald noch Vögel zu hören gewesen, so war dieses Geräusch plötzlich verstummt, so, als ob sie nun in einer fremden Welt war. Einem Platz, der nicht mehr in der Welt der Sterblichen lag, sondern in der Welt der Götter.

Kendrana trat an den Stein und legte ihre Hand darauf. Sie fragte laut „Große Göttin! Was soll ich tun?" Mit dem Blick nach oben wartete sie auf eine Antwort, doch statt eines Wortes umfing sie die Schwärze der Nacht.

Die junge Fürstin fiel zu Boden und sah vor sich das Haus ihrer Kindheit, dass sie schon so lange nicht mehr betreten hatte, und davor erkannte sie den Vater und die Mutter, dann erwachte sie.

Sie erhob sich, verbeugte sich vor dem Altar und sagte „Große Göttin! Ich danke dir!" Glücklich über diesen Ratschlag machte sie sich auf den Rückweg zur Hütte und da es mittlerweile schon spät am Tage war, beschloss sie, in der Hütte zu schlafen.

Als sich draußen die Dunkelheit über den Wald legte, konnte sie dort die Wölfe heulen hören und dabei dachte sie daran, dass ja nun die Ziege nicht mehr da war. Die Bären würden damit diesen Platz wohl auch nicht mehr beschützen. Oder etwa doch?

Da sie sich dessen nicht sicher sein konnte, bat Kendrana darum die große Göttin um ihren Schutz und das Geheul der Rudeltiere vor der Hütte verstummte fast sofort. Jedoch war an Schlaf nun nicht mehr zu denken. Die junge Frau nahm sich das Schwert und setzte sich an die hinterste Wand der Hütte, wobei sie die offene Tür immer fest im Blick behielt. Gegen den etwas helleren Hintergrund des Himmels hoffte sie, noch rechtzeitig zu sehen, wenn ein Tier sich der Hütte nähern würde.

Trotzdem musste sie wohl irgendwann eingeschlafen sein, denn ein Geräusch holte sie aus dem Schlaf zurück. Ein Knurren war ganz deutlich zu hören und Kendrana richtet das Schwert mit der Spitze gegen die Tür. Was auch immer durch diese zu ihr hereinkam, es würde dieses Schwert überwinden müssen, wenn es zu ihr wollte.

Am ausgestreckten Arm hielt sie das Schwert waagerecht vor sich, aber zu spät erkannte sie den springenden Wolf, der von oben kam. Noch bevor sie reagieren konnte, wurde dieser tierische Angreifer im Flug jählings zur Seite geschleudert. Ein Bär richtete sich vor der Tür auf und sie hörte das Jaulen des verletzt weglaufenden Wolfes. „Ich danke dir", sagte Kendrana, mit Angst in der

Stimme, denn sie wusste ja nicht, ob der Bär ihr wirklich helfen wollte, oder nur den Happen, den sie ja für das Tier darstellte, für sich beanspruchte. Aber das Tier verschwand wieder brummend im Wald.

In den ersten Strahlen des neuen Tages verließ sie die Hütte, band sich das Schwert auf den Rücken, so wie es Torona immer getragen hatte, und machte sich auf den Weg, zu dem Dorf ihrer Kindheit. Wie würde sie dort empfangen werden? Zweifelnd schob sie sich durch den Wald vorwärts. Hatte sie den Ratschlag der Göttin richtig gedeutet?

Schon bald lichtete sich das Gehölz und sie konnte den vertrauten Hügel mit dem Haus des Vaters darauf erkennen. Noch war es nicht zu spät um umzukehren, doch wohin konnte sie sich sonst wenden? Würde sie in der Oppida des Vaters willkommen sein? Langsam, Schritt für Schritt, stieg sie den Berg hinauf und stand wenig später vor dem Tor, dass die Palisade um den Gipfel des Hügels unterbrach.

39. Kapitel

In Sorge

Jvain hatte sich schon lange Sorgen um seine Frau gemacht. Zu tief ging ihr dieser Schmerz und zusätzlich kam auch noch, dass ihn alle in seiner Umgebung dazu drängten, sich von ihr zu trennen. Diese Verluste der Kinder konnten nur ein göttlicher Fluch sein und so jemanden wollte man nicht unter dem eigenen Dach haben. Wahrscheinlich würde dieser Fluch irgendwann auch auf das Haus und dann auf den ganzen Stamm überspringen. Und was dann? Selbst der Druide, der sich lange mit Behauptungen und Beschuldigungen zurückgehalten hatte, ergriff nun das Wort und versuchte mahnend auf ihn einzureden, doch er wollte nichts davon hören. Im vergangenen Winter war es besonders schlimm geworden und alle Frauen des Hauses hatten begonnen, ihre Herrin zu meiden und ihr auszuweichen.

Zu ihren eigentlichen Aufgaben war Kendrana damit nicht mehr gekommen, denn wie sollte sie den Frauen Ratschläge und Anweisungen erteilen, wenn diese sofort den Raum verließen, sobald die Herrin ihn betreten hatte. Es wurde immer schwieriger, aber sie blieb stark. Er hatte gemerkt, dass sie sich jede Nacht in den Schlaf weinte, doch vor ihm zeigte sie das nicht. Irgendwann hatte er dann mit der Faust auf den Tisch geschlagen und alle Frauen in den großen Raum beordert. Aber nur widerwillig kamen sie seiner Anweisung nach und blieben Kendrana gegenüber trotzdem abweisend. Seit Toronas rätselhaften Verschwindens hatte die Fürstin nun auch keine Freundin mehr und auch dies sorgte nicht unbedingt dafür, dass ihre Stimmung besser wurde.

Auf einmal, von einem Moment zum Nächsten, war Kendrana aus dem Hause verschwunden. Heimlich, mit ein paar ihrer Sachen, hatte sie sich aus dem Hause geschlichen und keinem, nicht einmal ihm, hatte sie etwas über ihre Absichten gesagt. Was war wohl mit ihr geschehen? War sie geflohen, um einer Strafe zu entgehen? Nur warum? Ivain machte sich große Sorgen um sie, doch auch dem Posten am Tor hatte sie nichts gesagt. Wollte sie mit ihrer Flucht den Weg für eine, hoffentlich glücklichere, Nachfolgerin auf dem Platz der Stammesführerin frei machen? Oder hatte sie ganz andere Beweggründe für diese Flucht gehabt?

Unwissend stand er in dem Schlafraum und sah auf das leere Bett. Alles sah so aus, als ob sie gleich wieder zurückkommen würde, aber sie blieb verschwunden. Gern hätte er sie nach den Gründen gefragt und ärgerte sich nun, dass er nicht schon zuvor das Gespräch gesucht hatte, aber er hatte es nicht besser gelernt! Sein Vater hatte nie große Worte gemacht und mit Frauen reden, das wäre für ihn gleich gar nicht infrage gekommen.

So hatte es auch Ivain gehalten und nun war es zu spät. Sollte er ihr folgen? Es gab ja eigentlich nur zwei Plätze, zu denen sie gehen konnte. Da waren zum einen die kleine Hütte der Zauberin im Wald und zum anderen die Siedlung von Douranix. Aber wollte sie, dass er ihr folgte? Dann hätte sie sicher etwas gesagt! Im Moment schien ein Aufatmen durch das Haus und den Stamm zu gehen, da der Fluch nun sicher mit ihr gegangen war. Keine der Frauen schien sie zu vermissen oder machte sich Sorgen um sie.

Einige der Gehilfinnen zogen jetzt sogar singend durch das Haus, während sie ihre Arbeiten verrichteten. Bisher war das meist schweigend vollbracht worden. Der Druide fragte ihn, ob er wüsste, wohin Kendrana sich gewendet haben könnte, doch er konnte es nicht sagen. Dieser Mann schien der einzige, außer ihm selber, der sich über den Verbleib der Herrin Sorgen machte. Das brachte

ihn irgendwie näher an den Druiden heran, von dem er, zum großen Teil wegen Kendrana, die letzten Jahre etwas Abstand gehalten hatte.

Nun gab es wieder die abendlichen Treffen in dem großen
Raum, die manchmal auch zu größeren Gelagen mit Musik, Wein
und den, sich nicht mehr ganz so verschlossen gebenden, Dienerinnen wurden. Mit vielen der alten Kämpfer an dem großen Tisch
sitzend, im Scheine des Feuers aus dem Kamin, leerte er so man-
chen Becher. So manche der Frauen bewegte sich sehr unbeholfen
an dem Tisch und einige gewährten ihm dabei einen offenherzigen
Einblick in die sonst hochgeschlossenen Kleider.

Aber die Schönste der Dienerinnen konnte ihm nicht die Gedanken an Kendrana vertreiben. Sicher wäre jede von ihnen ihm
auf einen Fingerzeig gern in sein Bett gefolgt. Die Aussicht, vielleicht schon bald Herrin zu sein, brachte sie dazu, diese sehr frei-
zügige Kleidung zu tragen und so manche fiel, vermutlich nicht
aus Versehen, auf seinen Schoß, wenn sie die Krüge auf den Tisch
stellten. Die Absicht war mehr als deutlich, aber er wollte nicht!
Vielleicht stand er unter einem Bann, den nur Kendrana lösen
konnte.

Ivain konnte sich auch nicht erinnern, dass er in der Zeit, in der
Kendrana hier gewesen war, solch eine Feier abgehalten hatte.
Empfänge für fremde Händler hatte es gegeben und dabei war sei-
ne Frau immer mit anwesend gewesen, aber solch eine Feier unter
Männern, mit Wein und Bier, hatte es die ganze Zeit nicht mehr
gegeben. Davor schon.

Hatte er es gemacht, weil sie es nicht gewollt hatte? Oder war
ihn in der Zeit etwas anderes wichtiger gewesen? Sie war wichti-

172

ger und sie war es noch immer für ihn. Jeder seiner Gedanken drehte sich nur um sie. Kendrana! Ging es ihr wohl ähnlich? Wo war sie?

Es war kein Mond vergangen und er vermisste sie immer mehr. Schließlich zog er sich von allen zurück. Er hörte die Männer in mancher Nacht noch nebenan feiern und singen, doch auch das wurde immer weniger. Schließlich begann der Druide immer mehr auf ihn einzureden, sich doch eine neue Frau zu suchen. Allerdings lehnte Ivain jeden Vorschlag ab.

Immer mehr zog er sich zurück und sehnte sich schon fast in den Winter. Da würde er wieder Räuber jagen müssen und damit würde er auch keine Zeit mehr für solch müßige Gedanken haben.

Die Zeit der Ernte war gekommen und er tat etwas, was er noch nie gemacht hatte, er half auf einem Feld mit! Vermutlich würde jeder, der ihn dort sah, sofort behaupten, dass er den Verstand verloren hatte. Ein Fürst, der im Getreide stand und mit der Sichel erntete! Als Führer sollte doch sein Schwert unter den Feinden des Stammes eine reiche Ernte einbringen! Doch Ivain fühlte sich gut dabei und hatte etwas zu tun. Vor lauter Erschöpfung fiel er abends ohne einen Gedanken in sein Bett und stand bei Sonnenaufgang wieder auf dem Feld.

Er war beschäftigt und nur das zählte. Kein Platz mehr für Sorgen. Trotzdem war Kendrana immer noch in seinem Kopf!

40. Kapitel

Schuld oder Unschuld

Er hatte zwar schon länger erfahren, dass seine Tochter noch am Leben war, aber ihr so unvermittelt gegenüberzustehen, das verwirrte Douranix dann doch. Wie aus dem Nichts hatte sie plötzlich vor dem Tor gestanden, als er gerade die Leiter vom Turm herab gestiegen war. Auf Armlänge hatte sie eine ganze Weile einfach nur schweigend voreinander gestanden, dann hatte sie ihn einfach umarmt und nach mehr wie sechs Jahren brach bei ihr ein Tränenstrom hervor, der sein Vaterherz nicht ungerührt ließ. Zwar konnte er sich am Tor, vor den eigenen Männern, gerade noch beherrschen, doch als sie das Haus betreten hatten, liefen auch ihm die Tränen über die Wangen. Seine Frau kam dazu und wenig später saßen sie zu dritt an der Tafel und Kendrana erzählte von ihren Erlebnissen und der Schwangerschaft. Das freute nun wieder ihre Mutter ganz besonders und er war stolz, das ihr Mann der von ihm hochgeschätzte Ivain war. Noch immer schuldete er ihm einen Gefallen und nun war die Gelegenheit gekommen, ihm zu helfen, indem er für eine Weile auf seine Frau aufpasste.

Noch an diesem Abend bereitete seine Frau das Zimmer für Kendrana vor. Es war ein Gästezimmer, das er immer für durchreisende Händler bereithielt, doch für die Tochter gab er es viel lieber her. Trotzdem bohrte sich die lange verdrängte Schuld wieder in seine Seele, denn er hatte es nie verwinden können, dass er die Tochter hatte opfern müssen. Auch wenn sie ja mit Glück überlebt hatte, so war sie doch als seine Tochter für ihn gestorben. Nun konnte er einen Teil seiner Schuld wiedergutmachen. Er bot ihr Schutz und Quartier an, solange sie es wollte und sie nahm dankend an. Gleichzeitig bat sie ihn aber, Ivain nicht ihren Aufenthaltsort zu verraten.

174

Doch das konnte er seinem Freund nicht antun. Sicherlich sorgte er sich schon um den Verbleib seiner Frau, die, nach ihrer Beschreibung, einfach so aus dem Hause verschwunden war. Heimlich schickte er deshalb eine Nachricht mit der Bitte, Kendrana nichts davon zu sagen, dass er es wusste. Doch das war er dem Freund schuldig und Ivain akzeptierte diesen Wunsch. Gewiss war er froh, seine Frau in guten Händen und in Sicherheit zu wissen.

Es war ein Haus der Frauen geworden, in dem er der einzige Mann war. Von den Schwestern wurde Kendrana regelrecht bestürmt. Die älteste Tochter Ceana war gerade sechzehn geworden und suchte den Ratschlag Kendranas. Oft saßen die beiden Mädchen, Kopf an Kopf, am Kamin und redeten.

Kendrana genoss seine Gastfreundschaft und natürlich versuchte sie dennoch im Haus zu helfen, aber dabei sah er immer wieder, wie sie den verkrüppelten Arm vor dem Bauch hielt. Es war sicher nicht leicht für die Tochter mit nur einem Arm. Trug er daran die Schuld, dass sie so verkrüppelt war? Vielleicht schon, denn hätte er damals nicht dem Opfer zugestimmt, so würde sie nun vielleicht ebenfalls Ivains Frau sein. Sicher hätte der junge Stammesführer ihn schon lange nach der Hand seiner Tochter gefragt.

Aber hätte es ohne das Opfer damals dann diesen Krieg gegeben? Und was hatte dieser Kampf überhaupt gebracht? Nur etwas Beute und ein paar Sommer Luft, bevor die Angriffe wieder von neuem begonnen hatten. Die Stämme waren zerstritten wie noch nie zuvor. Immer wieder hatte er versucht, die sieben Führer an einem Tisch zusammenzubringen, doch es lag so viel Missgunst und Argwohn in den Augen der anderen Männer. Douranix konnte sich noch gut an die alten Zeiten zurückerinnern, da ging es nicht um Gewinn und Verlust in diesen Fragen, sondern um Sieg oder Tod im Kampf.

Wann hatten die Führer der Stämme eigentlich aufgehört, Krieger zu sein und wann waren sie Händler geworden? Nur bei ihm und Ivain schienen die alten Traditionen noch zu leben. Sie beide kümmerten sich nicht um Geld und Waren, sie gingen mit Schwert und Schild in den Wald und jagten Räuber aus ihrem Gebiet.

Trotz des fast täglichen Kampfes im Winterwald, war er als Vater natürlich froh, die geliebte Tochter wieder bei sich zu haben. Wie früher saßen sie nun abends lange am Feuer und er erzählte von seinen Kriegszügen. Wie damals saß sie neben ihm und hörte ihm aufmerksam zu, auch wenn sie viele der Geschichten bestimmt schon dutzende Male gehört hatte. Die anderen Mädchen interessierten sich nicht für seine Geschichten und einen Jungen hatte er trotz aller Mühe nicht von seiner Frau erhalten.

Wer würde seinen Stamm eines Tages mal weiter führen? Traurig schaute er auf Kendrana. Ihr hätte er es zugetraut, aber mit nur einem Arm? Und sie war ja auch in einem anderen Stamm. Ihr Aufenthalt bei ihm würde sicher nur vorübergehend sein, auch wenn sie dazu noch gar nichts gesagt hatte. Vermutlich wusste sie selbst nicht, wie es weiter gehen sollte. Zuerst musste das Kind auf die Welt kommen, alles andere war gerade nicht wichtig.

Die Zeit verging und im Laufe des Winters kam die Anfrage eines anderen Stammesführers, ob er seine zweite Tochter heiraten konnte. Douranix sagte gern zu, denn eine Verbindung zu einem anderen Stamm war immer von Vorteil. An den Ratschlägen, die

Kendrana an Ceana weitergab, erkannte er, was für eine gute Führerin sie doch geworden war. Natürlich hörte er auch daraus, wie schwierig sie es in dem fremden Stamm gehabt hatte. Sie half ihrer Schwester bei den Vorbereitungen für die Hochzeit, wenn sie sich auch später immer mal wieder schonen musste.

Seine Frau nahm sie immer wieder zur Seite, damit sich Kendrana nicht überanstrengte, denn schließlich wuchs der Bauch auch immer mehr. Dies sah er ebenfalls mit Genugtuung. Auch wenn sie nicht mehr in seinem Stamm lebte und vermutlich nie die Führung seines Stammes übernehmen würde, so würde doch etwas von ihm in der nächsten Generation weiter leben.

Als der Frühling dann die ersten Blätter an die Bäume gezaubert hatte, da brach Kendrana auf. Wohin ihr Weg sie führen würde, das sagte sie ihm nicht, aber er war sehr stolz auf seine starke Tochter. Zwar hätte Douranix sie gern noch länger bei sich beschützt, doch ihr Wille war sehr stark und wenn sie sich etwas in den Kopf gesetzt hatte, so hatte sie schon immer Wege gefunden, diesen Willen in die Tat umzusetzen.

Auch dafür bewunderte er die Tochter. Vom Turm aus hatte er ihr so lange hinterher gesehen, bis sie im Wald verschwunden war.

41. Kapitel

Die Lichtung der Göttin

Den gesamten Winter, fast ein halbes Jahr, hatte sie im Hause ihres Vaters verbracht, doch nun war es wieder Frühling und es zog sie hinaus in den Wald, wo die vertraute Hütte stand. Zwar würde es sicher nicht leicht für sie alleine sein, aber irgendetwas lockte sie nun mal genau dort hin. Was es war, das wusste sie selbst nicht, aber sie hatte gelernt, ihrem Gefühl zu folgen und vertraute dabei auf die Führung durch die Göttin.

Der Abschied von der Mutter war tränenreich gewesen und gern hätte diese Kendrana bis zur Geburt im Haus gehabt, aber das ging nicht. So schob sie den kugelrunden Babybauch durch die Tür und schritt langsam auf den Wald zu. Den Gürtel mit dem Dolch konnte sie sich schon lange nicht mehr um die Hüften binden. Die Tunika fiel einfach locker nach vorn und bedeckte das Kind damit, doch sie trug das Schwert auf ihrem Rücken, denn man konnte ja nie vorsichtig genug sein. Ob es ihr etwas nützen würde, das konnte sie nicht wissen, aber es machte Mut, es dabei zu haben.

Am Abend des Tages hatte sie die Hütte am Teich erreicht und setzte sich an das Ufer, um ihre schmerzenden Füße in dem kalten Wasser des Teiches zu kühlen. Alles war still und friedlich, nur ein paar Vögel verabschiedeten den Tag mit einem lustigen Lied. Das Schwert lag griffbereit neben ihr, aber sicher würde sie es ab dem nächsten Tag in der Hütte lassen und dem Schutz der Göttin vertrauen. Den dicken Mantel, den ihr die Mutter zum Abschied umgehängt hatte, zog sie vorn zusammen, denn es war noch frisch im Wald und es wurde schnell kühl, als sich die Sonne hinter den Bäumen versteckt hatte.

Dann setzten die Gesänge der Geschöpfe der Nacht ein. Von fern begann ein Wolf zu heulen, ein zweiter stimmte ein und ein Uhu ließ seinen markanten Ruf hören. Sicher saß der Vogel in unmittelbarer Nähe, denn sonst hätte sie ihn nicht so deutlich gehört. Mit dem Schwert auf dem Rücken und den Schuhen in der Hand ging sie über das frische Gras zur Hütte hinüber. Torona fehlte ihr immer noch und am schlimmsten war, dass offensichtlich niemand wusste, wo die Freundin geblieben war.

In ihren Mantel gewickelt schlief Kendrana auf dem Bett in der Hütte ein. Sie hatte die Tür mit der Klinge des Schwertes blockiert, wodurch niemand diese von außen aufbekommen würde. Nach dem anstrengenden Marsch schlief sie, allem Geheul vor der Hütte zum Trotz, bis zum Morgengrauen durch und trat danach wieder aus der Behausung. Wenig später saß sie im Unterkleid im Wasser des Teiches und ließ ihren Bauch von den kleinen Wellen umspülen.

Alles war friedlich und ein Entenpaar schwamm direkt vor ihr vorbei. Sie hätte die Tiere berühren können, wenn sie den Arm ausgestreckt hätte. Doch nun kam die Frage, was sie hier machen sollte. Nur einfach auf die Geburt warten? Kräuter sammeln? Oder jemanden helfen? Nur wem? Sie entschied sich für das Sammeln der ersten Kräuter.

Es dauerte auch nur ein paar Tage, dann stand die erste nach Hilfe suchende Frau vor der Hütte und Kendrana konnte ihr mit den frisch gesammelten Kräutern helfen. Anscheinend hatte der Frau irgendjemand gesagt, dass im Wald wieder eine Zauberin wartete und so war es natürlich kein Wunder, das von Tag zu Tag mehr Frauen den Weg in den Wald fanden.

Kendrana versuchte einer jeden von ihnen zu helfen und eines Tages stand auch Ivain vor dem Teich. Sie begrüßte ihn mit einem langen Kuss, denn schließlich hatten sie sich ja auch lange nicht gesehen. Gemeinsam gingen sie eine Runde um den Teich und er streichelte dabei ihren dicken Bauch. Sein Angebot, nach Hause zu kommen, lehnte sie aber strikt ab. Sie sagte „Ich werde hier mein Kind zur Welt bringen. Hier unter dem Schutz der Göttin!" Ihr Mann nickte und akzeptierte es mehr widerwillig, aber er wollte weder die Göttin noch seine Frau erzürnen. Als er sich verabschiedete, ließ er ihr einen Korb mit Lebensmitteln da, den sie aber der Göttin opferte, nachdem er gegangen war.

Von da an ließ er ihr öfters Körbe mit Essen in den Wald bringen, von denen sie aber nichts anrührte, denn es hätte ja sein können, dass darauf ebenfalls der Fluch des Druiden lag.

Die Frühlingstage gingen dahin und eines Morgens weckte sie ein heftiger Schmerz. Kendrana setzte sich auf und rieb ihren Bauch, aber der Schmerz wollte nicht weniger werden. Auch ein Kräutertrunk, den sie sich schnell bereitete, wollte nicht helfen und schließlich hörte sie eine Stimme, die „Komm zu mir!" sagte.

Mühsam erhob sich Kendrana und wusste dabei sofort, wohin sie gehen musste. Unter immer heftiger werdenden Schmerzen schleppte sie sich am Teich vorbei, durch den Wald bis auf die Lichtung mit dem Stein. Bei jedem Schritt hatte sie dabei das Gefühl, als ob ihr Bauch zur Erde rutschen wollte, dann stand sie vor dem Altar und stützte sich darauf ab.

Kendrana drehte sich um und rutschte erschöpft zu Boden. Mit dem Rücken an den Stein gelehnt blieb sie einfach so sitzen. Es war still ringsum und das einzige Geräusch, welches zu hören war, das waren ihre Schmerzensschreie. In immer kürzeren Abständen kamen die Wellen der Schmerzen und rollten über ihren Körper. So oft hatte sie geholfen und nun war niemand da, der ihr hätte helfen können. Nur die Göttin war anwesend, gegen deren Altar sie den Rücken presste.

„Große Göttin steh mir bei!", schrie Kendrana auf die Lichtung hinaus. Eine neue Welle des Schmerzes traf sie und schien sie zerreißen zu wollen. Mit einem weiteren Schrei hatte sie das Kind auf die Welt gepresst, hob es auf und das kleine Mädchen begrüßte nun ebenfalls mit einem Schrei diese neue Welt. Kendrana legte sich das Kind an ihre Brust und versuchte sich etwas zu erholen, als sie keine fünf Schritte entfernt einen Luchs am Waldrand stehen sah.

Das Tier machte keine Bewegung und war in glänzendes Licht getaucht. Es schien nicht von dieser Welt zu sein und verschwand ohne einen Laut wieder im Wald. „Die Göttin hat dir die Kraft und Wendigkeit des Luchses gegeben. Du bist nun ihr geweiht und ich werde dich Aruna nennen", sagte Kendrana zu ihrer Tochter. Mit ihrem Blut malte sie das Zeichen der Göttin auf die Stirn des Mädchens, das auch Torona ihr einst hier gegeben hatte. Danach stand sie auf und wankte zur Hütte zurück.

Als sie dort eintraf, wurde sie schon von Ivain erwartet. „Darf ich dir deine Tochter Aruna vorstellen", sagte sie und drückte dem Vater das Kind in den Arm, dann säuberte sie zuerst sich selbst und anschließend das Kind im Wasser des Teiches. Schließlich gingen sie zu dritt zurück in das Dorf, denn der Fluch war nun sicher gebrochen.

42. Kapitel

Kampf der Götter

Das konnte doch nicht wahr sein! Kendrana war zurück und hatte das Kind dabei! Nun konnte der Druide nichts mehr gegen diese Schwangerschaft unternehmen. Lange hatte er nach ihr gesucht und schon gehofft, dass die wilden Tiere im Wald das besorgt hatten, was sein Messer nicht geschafft hatte, doch nun war sie eben wieder zurück! Strahlend schön und mit einem Kind im Arm. Alle Gerüchte des Fluches waren damit von ihr gefallen und jeder wollte die kleine Tochter sehen. Briana war nun ebenfalls ganz hin und weg von dem kleinen Mädchen. Die Kleine stand schon seit der Geburt unter dem Schutz der Göttin, das hatte ihm die Amme erzählt, denn der Platz der Geburt war nicht von dieser Welt gewesen. Auf einem Altar mitten im Wald! Umringt von wilden Tieren. Jede Frau baute noch etwas dazu und schmückte die Geschichte noch weiter aus und schon nach wenigen Tagen kamen sogar aus fernen Dörfern Frauen, um Aruna zu sehen, die friedlich in den Armen der Amme schlief.

Von nun an würde er einen anderen Plan brauchen, um das Ansehen von Kendrana zu beschädigen. Die Frau hatte sich in den vergangenen Monden gut erholt und strahlte die ganze Hütte aus. Nichts war von der Frau geblieben, mit der keiner etwas zu tun haben wollte. Nun war sie wirklich die Herrin und sie meisterte ihre Aufgaben wirklich souverän. Das musste er neidvoll anerkennen. Mutter, Fürstin, Beraterin, Zauberin, Herrin und das alles mit nur einem Arm. Er selbst hatte es lange nicht geglaubt, aber diese Frau stand wirklich unter dem Schutz der Götter.

Im Stillen verfluchte er den Schwur, welchen er dem alten Druiden einstmals gegeben hatte, doch er hatte ihn bei seinem Leben und im Angesicht der Götter genau das versprochen. Damit stand es so: entweder ihr Leben oder seins! Allerdings hatte er nicht geschworen, wann er es tun wollte und so konnte er sich noch Zeit nehmen. Die Götter jedenfalls hatten viel Zeit und der alte Druide sicher auch. Der lag nun da draußen, direkt neben dem Tor unter der Erde und musste von dort aus zusehen, wie das kleine Mädchen, das seinem Messer entkommen war, die Führung des Stammes übernahm.

Mit dem Blick auf den Altar stellte er sich die Frage: War das Ganze vielleicht ein Kampf der Götter? Ein Kampf Göttin gegen Gott, der hier auf Erden durch ihn und Kendrana ausgetragen werden sollte? Was würde wohl passieren, wenn er diesen Kampf hier verlieren würde? Würde Teutates dann das Gewölbe des Himmels aus Wut über ihnen zum Einsturz bringen? Und was würde passieren, wenn Kendrana verlieren würde? Würde Rigani, die Muttergöttin, vielleicht ihre Fruchtbarkeit nicht mehr über das Land bringen? Dann würden sie alle verhungern müssen.

Konnte es da eigentlich einen Sieger geben? Oder gab es da nur Verlierer? Es konnte doch nicht sein, dass sie Beide sich hier unten auf der Erde nicht verstanden, nur weil die da oben sich stritten.

Allerdings war das ja schon bei seinem Vorgänger so gewesen. Jahrelang hatte er zugesehen, wie sich der alte Druide mit Torona herumgestritten hatte. Nun wiederholte sich das bei ihm und Kendrana. Sollte das bis in alle Ewigkeit so weiter gehen? Oder war es schon immer so gewesen? Mann gegen Frau, Gott gegen Göttin, Krieg gegen Frieden? Er konnte es nicht sagen, doch es schien so zu sein.

Dabei fiel ihm ein, dass er ja nun auch noch einen Nachfolger auszubilden hatte. Einen Jungen, der irgendwann den Kampf gegen Aruna aufnehmen würde. Nachdenklich verließ er das Haus und ging zum Dorf hinunter.

Unstet streifte sein Blick über die Hütten und die Menschen davor. Er suchte ein Zeichen, das ihm sagte: Dieser Junge ist es! Es sollte ein kleiner Junge sein, denn er würde ihn noch mindestens fünfzehn Jahre alles beibringen, was er brauchen würde. In seine Beobachtungen vertieft dachte er zurück an seine Ausbildung. „Lerne alles auswendig! Du musst jedes Wort in deinem Kopf haben!" Das hatte der alte Druide ihm jeden Tag eingeschärft. In Gedanken ging er weiter, bis er mit einem kleinen Jungen zusammenstieß, der aus einer Hütte gerannt kam.

Der Junge war noch keine sechs Jahre alt und war bei dem Zusammenstoß gestürzt, doch er gab keinen Laut von sich und sah nur zu dem Druiden auf. War dies das Zeichen, auf das er gewartet hatte? Die Mutter des Jungen kam ebenfalls aus der Hütte, verbeugte sich und entschuldigte sich für das Versehen des Jungen. Mit einer gnädigen Handbewegung sah er darüber hinweg und lud sich selbst in die Hütte ein. Am Feuer legte er einfach selbst fest, dass der Junge am nächsten Tag zu ihm gebracht werden sollte.

Aus Angst vor den Göttern widersprach die Mutter nicht, sondern stimmte mit einer Verbeugung zu. Vielleicht war sie auch ganz froh, dass das Kind nun etwas Wichtiges lernen würde und für den Rest seines Lebens vom Hunger verschont bleiben würde.

Viel ruhiger ging er zurück zum Hügel und sah sich nicht noch einmal um. Alles war gesagt und vorbereitet. In der Hütte angekommen sah er sich um. Sein altes Bett war noch in einer der

Kammern aufgestellt und er hatte es seit Jahren nicht mehr benutzt. Nun würde sein „Lehrling" es in Beschlag nehmen, so wie er es damals selbst von seinem Lehrer zugewiesen bekommen hatte. Der Druide ging noch einmal in die große Hütte hinüber und beauftragte eine der Dienerinnen damit, das Zimmer für den Jungen vorzubereiten, was diese auch eilends übernahm. Als seine Schritte ihn wieder zurück zu seiner Hütte führten, da verbeugte er sich vor dem Altar, der sich direkt davor befand.

Es würde eine neue Generation geben und der Kampf der Götter würde in die Zukunft weiter getragen werden. Er hatte noch nicht einmal nach dem Namen des Jungen gefragt, aber der würde in der Zukunft auch egal werden. An seinen eigenen Namen konnte er sich kaum noch erinnern. Auch er hatte damals einen neuen Namen erhalten, den ihm der alte Druide in einem Ritual übergeben hatte.

Nun musste er sich daran erinnern, wie das damals gewesen war, denn er hatte auch dies nur in seinem Kopf. Die Götter hatten ihm damals den Namen „Iain" gegeben und diesen hatte er seit dem in Ehren gehalten. Doch niemand durfte ihn so nennen, nur die Götter riefen ihn so. Am nächsten Tag würden ihm die Götter den Namen für den Jungen verraten. Er setzte sich vor das Feuer und dachte an das ferne Ritual zurück.

43. Kapitel

Ein kleines Glück

Ivain konnte sein Glück kaum fassen. Seine Tochter Aruna war nun vier Jahre alt und Kendrana hatte ihm gerade den ersehnten Sohn geschenkt. Er stand an dem Bett und hielt das kleine Geschöpf in seinen Händen, das seine Frau gerade unter Schmerzen zur Welt gebracht hatte. Die Amme war mit Aruna in das Zimmer getreten und auch die Schwester bestaunte den kleinen Bruder. Seit Aruna in diesem Haus lebte, hatte sich vieles geändert. Offensichtlich war mit ihr der Schutz der Göttin wieder über seine kleine Familie gekommen und für ihre vier Sommer war sie schon sehr schlau und verständig. Die Augen der Göttin schauten durch sie auf diese Welt.

Als Kendrana erschöpft in dem Bett zurückfiel und einschlief, drehte sich Ivain zu der Amme um, drückte ihr das Kind in den Arm und sagte „Du musst dich nun um zwei Kinder kümmern!" Die Frau zog den Jungen an ihre Brust und verbeugte sich kurz, dann eilte sie, von Aruna gefolgt, aus dem Raum, um das Kind zu säubern.

Er blickte ihnen noch einen kurzen Moment hinterher, dann setzte er sich an das Bett seiner Frau und sah in das schlafende Gesicht, das durch den Schein des offenen Feuers in der Ecke beleuchtet wurde. Sie war so wunderschön und nichts erinnerte mehr an diese letzte Nacht, in der sie sich so gequält hatte, um dieses Kind auf die Welt zu bringen. Kendrana hatte sich nicht helfen lassen wollen und er hatte sie nur mit Mühe davon abhalten können, in den Wald zu gehen, als die Wehen eingesetzt hatten.

186

Doch alles war gut gegangen. Er war sehr stolz auf seine starke Frau. Sein Blick ruhte weiter auf ihrem Gesicht. In den letzten Jahren war sie zu einer wertvollen Beraterin für ihn geworden. Kendrana hatte die Sprachen der nördlichen Völker gelernt und war bei den Absprachen mit den Händlern dabei. Auch die Sprache der Römer konnte sie, und diese sogar schreiben und lesen.

Immer wieder bewunderte er sie dafür, was sie doch alles konnte und machte. Er selbst war ein Mann der Tat geblieben. Er nahm lieber das Schwert in die Hand, als den dünnen Griffel, mit dem seine Frau so kunstvoll die Zeichen auf die gegerbten Lederstreifen schrieb. Woher sie die Zeit nahm, all das zu lernen, das konnte er sich nicht erklären. Kendrana hatte ja mit ihren vielen Aufgaben hier im Stamm eigentlich sowieso schon genug zu tun und trotzdem las sie auch noch oft in einem Buch, das ihr einer der römischen Händler mitgebracht hatte.

Seine geliebte Frau bewegte sich, erwachte, lächelte ihn an und fragte „Wo ist mein Sohn?" „Bei Briana", sagte er und küsste sie. „Bringe ihn mir bitte, damit ich den Segen der Göttin für ihn erbitten kann", antwortete sie schwach und setzte sich auf. Ivain verließ den Raum und suchte die Amme, die das Kind gerade in ein Tuch gewickelt hatte. Zusammen gingen sie, wieder von Aruna gefolgt, in den Raum hinüber, wo Briana das Kind der Mutter in den Arm legen wollte, doch Kendrana sagte „Halte ihn bitte für mich." Die Amme nahm das Kind und hielt es direkt vor die Mutter.

Kendrana tauchte ihren Zeigefinger in das Blut, das nach der Geburt noch auf ihrem Körper war und zeichnete damit einen Kreis und zwei Halbkreise auf die Stirn des schlafenden Jungen. Es sah wie ein) ● (aus und stellte wohl die Mondphasen dar. „Mit der Kraft der Göttin stelle ich dich unter den Schutz der Götter", sagte sie und sah ihren Mann an. „Wie soll er heißen?", fragte sie und Ivain dachte an seinen Vater. „Connor", entgegnete er laut und das Kind erwachte. „So sei dein Name Connor!", beendete Kendrana ihre Ansprache und strich dem Jungen über die Stirn. Erschöpft fiel Kendrana in das Bett zurück und Briana verließ mit den Kindern das Zimmer wieder. Ivain holte eine Dienerin, die Kendrana dabei half, sich zu säubern und danach sah er wieder zu, wie die Frau erschöpft in dem Bett schlief.

Um sie in Ruhe schlafen zu lassen, ging er in den großen Raum zurück, wo der Druide auf ihn wartete. Offensichtlich hatte er schon von der Geburt des Sohnes gehört, denn er gratulierte zum Nachfolger, der ja irgendwann einmal den Stamm von ihm übernehmen würde.

Dann begannen wieder Verhandlungen mit Händlern, was er so gar nicht mochte. Viel lieber überließ er dies dem Druiden oder Kendrana, aber im Moment musste er wohl, als Führer des Stammes, diese Gespräche selber führen. Trotzdem saß er fast unbeteiligt daneben, nickte oder schüttelte nur den Kopf, aber so wirklich bekam er von dem Gespräch zwischen dem Druiden und den Händlern nicht viel mit. Es interessierte ihn auch nicht wirklich, denn was ihn wirklich interessierte, das war seine Frau und die schlief im Nebenzimmer.

Sein Blick ging zur Tür und augenblicklich tauchte sie in dem Gang auf. Kendrana setzte sich einfach an den Tisch, so als ob nichts gewesen wäre. Sofort übernahm sie das Gespräch, auch wenn das den Händlern aus Rom offensichtlich nicht gefiel.

Schon oft hatte er bemerkt, dass die Römer nichts von ihren Frauen hielten. Doch er bewunderte Kendrana dafür, dass sie einfach hier dazu gekommen war und ihre Pflichten übernahm, so als wäre es nicht erst vor weniger Augenblicken gewesen, dass sie den Sohn zur Welt gebracht hatte. Bereits nach ein paar Worten von Kendrana hatten die Römer verstanden, mit wem sie hier wirklich verhandeln mussten und als Kendrana auch noch die Liste mit den gewünschten Gegenständen lesen konnte, war der Druide aus dem Gespräch fast ausgeschlossen. Ivain sah am Gesicht des Mannes, das ihm dies nicht gefiel, aber er unterstützte seine Frau. Wenig später waren alle Abschlüsse getroffen und die Händler waren gegangen.

Der Druide schloss sich ihnen an und verließ die Hütte. Mit seiner Frau zusammen blieb er an dem Tisch sitzen. „Ich danke dir für deine Hilfe!", sagte Ivain anerkennend und die Frau nickte nur dazu. Dies war wie eine angedeutete Verbeugung vor ihm und er küsste sie. Sofort danach rief er eine der Dienerin, da ihm gerade eingefallen war, das Kendrana seit dem Abend zuvor nichts mehr gegessen hatte.

Schnell war der Tisch gedeckt und sie langten beide kräftig zu, danach rief Kendrana nach Briana, die kurz darauf mit dem schlafenden Sohn im Arm erschien. „Jetzt haben wir gegessen und nun muss dein Sohn essen", sagte Kendrana mit einem Schmunzeln und ließ sich von Briana helfen, dass Gewand oben zu öffnen. Kendrana legte ihren Sohn an die freie Brust und kurz darauf schmatzte Connor gemütlich vor sich hin.

44. Kapitel

Neue Freundinnen

Seit sie nun das dritte Kind hatte, arbeitete Kendrana immer enger mit der Amme zusammen. Die frühere Abneigung der älteren Frau zu ihr war schon lange gewichen. Aruna brauchte nun die Amme schon fast gar nicht mehr, denn mit ihren sechs Sommern rannte sie sowieso über den ganzen Hügel. Zum Glück ließen die Posten sie nicht allein aus dem Tor und woanders konnte sie den Hügel zum Glück für die Mutter nicht verlassen, denn sonst hätte Kendrana die Tochter im ganzen Land suchen müssen.

Irgendwie erinnerte die Tochter sie immer an die eigene Kindheit auf dem väterlichen Hügel. Dort war sie genauso herumgerannt, wie Aruna jetzt hier. Da die Geschwister noch klein waren, spielte sie oft mit dem Lehrling des Druiden, der ein paar Jahre älter war als sie. Das sah Kendrana natürlich nicht ganz so gern, denn sie hielt sich, aus der früheren Erfahrung, immer noch von dem Druiden fern, aber sie vertraute der Führung durch die Göttin, der Aruna seit ihrer Geburt geweiht war.

Trotzdem hatte sie jeden Tag auch weiterhin den Rat von Torona im Kopf, sich nicht in die Nähe des Druiden zu begeben. Auch wenn die Freundin schon lange nicht mehr da war, so fehlte sie ihr immer noch täglich und selbst nach all der vergangenen Zeit, wusste immer noch niemand, was mit der Zauberin passiert war. Sie war damals einfach im Wald verschwunden. Von heute auf morgen war sie auf einmal nicht mehr da gewesen. Besonders schade fand es Kendrana, das Torona Aruna nun nicht mehr kennengelernt hatte, denn die Tochter hätte so viel von der Zauberin lernen können, was sie ihr nun beibrachte, wenn es die wenige Zeit mal zuließ, das sie sich der Tochter widmen konnte.

Vieles hatte sie ihr schon beigebracht. Auch das Lesen und Schreiben, sowie die Sprachen der vielen Völker, denn irgendwann würde auch sie mal einen Stamm leiten müssen, so wie Kendrana jetzt diesen hier. Da sich Kendrana nun mal nicht zum Druiden hinüber wagte, musste Briana dann immer mit und dort auf die Tochter aufpassen. Anscheinend wirkte der Schutz der Göttin aber auch dort.

Briana, die Amme, war zu einer wirklichen Freundin geworden und manchmal verstanden sie sich ohne ein Wort. Oft musste Kendrana lachen, wenn sie gleichzeitig zum selben Gegenstand griffen, oder dasselbe sagten. Mit dem Vertrauen der Amme war damals auch das Vertrauen der anderen Frauen zurück zu Kendrana gekommen. Sie führte die Frauen nun souverän und nur manchmal musste sie bei Ivains Mutter einen Rat einholen, oder sie fragte die Amme nach einem Tipp. Die beiden erfahrenen Frauen halfen ihr da gern weiter und so war es eigentlich ein Dreierverbund von sich vertrauenden Frauen geworden.

Kendrana hatte die Macht, Briana das Lebensalter und die Mutter von Ivain, die Erfahrung über das Führen eines Stammes. Oft, wenn die Männer unterwegs waren, waren es ja gerade die Frauen, die das Leben im Stamm aufrechterhielten und Kendrana sagte dann immer „Die Männer zerstören und wir Frauen bauen es wieder auf." Damit hatte sie natürlich auch die Kinder gemeint, für welche die Frauen selbstverständlich auch die Verantwortung trugen.

Wie hatte es Torona so schön damals bei ihrer Weihe gesagt? „Durch die Kraft der Göttin hast du nun das Gebende und das Empfangende in dir vereinigt!"

Und das Werk der großen Göttin, der großen Mutter, zeigte sich besonders in den Frauen. Sie folgten mit ihrem Körper dem Laufe der Natur und dem Wechsel des Mondes. In ein paar Sommern würde sie darüber auch mit Aruna sprechen müssen, doch sie war ja der großen Göttin seit ihrer Geburt geweiht und noch war nicht abzusehen, ob sich daran etwas ändern würde. Sollte das so bleiben, dann würde sie Torona als Zauberin folgen und nicht Kendrana als Führerin. Dann würde in absehbarer Zeit der kleine Teich im Wald, mit der Hütte daneben, der Platz der Tochter sein. Aber noch war sie für diese Überlegungen zu klein.

Die große Göttin würde ihnen schon ein Zeichen ihrer Entscheidung zukommen lassen. Da war sich Kendrana sicher und ihrem Gefühl war sie schon immer gefolgt. Bis zu einer Entscheidung brachte sie der Tochter einfach beides bei und so würde sie dann auch auf alles vorbereitet sein, was das Leben für sie bereithalten würde. Sicherlich hatte Torona ihr damals die Fibeln und den silberbeschlagenen Dolch für Aruna übergeben. Das alles hatte Kendrana für die Tochter gut verwahrt.

Mit der jüngsten Tochter an der Brust lernte Kendrana mit Aruna fremde Sprachen, indem sie der Tochter Geschichten erzählte. Alte Sagen und Märchen, die sie von den Begleitern der Händler erfahren hatte. Mit denen redete sie gern, wenn die Händler die Ware prüften, und mit jeder Geschichte wuchs auch ihr eigener Wortschatz.

Kaum jemand in der Gegend konnte so viele Sprachen wie Kendrana und Aruna. Immer wieder überraschten sie die Händler mit ihren Kenntnissen. Die Männer konnten ja nicht wissen, dass sie die geheimen Absprachen der Händler verstehen und für sich nutzen konnte. Das wurde dann auch von ihr zum Nutzen des ganzen Stammes eingesetzt.

Wichtiger als der ganze Stamm waren für Kendrana allerdings die Familie und die Freundinnen. Auf diese ließ sie nichts kommen und sie wäre auch jederzeit bereit, ihre Lieben mit aller Kraft zu verteidigen.

Immer dann, wenn Ivain unterwegs war, führte sie auch die verbliebenen Männer und da war keiner, der etwas Abwegiges daran gefunden hätte, sich von der Fürstin eine Anweisung geben zu lassen. Schließlich handelte die große Göttin durch sie. Die Fibeln mit deren Abbild lagen nun allerdings für die Tochter in einem Kästchen auf Kendranas Altar.

Nach dem Ende des Eides hatte Kendrana diese Spangen damals aufgehoben und nun war wohl der Zeitpunkt gekommen, diese an der Tunika der Tochter zu befestigt, als deutliches Zeichen des Schutzes und des Eides, den die Göttin Aruna bei der Geburt mitgegeben hatte. Auch die große Göttin war eine Freundin für Kendrana geworden. Eine unsichtbare Freundin, mit der man über alles reden konnte.

Manchmal schaute eine der Gehilfinnen komisch, wenn sie Kendranas Gespräche mit der Göttin hörte, doch keine sagte etwas dazu. Es wäre ja auch nicht klug gewesen, es sich mit der großen Göttin zu verderben und auch mit der Herrin wollten sie sich ja alle gut stellen.

45. Kapitel

Schneewege

Sie hatte die Wildheit der Mutter geerbt! Zumindest sagten das alle, die ihre Mutter kannten. Aruna war acht Jahre alt und tobte durch die kleine Gruppe der Häuser auf der Hügelkuppe. Ihre langen rotblonden Zöpfe flogen nur so hinter ihr her. Allerdings hatte sie zusammen mit dieser Wildheit auch das Wissen der Zauberinnen bekommen und so lange sie zurückdenken konnte, hatte sie die Mutter immer mit in den Wald genommen. Die kleine Hütte am Teich war ihr so vertraut, dass sie den Weg dorthin sogar mit verbundenen Augen hätte finden können. Manchmal waren sie mehrmals hintereinander dort gewesen, um Kräuter und Blumen zu sammeln, die sie dann trockneten.

Aruna hatte noch drei Geschwister, die aber alle nicht so waren, wie sie. Einen Bruder, der vier Sommer alt war, und zwei Schwestern. Eine die schon den zweiten Sommer gesehen hatte und eine, die gerade erst geboren worden war. Daher konnte sich die Mutter im Moment nicht um sie kümmern, doch das war ihr ganz recht, denn somit konnte sie ungestört mit ihrem Vater Bogen schießen oder kämpfen lernen. Das war etwas, was wohl nicht viele Mädchen in ihrem Alter lernen durften.

Von der Mutter wusste sie, dass es ihr einst genauso ergangen war, denn auch sie hatte all dies lernen dürfen, doch mit ihrem verkrüppelten Arm konnte sie nun vieles davon nicht mehr. Da traf es sich dann gut, dass der Vater gerade viel Zeit für sie hatte. Wie in jedem strengen Winter konnte er auch in diesem die Siedlung wegen des Schnees lange nicht verlassen und so saß sie oft am Feuer und lauschte seinen Erzählungen über die Kämpfe gegen die

Römer im Süden, oder die Kimbern und Teutonen im Norden, die immer wieder ihre Siedlungen überfielen.

Im Gedanken kämpfte sie dann immer an seiner Seite. Mit Stolz trug sie am Gürtel den Dolch, den ihr die Mutter gegeben hatte, und die beiden Spangen, mit dem Bildnis der Göttin darauf. Die Mutter hatte ihr einmal gesagt, dass sie das siebente Mädchen war, auch das traf sich wieder mit ihrer Mutter, denn nach der Beschreibung war ja auch die Mutter das siebente Mädchen gewesen. Natürlich konnte die Mutter nicht wissen, ob alle Geschwister von Aruna, die sie vor ihr verloren hatte, Mädchen gewesen waren, aber in ihren Gedanken waren sie immer an ihrer Seite.

Nach den Erzählungen der Mutter hatte sie immer einen großen Bogen um den Druiden gemacht. Sie mochte den Mann nicht, er hatte ihr oft Angst gemacht und das, wo sie doch sonst so mutig war. Mit dem Schüler des Druiden konnte sie allerdings spielen, obwohl er oft keine Zeit für sie hatte.

Eines Morgens fragte sie der Vater, ob sie ihn mit auf die Jagd begleiten wollte, was sie natürlich gern annahm. Den besorgten Blick der Mutter sah sie wohl, machte sich aber darum keine Sorgen, denn der Vater würde ja immer in ihrer Nähe sein. In den dicken Mantel gehüllt, mit Pfeil und Bogen in der Hand, brachen sie zusammen in den nahe gelegenen Wald auf.

Der Schnee ging dem Mädchen schon bald bis zur Hüfte und sie musste in der Spur des Vaters bleiben, der vor ihr durch den Wald stapfte, um überhaupt vorwärtszukommen. Würden sie überhaupt Erfolg haben? Mit wachen Augen schaute das Mädchen in den Wald und sah den makellosen Schnee ringsum. Keine Spur war dort zu sehen und so war es auch eher unwahrscheinlich, dass sie da auf ein Tier treffen würden.

Der Atem wehte in langen weißen Schwaden um sie herum und durch das schwere Laufen begann sie zu schwitzen. Dem Vater schien es gar nichts auszumachen, oder er ließ es sich nicht anmerken. In Gedanken versunken folgte sie ihm und als er unvermittelt stoppte, da wäre sie fast auf ihn aufgelaufen.

Suchend sah sie an ihm vorbei, was ihn wohl gestoppt hatte. Auf einer kleinen Lichtung hatte er vermutlich eine Bewegung gesehen, denn er zog einen Pfeil hervor und gab ihn an die Tochter weiter. Leise schlich das Mädchen an ihm vorbei und ging zwei Schritte weiter. Dort, im Schnee stehend, hob sie ihren Bogen und legte den Pfeil vorsichtig ein, so wie sie es schon oft geübt hatte. Aruna zog die Sehne bis nach hinten durch und hielt ihre Hand an die Wange.

Angespannt wartete sie, bis sich das Tier zeigen würde. Die Entfernung war nicht sehr groß. Nicht einmal zwanzig Schritte trennten sie von dem Waldrand, aber noch war das Tier nicht zu sehen.

Hatte sich der Vater getäuscht? Das war eher nicht zu erwarten, denn er war ein sehr erfahrener Jäger. Das Mädchen hielt den Bogen gespannt und ihre Hand begann leicht zu zittern, deswegen zwang sie sich dazu, ruhig zu atmen und das Zittern verschwand. Über die Pfeilspitze hinweg schaute sie zum Waldrand und bemerkte die Bewegung der Zweige. Was für ein Tier würde es sein? Ein Reh? Ein Wildschwein? Schließlich sah sie den Kopf des Tieres und erkannte einen Luchs. Augenblicklich war ihr, als ob sie sich selbst sehen würde und in den Pfeil sah.

196

Das Zittern kam zurück und instinktiv wusste sie, dass wenn sie jetzt den Pfeil losließ, sie sich selbst damit treffen würde. Doch wie sollte sie dies dem Vater erklären? Er würde sie sicher nicht verstehen. Ihre Hand zuckte ein kleines Stück zur Seite und der Pfeil flog davon. Einen Augenblick später traf das Geschoss direkt über dem Tier einen Zweig und der Schnee fiel auf den Luchs herunter. Mit großen Sprüngen entfernte sich die Katze und Aruna war froh, dass sie ihr Ziel getroffen hatte.

Gemeinsam liefen sie zu der Stelle, an der das Tier gerade noch gestanden hatte. Aruna kniete sich hin und legte ihre Hand in die Spur des Luchses, dann hob der Vater den Pfeil auf, der daneben lag. „Ein guter Schuss!", sagte er und zeigte auf den Tannenzapfen, den sie getroffen hatte. Verschmitzt nickte sie ihm zu, denn sicherlich konnte er nicht ahnen, dass seine spöttisch gemeinte Bemerkung zutraf und sie auch genau auf diesen Zapfen gezielt hatte.

Weiter ging es durch den Wald und schon bald konnte Aruna ihre Zielsicherheit an einem Hasen unter Beweis stellen. Mit der erjagten Beute machten sie sich auf den Weg und zurück im großen Haus erzählte sie der Mutter von ihrer Begegnung mit dem Luchs. „Vielleicht war es jener Luchs, der bei deiner Geburt anwesend war", sagte die Mutter und erzählte Aruna zum wiederholten Male die Geschichte des Tieres.

Nun wusste Aruna, warum sie nicht hatte schießen können. Die große Göttin hatte es verhindert.

46. Kapitel

Konfrontation mit der Wahrheit

un musste sich Briana um die vier Kinder von Kendrana kümmern, aber mit Aruna hatte sie ja fast nichts zu tun. Die Kleine war eigentlich ständig unterwegs. Die anderen drei waren da schon anders. Besonders Connor war sehr anhänglich. Der Kleine war seinem Vater ziemlich ähnlich und auch den hatte Briana damals schon betreut. Noch immer ging sie täglich zum Druiden hinüber, um sich bei ihm den täglichen Schutz der Götter abzuholen. Sie hatte von ihm eine Kette erhalten, die sie sich jeden Tag wieder neu weihen ließ. Die Gaben, die sie dafür als Gegenleistung für die Götter übergab, legten sie danach immer auf den Altar. Bei dem Druiden war auch ein kleiner Jungem, der dort alles lernen sollte, was so ein Druide wissen musste. So wirklich glücklich schaute der Kleine nicht aus, er vermisste sicher seine Eltern und wann immer es möglich war, nahm ihn Briana mit zu sich, in das Haus hinüber. Der Druide ließ sie meist gewähren, außer wenn der Junge etwas zu lernen hatte, dann verbot er ihm, die Hütte zu verlassen.

Der kleine Junge und Connor waren, trotz des Altersunterschiedes, Freunde geworden. Für Connor war es ganz gut, unter so vielen Frauen, auch einen Jungen zum Freund zu haben. Für später war es dann auch nicht schlecht, wenn sich Stammesführer und Druide gut verstanden. So konnte der Stamm auch besser geführt werden. Aber manchmal sah Briana den abschätzenden Blick der Herrin, der das gar nicht so gefiel, ihr Kind in die Nähe des Druiden zu lassen. Zu tief saß vermutlich noch die Angst der Mutter.

Sie, als Amme, konnte da die Verantwortung übernehmen und die Herrin redete ihr da auch nicht hinein. Das rechnete sie ihr auch hoch an. Schließlich hatte sie in all den Jahren hier noch alle ihre Aufgaben richtig gemacht.

Eines Tages übergab ihr der Druide eine Schutztinktur, die sie der jüngsten Tochter geben sollte, und die vor gefährlichen Geistern schützen sollte. Da so ein Geisterschutz auch für alle anderen nichts Schaden konnte, rieb Briana alle Kinder ein und auch den Lehrling des Druiden, obwohl der es ja nicht nötig gehabt hätte, da er ja sowieso unter dem Schutz der Götter stand.

Schon am nächsten Tag begann es aber, dass es allen Kindern schlechter ging. Briana konnte sich das nicht erklären, warum dies wohl passierte. Es konnten ja nur die Geister sein, die sich gegen das Mittel sträubten. Daher rieb sie die Kinder erneut ein, doch es wurde nicht besser. Der Druide verwies bei ihrer Nachfrage nur auf den Schutz des Mittels und Briana vertraute seinem Urteil, aber auch im Laufe der folgenden Nacht trat keine Besserung ein.

In ihrer Not begann Briana diesmal nicht den Druiden zu fragen, sondern sie ging zu Kendrana und fragte diese, ob sie sich das erklären konnte. Da sie aber nichts von dem Mittel erzählte, untersuchte die Mutter ihre Kinder. Während die Kleineren nur schrien, klagten die Größeren über Krämpfe und nur Aruna schien davon nicht betroffen zu sein.

Schließlich fragte Kendrana die Tochter und die erzählte „Ich wollte die Einreibung nicht! Die stinkt!" Daraufhin schaute die Mutter Briana fragend an und sie holte den kleinen Krug heraus. Die Fürstin hielt nur kurz die Nase darüber und verzog angewidert das Gesicht. „Wo hast du das den her?", fragte sie und die Amme musste zugeben, dass der Druide ihr das Mittel gegeben hatte. Kendrana schüttelte den Kopf und lief in ihren Raum hinüber.

Nach einer kurzen Weile brachte sie einen Trunk mit, welchen sie den Kindern zu trinken gab. Wenig später hörte die kleine Tochter auch schon auf zu weinen und bald darauf ging es auch den anderen besser. Nur der Lehrling des Druiden durfte das Mittel nicht bekommen, denn der Druide verbot es ihm.

Als Kendrana mit Briana zu ihm hinüberging, um ihn zur Rede zu stellen, da winkte der Mann ab und verschloss seine Hütte vor ihnen. Er wollte sich und dem Jungen nicht helfen lassen. Am folgenden Tag ging es den Kindern bei der Amme schon wieder besser, nur der andere Junge fühlte sich immer schlechter. Jammernd hielt er sich den Bauch. Briana versuchte mit dem Druiden zu reden, doch er war ziemlich abweisend.

Zusammen mit Kendrana versuchten sie auch weiterhin dem Jungen zu helfen, doch sie durften nicht zu ihm. Die Amme schüttelte verständnislos den Kopf. Stand der Druide denn nicht unter dem Schutz der Götter? Ließen die es zu, dass der Junge starb? Kendrana bettelte bei dem Mann fast um das Leben des Kindes, aber er war so von sich und seinem Können eingenommen, dass er jede Hilfe der Zauberin ablehnte.

Briana kamen nun ernsthaft Zweifel darüber, was er tat und ob er wirklich die Verbindung zu den Göttern hatte. Konnte es sein, dass er sich geirrt hatte? Oder hatte ein Geist ihm dieses Mittel gegeben? Jedenfalls kam die Amme nun zu dem Schluss, dass der Druide doch nicht ganz unfehlbar war und sein Rat vielleicht nicht wirklich immer der Richtige.

Mit dieser Erkenntnis zog sie sich von ihm zurück und begann nun den Fähigkeiten von Kendrana mehr zu vertrauen. Offensichtlich war sie nicht nur einen gute Mutter und Herrin, sondern auch eine gute Zauberin und hatte bei Torona sehr viel gelernt. Die Kinder sprangen schon bald wieder aufgeweckt durch das Haus, während es dem Kind gegenüber vermutlich immer noch nicht besser ging, aber sie durften ja nicht hinüber.

„Wenn er dir wieder mal ein Mittel gibt, dann Frage mich vorher, bevor du es meinen Kindern gibst!" Das war Kendranas einzige Erwähnung des Vorfalls, welcher der Amme mächtig peinlich war. Aber die Mutter warf sie für diesen Fehler nicht aus dem Haus, sondern behielt Briana in ihrem Dienst.

Daher danke es ihr die Amme durch eine noch größere Treue. Von nun an würde auch sie einen Bogen um den Druiden machen. Diese Haltung wurde nur noch dadurch bestärkt, dass der Druide den Jungen einfach sterben ließ, anstatt ihm durch Kendrana helfen zu lassen.

Offensichtlich vertraute er der Zauberin nicht, sondern vertraute nur seinen Göttern, doch die waren eben nicht unfehlbar. Oder waren es nur seine Gedanken, die den Tod des Jungen nach sich gezogen hatten?

47. Kapitel

Folgen des Hasses

er Druide stand vor dem kleinen Grab. So hatte er sich das nicht vorgestellt! Aber er hatte auch nicht zugeben können, dass der Junge durch ihn absichtlich vergiftet worden war, oder zumindest aus Versehen. Denn er hatte nicht beabsichtigt, dass die Amme auch seinem Lehrling das Mittel geben sollte. Als es dann so weit gewesen war, konnte er ja nicht einfach zu der Zauberin gehen und um das Gegenmittel bitten. Das würde sein Ansehen nur noch mehr zerstören. Also blieb ihm nichts weiter übrig, als den Jungen sterben zu lassen. So Leid es ihm auch tat.

Innerlich fluchte er über das Versprechen, dass er so leichtfertig dem alten Druiden gegeben hatte. Schon mehr als einmal hatte er daran gedacht, es einfach rückgängig zu machen, nur wie? Er hatte bei seinem Leben geschworen, die Herrin nicht am Leben zu lassen. Das war nun zwar auch schon viele Jahre her, aber so ein Schwur war für immer bindend.

Nur durch seinen eigenen Tod konnte er sich davon befreien, doch er hing an seinem Leben. Viel zu wertvoll war es für ihn und wer weiß, ob die Götter ihn nach seinem Tode aufnehmen würden. Zu schlimm kamen ihm die Dinge vor, die er Kendrana, ihrem Mann und dem ganzen Stamm bereits angetan hatte. Für sein persönliches Glück hatte er sie alle dem Feind ausgeliefert und für ein paar Goldmünzen hatte er leichtfertig das Überleben des ganzen Stammesverbundes aufs Spiel gesetzt, denn genau das war ja durch sein egoistisches Handeln mit den Schwertern passiert.

Doch nun war er schon viel zu weit gegangen, als dass er noch eine Wahl gehabt hätte. Wenn es draußen ein Gewitter gab, so verkroch er sich in seiner Hütte, denn es könnte ja sein, dass einer der erbosten Götter den Gegenwert des Schwurs von ihm einfordern würde.

All diese Angst und der Hass auf die Zauberin blieben natürlich nicht ohne Spuren an ihm. Vor Jahren hätte er den Jungen sicher nicht einfach so sterben lassen, doch heute hatte er nur noch einen Stein, oder einen Klumpen Gold, da, wo früher einmal ein mitfühlendes Herz in seiner Brust geschlagen hatte. Damals hatte Kendrana ihm noch leidgetan, nun hasste er sie und die Frau konnte noch nicht mal etwas dafür. Eigentlich hasste er sich selbst.

Es kam nun auch immer öfters vor, dass sich seine Brust zusammen krampfte, meist wenn er die Frau sah, wie sie das große Haus verließ. Da der Eingang seiner Hütte dem anderen Eingang direkt gegenüber lag, musste er sie praktisch immer sehen, wenn er an seiner Tür stand und wie um ihn noch mehr anzutreiben, schien sie auch noch immer genau in dem Moment gegenüber auf den Platz zu kommen, wenn er gerade seine Hütte verließ. Dann machte er sich schnell auf den Weg zu der kleinen Gerichtshütte in der Mitte des Dorfes oder zu den Schmieden, wo seine Leute übten.

Das war praktisch der einzige Platz, wo er sicher sein konnte, dass die Herrin nicht auf einmal vor ihm stand, denn in dem Ruß und Gestank, der von diesen Schmieden ausging, war sie noch nie gewesen.

Er musste sie loswerden! Irgendwie!

Eigentlich hatte er hier die Männer, für diese schmutzige Arbeit, aber andererseits auch wieder nicht, denn auch wenn er die Männer bezahlte, waren sie ja dennoch Angehörige des Stammes und damit Ivain unterstellt. Wenn er sie gesehen hätte, so hätte der Fürst sie durchaus in die Gruppe seiner Kämpfer einordnen können. Er, als Druide, hätte nichts dagegen tun können, denn nur die Arbeiter unterstanden ihm, die Kämpfer jedoch nicht! Deswegen konnte er sie auch nicht einfach so hier irgendwo üben lassen, sondern wählte diesen Bereich, wo niemand wirklich freiwillig hinging.

Nachdem er wieder an seiner Hütte angekommen war, fiel sein Blick über den Platz genau wieder auf die Herrin, die gerade in diesem Moment das Haus verließ, um die Tochter zu suchen. Betont freundlich nickte er ihr zu und verschwand in seiner Hütte. „Wann werde ich sie los?", fragte er laut und griff sich an die schmerzende Brust.

Er hatte die Leute, aber er konnte sie hier nicht einsetzen. Es war zum Verrücktwerden. Der Druide drehte sich um und hörte, wie sie nach der Tochter rief. Irgendwie musste er sie aus dem Dorf heraus bekommen. Durch die Kinder hatte sie die Siedlung schon seit Jahren immer nur kurz verlassen. Zu kurz, um ihm die Zeit zu geben, sie endgültig verschwinden zu lassen!

Hier in der Siedlung war die Herrin praktisch unangreifbar. Jeder hätte sie sofort verteidigt und mit ein paar gestreuten Gerüchten konnte er ihr Ansehen jetzt auch nicht mehr erschüttern. Er musste warten. Würden ihm die Götter helfen? Schließlich wollte sie doch die Einhaltung des Schwurs!

Und ein paar Tage später begab sich Kendrana wirklich wieder auf den Weg in den Wald. Der Druide konnte sein Glück gar nicht fassen, denn endlich bot sich die so lange herbeigesehnte Möglichkeit für seine Rache. Nun sah er seine Chance kommen, sie ein für alle Male los zu werden. An seiner Hütte stehend sah er der Herrin nach, wie sie mit ihrer Tochter an der Hand zuerst das Tor passierte und danach in Richtung Wald davonging.

Damit war die Zeit zum Handeln für ihn gekommen. Er folgte ihr den Hügel hinab und bog dann zu den Schmieden ab. Dort traf er den Anführer seiner Leute und übergab ihm einen Beutel mit Münzen. „Ich will, dass die Frau und ihre Tochter im Wald verschwinden. Wie du das machst, das ist deine Sache!", sagte er zu dem Mann, der gerade den Inhalt des Beutels nachzählte.

„Eine einarmige Frau und ein kleines Kind! Ich werde mit zwei meiner Leute losziehen und alles zu eurer Zufriedenheit regeln!", sagte er lächelnd und verschloss den Beutel wieder. Je weniger Männer er mitnahm, desto mehr blieb für ihn übrig. „Mach mit ihnen was du willst, aber wenn sie überleben, so werden dich die Götter finden und bestrafen!", log der Druide, denn es war ja nicht der Wille der Götter, sondern seiner.

Der Mann winkte zwei seiner Kumpane zu sich und wenig später zogen die Drei der Frau und dem Kind hinterher. Nach einer Weile des Schauens begab sich der Druide wieder den Hügel hinauf und im selben Moment begann aus heiterem Himmel ein Gewitter über ihm zu toben. Der Mann rannte wie von Sinnen zu seiner Hüte und warf sich darin unter den Altar. Vor Angst schlotternd wartete er auf das Ende des Unwetters oder auf sein eigenes Ende durch den Blitz der Götter.

48. Kapitel

Ein Bärendienst

un, da ihre dritte Tochter zwei Jahre alt war, und damit die Mutter nicht ständig brauchte, konnte Kendrana endlich wieder in den geliebten Wald zurück, denn es wurde mal wieder Zeit, um Kräuter zu sammeln. Diesmal würde sie auch ein paar Tage dort bleiben und Aruna, die mittlerweile zehn Sommer alt war, dorthin mitnehmen. Zusammen packten sie alles ein, was sie für die Tage im Wald brauchen würden. Sie hatte sich vorgenommen, nicht länger als einen Mond im Wald zu bleiben. Kendrana übergab ihre drei Kinder an die Amme und zog mit ihrer ältesten Tochter an der Hand los. Eigentlich wusste Aruna sehr gut, wo sich die kleine Hütte und der Teich befanden, aber die Mutter ließ ihre Hand trotzdem nicht los, denn sonst würde sie das Mädchen wieder lange suchen müssen, so, wie es beim letzten Mal gewesen war.

Obwohl es ein dunkler Wald war, spürte sie bei Aruna keine Angst, nur die Vorfreude auf das folgende Abenteuer. Auf den Teich und die vielen Tiere, die es dort gab. In der Vergangenheit waren sie schon oft für einen Tag dort gewesen, doch diesmal war ja ein längerer Aufenthalt vorgesehen. Kendrana war es zwar nicht ganz egal, dass sie die drei Kinder zurücklassen musste, aber sie hatte keine Wahl, denn die Kräuter waren fast alle und sie würde sonst den Frauen nicht mehr helfen können, die täglich zu ihr kamen.

Sicher würde sich bald herumgesprochen haben, dass sie hier im Wald war und die nach Hilfe suchenden Frauen würden sie schon finden. Die Beiden kamen zügig voran und schon etwas später standen sie auf der Lichtung mit der Hütte.

Fast aus dem Laufen heraus sprang Aruna in den Teich. „Zieh deine Sachen aus!", konnte Kendrana gerade noch rufen, dann platschte Aruna auch schon hinein. Die Tunika war noch in der Luft, als sie wieder auftauchte und während die Tochter im Teich schwamm, räumte Kendrana die Hütte auf. Vermutlich hatten ein paar Eichhörnchen darin etwas gesucht, denn alles war durcheinander geworfen, aber nichts beschädigt oder zerstört. Sogar das kostbare Schwert lehnte immer noch an der Hüttenwand.

Es war schon wieder wohnlich in der Hütte, als die Tochter tropfnass im Unterkleid in der Tür stand. Da es noch eine Weile hell sein würde, schickte Kendrana die Tochter zum Trocknen auf die Wiese. Es würde sicher eine innige Zeit zwischen Tochter und Mutter und Kendrana freute sich darauf.

Ein paar Tage waren sie nun schon im Wald, als sie dem Bachlauf vom Teich her folgten. An dem Ufer dieses Baches waren besondere Pflanzen, die nur hier wuchsen und immer mehr davon wanderten in den Korb. Auf einmal stieß die Tochter mit dem Fuß gegen einen Gegenstand, der dort im Gras lag. Aruna bückte sich und hob ihn auf. „Mama, was ist das?", fragte sie und zeigte Kendrana einen kleinen verkrusteten Klumpen mit Erde daran. Sie nahm den Klumpen, säuberte ihn im Wasser und gab ihn der Tochter zurück.

Aruna strich mit den Fingern darüber, erkannte darin eine Spange, hielt sich diese an ihre Tunika und sagte „Da ist die Göttin drauf!" „Ja. Die könnte Torona hier verloren haben. Sie hatte solche Fibeln getragen", erklärte Kendrana und suchte weiter Kräuter, die sie in den Korb tat. Nachdem Aruna die Spange in ihren Beutel am Gürtel verwahrt hatte, suchte die Tochter ebenfalls weiter nach den gewünschten Gräsern.

Eine Weile später hörte Kendrana ein Geräusch, drehte sich um und sah drei Männer, die aus dem Wald auf die Lichtung getreten waren. Sie sahen zu ihr herüber und lachten. Männer im Wald, noch dazu bewaffnet, bedeuteten immer eine Gefahr! Die Erinnerung an den Dolch an ihrem Hals raste wieder durch Kendrana, daher schob sie ihre Tochter hinter sich und griff sich einen Knüppel, der im Gras zu ihren Füßen gelegen hatte. Drohend hob sie den Ast nach oben und wartete.

Die drei Männer liefen auf sie zu und den ersten traf der Ast am Kopf. Immer weiter um sich schlagend versuchte Kendrana die Männer auf Abstand zu halten, doch es war schwierig mit nur einem Arm. Schließlich schlug ihr einer der Männer den Ast aus der Hand, warf Kendrana zu Boden und legte seine Hände um ihren Hals. Auf ihr hockend drückte er zu, während der andere Mann versuchte Aruna zu fangen, die vor ihm davonlief. Der dritte Angreifer lag immer noch bewegungslos am Boden.

Kendrana bekam keine Luft mehr. Immer mehr drückte der Mann zu und durch sein Gewicht verhinderte er, dass sie sich unter ihm bewegen konnte. Aus dem Augenwinkel sah Kendrana einen Knüppel über sich, welcher kurz darauf den Angreifer am Kopf traf. Der Mann schreckte hoch, ließ für einen Moment locker und Kendrana kam an seinen Dolch, den er am Gürtel trug. Schnell zog sie die Waffe und stach zu. Der Mann brach über ihr zusammen und sie sah zu Aruna, die mit dem Ast neben ihr stand, doch da hatte der andere Mann die Tochter erreicht und Aruna den Ast abgenommen.

Mit einer Hand hatte der Mann neben ihr die Tochter an der Kehle gepackt und hochgehoben. Seine zweite Hand zog langsam das Messer aus dem Gürtel. Verzweifelt versuchte Kendrana unter der Leiche des anderen Mannes hervorzukommen, um der Tochter zu helfen, doch der Tote war schwer. Verzweifelt schrie sie auf, blickte zu dem Mann hinauf, der vermutlich sie als Nächstes töten würde. Zumindest schien sein hämisches Lächeln das zu zeigen. Durch ein Brummen aufgeschreckt, fuhr er herum und Kendrana sah einen großen, braunen Bären, der sich hinter ihm aufstellte. Der Angreifer ließ Aruna fallen und riss nun auch noch sein Schwert aus der Scheide. Es entbrannte ein kurzer Kampf, Mann gegen Bär, den der Bär mit ein paar Tatzenhieben für sich entschied. Der Mann brach blutend direkt vor dem Mädchen zusammen und Aruna stand einfach nur da. Auge in Auge mit dem gewaltigen Tier. Der Bär war sicher doppelt so groß wie sie, da erhob das Mädchen die Hände und der Bär ließ sich auf alle vier Pfoten fallen. Dann verschwand er im Wald.

Der dritte Mann erwachte gerade und hielt sich den Kopf. Als er sah, dass er nun alleine war, verschwand er torkelnd in den nahen Wald. „Hilf mir!", bat Kendrana die Tochter, denn der Mann lag immer noch schwer auf ihr. Zusammen konnten sie die Leiche zur Seite rollen. Kendrana stand auf und versuchte sich das Blut des Mannes vom Kleid zu wischen, was aber nicht wirklich gelang.

„Das war sicher einer von Toronas Bären", sagte sie und blickte dem Tier hinterher, dass aber schon im Wald verschwunden war. „Lass uns zur Hütte gehen", sagte die Mutter und Aruna holte den Korb. Kendrana konnte sehen, wie die Tochter vor Angst immer noch zitterte, deshalb nahm die Mutter sie in den Arm und küsste Aruna. „Ich danke dir", sagte Kendrana und ging mit Aruna zurück den Bach entlang. Noch einmal sah sie zum Wald, doch der Bär war nicht mehr zu sehen.

49. Kapitel

Der Schutz der Familie

Der Angriff auf Kendrana und seine Tochter hatte Ivain zutiefst erschüttert. Natürlich konnte und wollte er dies seiner Frau nicht zeigen, aber es war einfach so. Sie hatten nur mit Glück überlebt und er hatte es noch nicht einmal bemerkt, wenn sich Aruna nicht verplappert hätte, als sie die Geschichte mit Toronas Bären nach ihrer Rückkehr erzählt hatte. Von nun an würden immer ein paar Krieger an der Seite seiner Frau sein, wenn diese das schützende Lager auf dem Berg verlassen wollte. Auch wenn ihr dies nicht gefiel, so bestand er darauf und als gehorsame Frau nahm sie seine Entscheidung mit einer Verbeugung entgegen.

Manchmal musste er bei ihr schon den Fürsten nach vorn bringen, wenn er wollte, dass sie etwas machte, was er sich für sie vorstellte. Auch wenn ihr dabei am Gesicht abzulesen war, dass sie es nur widerwillig akzeptierte. Da steckte immer noch die Zauberin in ihr, die mit blitzenden Augen seine Wünsche quittierte.

Bei Aruna brauchte er sich da gar keine Mühe zu geben. Dieser kleine Wirbelwind machte sowieso, was sie wollte. Er konnte nur immer ein Gebet an die Götter abgeben, dass ihr nichts passierte, aber die große Göttin hielt offensichtlich ihre Hand schützend über die Tochter. Allerdings verging kaum ein Tag, wo sie nicht am Abend mit blauen Flecken in den großen Raum gerannt kam, um sich bei ihm für die Nacht zu verabschieden.

Selbst die sonst so resolute Amme hatte es aufgegeben, Aruna etwas zähmen zu wollen. Kendrana hatte ihm damals gesagt, dass die Göttin der Tochter die Wildheit des Luchses gegeben hatte und manchmal sah er in Arunas Blick, oder in ihren Bewegungen, diese Wildkatze herausscheinen.

Ein paar seiner besten Männer übernahmen von nun an den Schutz der beiden geliebten Menschen, welchen er am liebsten selbst übernommen hätte, aber er war der Führer des Stammes und daher musste er sich um alle kümmern. Wenn man so wollte, waren alle seine Familie. Jeder in seinem Stamm konnte auf seinen Schutz bauen und da er die Kämpfer für die Kriegszüge gegen die räuberischen Nachbarn nur im Winter brauchte, wo Kendrana ja keine Kräuter sammeln konnte, hatte er die Männer im Sommer zum Schutz von Frau und Tochter frei.

Es sah zwar dann immer etwas seltsam aus, wenn die zwei unter dem Schutz von vier oder fünf schwer bewaffneten Männern mit einem Korb in den Wald gingen, um Kräuter zu pflücken, aber die Sicherheit der Beiden war ihm das wert, dass er manchmal sah, wie die anderen Frauen im Dorf tuschelten.

Seine eigenen Aufgaben waren auch nicht viel leichter geworden, sondern eher schwerer, wenn er an die Zeit des Vaters zurückdachte. Damals hatten alle Stämme sich hier zu Feiern eingefunden und auch der Kriegszug der verbündeten sieben Stämme war auf den Vater und Douranix zurückgegangen. Und nun? Jeder stand für sich selbst ein. Da er mit dem Freund Douranix noch nicht mal eine gemeinsame Stammesgrenze hatte, waren sie praktisch beide isoliert.

Schon seit einiger Zeit waren die Angreifer keineswegs nur noch Teutonen und Kimbern. Manchmal berichteten ihm die überfallenen Dörfer auch von den karierten Umhängen der Nachbarn.

Neid, Missgunst und Hass hatten die Bestrebungen des Vaters zunichtegemacht und wenn er dann auch noch an die Feinde aus dem Süden dachte, so konnte es ihm dabei ganz schlecht werden. Er hatte im Krieg gesehen, wie organisiert sie gekämpft hatten. Zwar waren sie im Einzelnen schwach, aber sie kämpften als Einheit.

Das war etwas, was ihnen hier fehlte. Sie hatten starke Einzelkämpfer, aber der Zusammenhalt innerhalb der Stämme war schon sehr schwach und untereinander so gut wie gar nicht gegeben. Im Kampf gingen sie Mann auf Mann los, das hatten sie hunderte von Sommern und Wintern so gemacht. Und nun?

Selbst der stärkste Wolf verliert alleine gegen ein Rudel schwacher Hunde!

Ihre Kraft und ihre Schwerter hatten ihnen immer den Erfolg im Kampf gesichert. Doch gegen die tausenden von Kämpfern aus dem Süden sah er da eher keinen Erfolg. Mit den eigenen tausend Kämpfern hatten sie damals viel erreicht, aber nun hatte ein jeder von ihnen keine zweihundert Männer unter Waffen.

Ivain stand auf dem Turm seiner Hügelsiedlung und blickte auf das Land seiner Väter. Dabei hatte er die dunkle Ahnung, dass es nicht mehr sehr lange das Land der Stämme sein würde. Dort im Süden, wo die Sonne gerade über den Bergen stand, da braute sich etwas zusammen, dem sie nichts entgegen zu setzen hatten.

Oft hatte ihm der Vater von der Schlacht um Alesia berichtet, die schon viele Jahre her war. Damals hatten die Römer tausende von ihren Stammesbrüdern getötet und waren siegreich geblieben. Nur die isolierte Lage ihres Gebietes hatte sie davor bewahrt, ebenfalls Teil des römischen Reiches zu werden. Doch er hatte die gierigen Blicke der römischen Händler gesehen und das, was sie haben wollten, das würden sie auch bekommen.

Hatte er eine Alternative zum Kampf? Als Sklave auf Knien leben? Von römischem Brot sich ernähren und an römische Götter glauben? Niemals! Und er kannte auch niemanden, der das freie Leben gegen die Knechtschaft Roms eintauschen würde, nur um am Leben bleiben zu dürfen. Aber vielleicht gab es da noch eine Möglichkeit, sich zu wehren, wenn sie verhindern würden, dass die Römer die schmalen Gebirgspässe überwinden konnten.

Nur dann würden sie hier in Ruhe noch viele Jahre leben können. Doch dazu brauchte er viele Männer. Zwar waren die Straßen und Brücken dorthin gut, aber das gab auch den Römern die Möglichkeit, sich schnell zu bewegen.

In den Wäldern des Nordens waren die Wege schmal und leicht zu verteidigen. Das nutzten die Kimbern geschickt aus, aber ob diese auch dem großen Rom die Stirn bieten konnten? Gab es überhaupt jemanden, der das konnte? Bisher hatten sich die Römer alles genommen, was sie wollten. Warum sollte das nun anders werden? Sein Blick glitt über die Hügelsiedlung und Ivain sah die Amme mit seinem Sohn. Connor hätte er gern dieses Land überlassen, aber dazu würde es wohl nicht mehr kommen. Langsam und bedächtig stieg er die Leiter hinab und nahm seinen Sohn auf den Arm. Würde mit ihm sein Geschlecht aussterben? Wäre er der Letzte? Er sah nach oben, aber kein Gott hielt schützend seine Hand über ihn, nur das Schwert an seiner Seite schütze die Familie und den Stamm. Wie lange noch?

50. Kapitel

Im Griff der Zange

Er hätte nie gedacht, dass es mehr wie zwanzig Jahre dauern würde, bis er alle im Senat davon überzeugt hatte, das ein Kampf gegen diese nördlichen Barbaren an ihrer Grenze notwendig wäre. All die Jahre hatten ihn die Männer schon fast dafür verspottet, dass er so beharrlich dabei geblieben war. Auch sein Plan, die Stämme gegeneinander aufzubringen, war fast genauso lange schon in Arbeit gewesen. Doch nun war es endlich so weit. Jetzt endlich konnte er seinen Freund Drusus, den er in all den Jahren gut kennengelernt hatte, dazu bewegen, mit seinen Legionen in das Gebiet nördlich der Alpen zu ziehen.

In zwei Teilen marschierten sie über das Gebirge. Quintus zog mit der Legion seines Konsuls über den Pass im Osten, während ein weiterer Teil der Armee sich weiter westlich über den Gebirgszug kämpfte. Sie würden den Feind einfach zwischen sich in die Zange nehmen.

Immer wieder kam es zu kleineren Kämpfen, doch die zerstrittenen und teilweise verfeindeten Stämme hatten nicht die Kraft, einzeln gegen die römische Armee zu bestehen. Getreu dem alten Spruch, „Wer sich ergibt, der lebt unter römischen Recht. Wer kämpft, der stirbt!" Schritten sie vorwärts und ließen jeden Widerstand an den Spitzen ihrer Schwerter zerbrechen.

Vielleicht war es auch seinem Plan geschuldet, dass eine konzentrierte Abwehraktion der Stämme nicht zustande kommen konnte, denn mit den Kräften, die ihm damals gegenüber gestanden hatten, da hätten die Feinde ihre Legionen leicht beim Überschreiten der Gebirgspässe zerschlagen können. Es gab ja nur zwei Stellen, an denen sie, auf schmalen Pfaden, über die Gipfel ziehen konnten. Und da konnten tausend Mann schon eine gewaltige Streitmacht sein. Doch es waren meist nur etwa hundert Männer, zwar gut bewaffnet, aber unorganisiert, die sich ihnen in den Weg stellten.

Diese Stämme wurden von ihnen, praktisch aus der Bewegung, zur Seite gefegt und hinter ihnen blieben nur die Rauchsäulen der eroberten Siedlungen zurück. Es war schon fast zu leicht, doch sie kamen gut voran. Jeder in der Legion fragte sich, warum sie das nicht schon viel früher gemacht hatten.

Der lange, eiserne Heerwurm der Legionen zog sich über die Straßen hinab in das dahinter liegende freie Gelände. Nun konnte sie niemand mehr aufhalten, denn nachdem die beiden Engstellen passiert waren, hätte auch ein konzentrierter Angriff nur noch wenig vermocht. Zu viele Legionäre und Hilfstruppen waren hier unterwegs.

Für die kleinen Kämpfe an der Spitze musste er seine Leute noch nicht mal groß in Formation bringen. Nur kurz verzögerten die Angriffe den Vormarsch und auf diesen Wegen dachte er daran zurück, wie er als Händler damals hier entlang gezogen war. Er war einer der wenigen, die dieses Gebiet wirklich schon einmal gesehen hatten. Auch die geschützten Hügel, die nun noch kommen würden, die hatte er schon gesehen. Bisher hatten sie nur unbefestigte Dörfer einnehmen müssen, doch nun zeigte sich am Horizont schon der erste dieser Hügel.

Es war genau jene Siedlung, die er damals schon ein paar Mal besucht hatte. So lange war das schon her! Beim ersten Besuch war er noch keine dreißig gewesen und nun hatte er schon fast die fünfzig erreicht. Dieser Feldzug würde für ihn sicher der letzte sein, doch wenn sie siegreich sein würden, wovon er im Moment felsenfest ausging, so würde ihn Drusus sicher in der Verwaltung dieser neuen Provinz einsetzen. Der Name war ihm schon bekannt, auch wenn ihre Sandalen und Schwerter bisher nur einen kleinen Teil davon erobert hatten. Sie würde Rätien heißen, das hatte ihm Drusus vor dem Beginn des Feldzuges verraten. Ein neues, reiches Land. Er hatte die Reichtümer gesehen und wusste, dass es hier eine Menge zu holen gab.

Die Abgaben dieser Provinz würden ihn reich machen und Sklaven würde es hier auch im Übermaß geben. Große, blonde Männer und Frauen. Genau das, was die Bürger von Rom im Moment ganz dringend wollten. Starke Kämpfer in der Arena und gut gebaute Frauen als Gespielinnen. In seinen Gedanken versunken ritt er auf dem Pferd dahin und überlegte sich, was er wohl mit dem erbeuteten Anteil alles so anstellen konnte. Doch vor dem Sieg mussten sie erst mal diesen Hügel einnehmen!

Würden sich die Kämpfer ergeben und unter seinem Recht leben wollen? Er konnte sich das nicht vorstellen, doch er war auf die Reaktion über sein Erscheinen gespannt. Die ersten Legionäre erreichten die Siedlung am Fuße des Hügels und fielen über die ungeschützten Hütten her. Wie es nicht anders zu erwarten gewesen war, wehren sich die Siedler und damit forderten sie die ganze Gewalt der Legion heraus. Das Schreien der Menschen, das Klirren der Waffen und der Lärm des Kampfes waren nun überall zu hören, aber es dauerte nicht lange, da hatten sie gesiegt.

Schließlich standen sie am Anfang des Hügelweges. Er forderte die Festung zur Übergabe auf, doch das wurde von der Gegenseite höhnisch abgelehnt. In ihrer Schildkrötenformation versuchten sie daraufhin den Hügel zu stürmen, doch Pfeile, Speere und Steine regneten von oben auf sie herab. Nach dem dritten erfolglosen Versuch brach er den Angriff ab und zog sich in das Dorf zurück. Jetzt hieß es erst mal warten und die oben mit seiner schieren Menge an Soldaten beeindrucken. Daher ließ er einen Ring um den Hügel ziehen. Schild an Schild standen seine Legionäre am Fuße des Berges und zeigten so ihre Macht. Würde das etwas nutzen?

Schon den zweiten Tag harrten sie hier unten aus, als zur Mittagszeit von oben ein Pfeil abgeschossen wurde, der fast bis zu ihm geflogen kam. Ein Legionär hob ihn auf, weil daran etwas festgebunden war. „Morgen, um diese Zeit, werde ich das Tor für euch öffnen!" Stand dort auf dem Pergament geschrieben. Wer die Botschaft geschrieben hatte, das wusste er zwar nicht, aber er vermutete, dass sie von dem Druiden kommen würde, den er all die Jahre mit so vielen Goldmünzen bestochen hatte.

Auch bei ihm würde er sich für seinen Plan revanchieren, aber anders, als es sich der Druide vermutlich vorstellte. Zu lange hatte er ihm viel zu viel bezahlt und das wollte er nun wieder zurück! Er holte seine Centurio zusammen und instruierte sie für den nächsten Tag. Eine Kohorte sollte sich ausruhen und am nächsten Tag, auf sein Kommando hin, nur mit leichten Waffen den Hügel hinauf rennen, um das Tor schnell zu besetzen. Alles hing vom richtigen Moment ab, rannten sie zu früh, würden sie alle im Pfeilhagel sterben, rannten sie zu spät, dann ebenfalls.

Am nächsten Tag machten sich alle bereit. Er saß auf sein Pferd auf und ritt zum Beginn des Hügels. Fragend blickte er hinauf, dann zog er am Zügel und rief „Vorwärts!" An der Spitze seiner Männer stürmte er hinauf.

51. Kapitel

Folge deiner Bestimmung

or kurzem war Aruna sechzehn Jahre alt geworden und eigentlich nur deshalb noch nicht verheiratet, weil sie ja schon seit ihrer Geburt der großen Göttin geweiht war. Als Zauberin durfte sie nicht heiraten. Sonst hätte sie ihr Vater sicher schon lange unter die „Haube" gebracht. Denn nur verheiratet Frauen ihres Volkes durften die Haube tragen. Für die Zauberinnen, wie sie eine war, galten der Stirnreif, mit dem Abbild der Göttin darauf, oder die Fibeln, die sie immer an ihrer Tunika trug, als Zeichen der Unantastbarkeit. Von allen Männern, die ihren Vater besuchten, wurde sie ihrer Schönheit wegen gelobt und doch würde sie keiner von ihnen zur Frau bekommen können. Zumindest so lange nicht, wie die Göttin ihre Hand schützend über sie hielt. Wer würde sich schon den Fluch einer Göttin zuziehen wollen?

Es war heiß auf dem Hügel geworden und nun trug sie wieder die luftige Kleidung des Sommers, sogar ohne Unterkleid. Im Frühling hatte sie noch das kostbare, silberdurchwirkte Kleid getragen, das der Vater von einem fremden Händler geschenkt bekommen hatte, und welches sie so sehr liebte.

In der letzten Zeit mehrten sich die Angriffe auf die rund um ihr Siedlungsgebiet liegenden Stämme und ihr Vater war nun fast ständig unterwegs, um entweder die Kimbern, die Teutonen oder die Römer in ihre Schranken zu verweisen. Ein großer Teil der Krieger, von denen Ivain immerhin nun mehr als zweihundert hatte, war ständig unterwegs. Oft sah man am Horizont, vom Hügel aus, die Rauchsäulen zum Himmel steigen, aber meist waren die Räuber verschwunden, wenn die Krieger in den Dörfern angekommen waren. Ihr eigener Stamm umfasste nun fast fünftausend

Menschen, von denen die meisten zwar direkt am Fuße des Hügels wohnten, aber auch einige weit auseinander liegende Dörfer gab es und es war fast aussichtslos geworden, alle beschützen zu wollen.

Gleichzeitig war es aber auch nicht möglich, die Menschen in den Schutz der Oppida, wie die Römer ihre Hügelfestung nannten, zusammenzuziehen, denn sie hatten ja ihre Felder, ihr Vieh, ihre Hütten und ihr Eigentum. Je mehr Feinde dazu kamen, desto mehr musste der Vater seine Kräfte zersplittern und damit sank auch die Chance auf einen Sieg gegen diese Eindringlinge. Aruna blieb nur übrig, die Göttin um ihren Schutz zu bitten. Oft stand sie dann auf der Freifläche und verabschiedete ihren Vater, der in den Kampf zog.

An einem dieser Tage zog der Vater sie zu sich und sie drückte sich an seine Schulter. So standen sie für eine scheinbar unendliche Zeit einfach nur da, bevor sie sich voneinander lösen konnten. Ihr kam es wie ein Abschied für immer vor und darum schaute sie auch noch lange vom Turm aus auf die kleine, sich immer mehr entfernende Staubfahne, welche die Krieger bei ihrem Marsch hinterließen. Sie zogen nach Süden, den Rauchfahnen eines brennenden Dorfes entgegen, von dem sie wussten, das auch da der Feind schon lange wieder über den Pass verschwunden sein würde, bevor sie dort angekommen wären. Sicherlich würde wieder nur Tod und Zerstörung auf die Krieger warten.

Doch schon nach ein paar Tagen kam die Staubfahne zurück und sie war gewaltig! Und wuchs noch, je näher sie der Siedlung kam.

Das konnten sicher nicht ihre, nicht einmal zweihundert, Männer sein. Das mussten tausende von Füßen sein, die dort so viel

Staub aufwirbelten, dass sie an einem Tag damit sogar kurz die Sonne verdunkelten. Dann erreichte eine Unmenge von bewaffneten Kriegern das Dorf zu Füßen des Hügels. Eine Abordnung kam den Weg herauf und stellte sich vor dem Tor auf. In Ermanglung von Kriegern stiegen Aruna und ihre Mutter auf den Turm. Kendrana schrie nach unten „Was macht ihr hier, ihr Räuber? Macht euch nach Hause!"

Einer der Männer antwortete ihr „Ihr seid nun Teil des römischen Reiches. Öffnet das Tor, übergebt diese Oppida und zahlt eure Abgaben, wie alle Provinzen Roms. Oder ihr werdet sterben!" „Niemals geben wir unsere Freiheit auf!", schrie Kendrana zurück und stieg die Leiter wieder hinab. Aruna sah zu den Männern hinunter, die kurz berieten und dann zum Dorf hinabstiegen. Nach ein paar nutzlosen Angriffen bildeten die Römer einen Kreis aus bewaffneten Kämpfern um den Hügel, den niemand zu durchdringen vermochte.

Ein paar Tage hatten sie hier oben schon ausgeharrt und immer mehr Soldaten waren unterhalb des Hügels angekommen. Das Schreien der Menschen und der Rauch der brennenden Hütten zogen bis zu ihr herauf. Hier mussten sie nun warten, bis sie von einem anderen Stamm, oder von Ivain, Hilfe bekamen, doch konnte ihnen überhaupt noch jemand helfen? War es ihre Bestimmung, hier im Kampf zu sterben?

Aruna stieg erneut auf eine der Hütten, die direkt an die Palisade gebaut waren und schaute über den Rand nach unten. Das Gewimmel war so groß, dass die Übermacht immer deutlicher wurde. Als sie in die Ferne sah, hörte sie vom Tor her einen Schrei und drehte sich dorthin um. Dabei sah sie, dass einer der Wachposten tot am Boden lag und sie erkannte das weiße Gewand des Druiden, der zum Tor lief. Was hatte der Mann vor? Flink sprang sie von der Hütte nach unten und blieb wie angewurzelt stehen.

Mit Entsetzen sah Aruna, wie der Druide sich an dem Tor zu schaffen machte. Sie schrie auf und rannte los, aber sie war zu weit entfernt, um ihn noch rechtzeitig erreichen zu können. Und noch bevor die durch den Schrei alarmierten Wachen bei ihm sein konnten, da schwang das Tor auf und im selben Moment stürmten auch schon die ersten römischen Soldaten in die Oppida hinein. Aruna sah, wie die Mutter sich, das Schwert schwingend, an der Spitze der letzten verbliebenen Männer in den Kampf warf. Aber konnten sie gewinnen? Mit nicht einmal dreißig Männern gegen eine Übermacht von sicherlich mehreren tausend?

Mitten in ihrem Lauf war Aruna erstarrt und blickte auf die Krieger, die unablässig durch das Tor strömten. Aruna nahm wahr, wie die Mutter zu Boden ging und das Schwert verlor. War sie tot, oder verletzt? Verzweifelt riss Aruna den Dolch aus ihrem Gürtel und stürzte sich auf die Soldaten, doch das war ein noch viel ungleicher Kampf. Immer mehr Krieger fielen unter den Schwerthieben der Römer und schon bald war sie, als letzte Überlebende, von den Legionären eingekreist.

Sie hatte nur ihren kurzen Dolch gegen Schwert, Schild und Rüstung! Die junge Frau blickte nach oben und dabei rutschte ihr der beschützenden Stirnreif vom Kopf. Die große Göttin hatte sie verlassen! Alles war aus! Der Dolch entglitt ihrer Hand und landete im Sand zu ihren Füßen. Das höhnische Lachen über ihren unnützen Versuch, sich zu wehren, klang in ihren Ohren und wenig später saß sie gefangen in einer der Lagerhütten am Rande des freien Platzes.

52. Kapitel

Verratene Verräter

Würde nun die Zeit seiner Rache kommen? Der Druide stand über dem Tor und sah zu den sich nähernden Staubfahnen. Das waren sicher die römischen Soldaten, mit denen er so lange guten Handel getrieben hatte. Sicherlich würde es ihm bei ihnen gut gehen. Er hatte in all der Zeit eine große Kiste mit Goldmünzen zur Seite gebracht und mit diesem Schatz konnte er sogar in Rom ein großes Haus erwerben und bis an das Ende seiner Tage in Saus und Braus leben. Sein Blick ruhte auf den Kämpfern, die, mit Ivain an ihre Spitze, unter ihm den Hügel hinab zogen. Die Fürstin stieg zu ihm auf diese Brücke und winkte ihrem Mann hinterher. Von der Seite aus musterte er sie.

Nun musste es aber endlich gelingen! Die Fürstin zu opfern, das war hier seine letzte Aufgabe und danach konnte er in den warmen Süden verschwinden. Zwar hätte er das auch so gekonnt, doch sie hatte ihn gehindert.

Erst musste das eine zu Ende gebracht werden, bevor er etwas Neues beginnen konnte, denn letztendlich hing sein Leben von dieser Frau ab. Die Götter würden ihn überall finden und er war seinem Schwur verpflichtet. Erst, wenn sie tot war, so konnte auch er Ruhe finden!

Schließlich sprach er sie an „Soll ich meine Kämpfer hier nach oben bringen? Dann haben wir mehr Männer zur Verteidigung?", fragte er sie und sah, wie sie überlegte. „Woher hast du den Kämpfer?", fragte sie und zog die Augenbrauen prüfend hoch.

„Ich meine die Schmiede. Die sind groß und kräftig und können mit Eisen umgehen", sagte er nach einem Räuspern. Die Fürstin nickte und er stieg die Leiter hinab. Danach begab er sich zu den Schmieden hinunter, um seine Leute zu holen. Den ganzen Weg über spürte er Kendranas Blick auf seinem Rücken. Fast hatte er sich verraten und nur mit Glück hatte er noch mal eine Ausrede gehabt, doch mit den Männern an seiner Seite hatte er eine kleine Streitmacht, die ihm ergeben war und auf die er vertrauen konnte.

Schnell hatten die Männer ihre Ausrüstung angelegt und folgten ihm mit Schild, Schwert und Speer auf den Weg zum Hügel hinauf. Mit den zwanzig Kriegern, die er gerade mitbrachte, waren es nun etwa fünfzig Kämpfer, die den Hügel sichern sollten, auch wenn ein Angriff darauf noch nie stattgefunden hatte. Als er das Tor passierte, sah er Aruna und Kendrana über ihm stehen. Von oben sahen sie auf die kleine Gruppe von Männern herab. Ihm war schon klar, dass sie ihm misstrauten, aber genauso wichtig war den beiden Frauen der Schutz der Oppida und der Siedlung darunter. Beide mussten sie damit zulassen, dass jeder Mann zur Waffe griff, der das konnte.

Von nun an Teilten sich die Männer die Wache auf dem Hügel. Vom Turm aus waren die Staubfahnen und Rauchsäulen deutlich zu sehen, die jeden Tag näher kamen.

Schließlich waren die römischen Soldaten zu beobachten und auch deutlich zu hören. Die ganze freie Fläche schien aus Metall zu bestehen und sie verriegelten das Tor. Mit Pfeil und Bogen erwarteten sie den ersten Angriff, der auch nicht lange auf sich warten ließ. Doch der Hügel und das stark befestigte Tor waren praktisch uneinnehmbar. Angriff um Angriff brach unter den Speeren und Pfeilen der Verteidiger zusammen, worauf sich die Legionäre zurückzogen und sie belagerten. Diese Mauern waren uneinnehmbar, aber sie selbst waren es eben nicht. Schon oft hatten ihm die römischen Händler von der Belagerungstechniken der Legionen erzählt und er hatte keine Lust, zu warten, bis sie hier hereinkommen würden, denn dann würden die Römer in ihrer Wut sicher alle hier drin töten und sein ganzes schönes Gold wäre nutzlos.

Der Druide musste sich etwas einfallen lassen. Zuerst vergrub er in der Nacht heimlich die Kiste hinter seiner Hütte, denn man konnte ja nie wissen. Danach setzte er sich an das Feuer und überlegte, was zu tun sei. Auf irgendeine Art musste er den Römern den Einlass gewähren, denn nur dann konnte er sich ergeben, die Fürstin an die römischen Soldaten übergeben, die diese sicher für ihren Widerstand töten würden, und er konnte sich dann mit seinem Schatz auf den Weg nach Süden machen.

Dieser Plan musste gelingen! Er suchte sich ein Stück Pergament und schrieb eine Botschaft für die römischen Soldaten auf. Aber konnte er seinen Männern hier wirklich vertrauen? Würden sie ihm bei einem Verrat unterstützen? Auch wenn sie seine Männer waren, so waren sie doch stolze Krieger und da passte ein Verrat nicht dazu. Daher würde er sie nur benutzen, damit sie ihm den Rücken frei hielten.

Am folgenden Tag ging er mit einem Pfeil und Bogen zu einer der Palisaden, die vom Tor abgewandt war. Schnell hatte er die Botschaft an dem Pfeil angebracht und das Geschoss mit der Nachricht zum Fuße des Hügels geschossen. Nun konnte er nur noch hoffen, dass die Nachricht angekommen war und vom richtigen gelesen wurde, denn wenn sein Plan scheitern würde, so konnte er nicht sagen „Ich wollte nur mal schnell das Tor aufmachen, um zu sehen, wie draußen die Luft ist." Dann würde er sicher von der Hand seiner eigenen Männer sterben.

Es blieb ihm nun noch ein Tag zu warten. Er saß an der Hütte und sah zu, wie Kendrana die Kämpfer einteilte und kontrollierte. Die Fürstin hatte die Situation wirklich im Griff, aber sie konnte nicht gegen diese Masse an Kriegern gewinnen. Alle ihre Handlungen konnten den unweigerlichen Untergang nur etwas verzögern. Die Nacht senkte sich herab und er sah von oben auf die vielen Feuer der Römer herab. Im Gedanken fragte er die Götter, ob das, was er plante, wirklich in ihrem Sinne war, doch er erhielt keine Antwort.

Mit dem neuen Tag war auch die Fürstin wieder auf einer der Palisaden. Der Druide holte sich einen seiner Männer, damit dieser so viele Kämpfer wie nur möglich vom Tor abzog und auch noch die Fürstin mit irgendetwas beschäftigen sollte. Schließlich band er sich den Gürtel mit dem Dolch um und ging langsam zum Tor hinüber.

Nur noch ein Mann stand dort und bewachte den Eingang. Mit einer schnellen Bewegung und einem geübten Schnitt setzte er ihn außer Gefecht.

Der Schrei alarmierte zwar die Kämpfer, doch schon war das Tor offen. So schnell er konnte, rannte er zurück zu seiner Hütte, den unmittelbar hinter ihm stürmten die ersten Römer in die Hügelfestung.

Es war ein ungleicher Kampf und auch die Fürstin fiel, von der Hand eines Römers getroffen, zu Boden. Er war frei! Der Schwur war erfüllt! Er hätte jubeln können. Der römische Kommandeur ritt mit seinem Pferd direkt zu ihm herüber, während seine Kämpfer einen Verteidiger nach dem anderen niedermachten. Direkt vor ihm stoppte der Mann sein Pferd und sprang herunter.

Er erkannte den Händler sofort wieder, auch wenn das viele Jahre her war, dass sie sich getroffen hatten. Der Druide ging auf ihn zu und wollte ihm die Hand geben, doch der Offizier zog sein Schwert. „Wir Römer lieben den Verrat. Aber wir hassen die Verräter!", rief er aus, dann stieß er mit der Waffe zu.

53. Kapitel

Am Ende der Kraft

Ein Wasserguss holte Kendrana wieder zurück aus der Dunkelheit. Sie hing gefesselt an einem Balken in der großen Halle. Irgendwie war auch ihr verkrüppelter Arm nach oben gezogen, wodurch sie dort mit erhobenen Händen stand, die Zehenspitzen reichten gerade so bis zum Boden. Ein paar römische Soldaten standen vor ihr und in dem Stuhl, in dem sonst Ivain immer gesessen hatte, saß ein vornehm gekleideter Offizier. Er trank Wein aus einem Becher und stand auf, als er bemerkte, dass sie wieder wach war. „Ihr habt also gedacht, ihr könnt dem großen Rom die Stirn bieten und euch vor den fälligen Abgaben drücken?", sagte er. Kendrana antwortete zornig „Welche Abgaben? Wir sind freie Vindeliker. Wir schulden euch gar nichts!"

„Das kann ich nicht ungestraft durchgehen lassen, denn sonst machen hier bald alle, was sie wollen!", zischte der Offizier sie an. „Ihr gehört nun dem römische Reich an und müsst für euren Widerstand bezahlen!", sagte er weiter, dann ging er zu dem Stuhl zurück und setzte sich. „Was mache ich denn nun mit dir?", fragte er sie hämisch und biss in einen Apfel. „Ich denke mal, dass fünfzehn Peitschenhiebe dir eine Lehre sein werden. Und danach kannst du ja meine Sklavin sein und mir im Winter die Füße wärmen!", sagte er, als er mit dem Apfel fertig war.

Er trank aus dem Becher und winkte danach einen der Männer zu sich. „Holt mir mal die kleine Wildkatze, die ihr gefangen habt. Ich werde sie zähmen!", sagte er und der Legionär verschwand aus dem Raum. Wenig später kam er zurück und schleppte die an den Händen gefesselte Aruna hinter sich her, die sich zwar heftig wehrte, aber gegen den kräftigen Krieger keine Chance hatte.

Als die Tochter an der angebundene Kendrana vorbei gezerrt wurde, da rief sie „Mutter!" „Aha, ihr kennt euch!", sagte der Offizier und stand aus dem Sessel auf. „Da wird es mir noch mehr Spaß machen!", beendete er seinen Satz und zog die Tochter zu dem Tisch, der direkt vor Kendrana stand. „Lasst Aruna in Ruhe. Nehmt mich!", flehte Kendrana, doch der römische Offizier lachte ihr nur in ihr Gesicht. „Du bekommst deine Strafe und wirst einfach zusehen müssen, wie ich deine Tochter zur Frau mache!", erklärte er und winkte einen der Soldaten zu sich, dann zeigte er mit der Hand auf sie und der Soldat nickte.

Der Legionär trat an Kendrana heran und riss ihr die Tunika am Rücken herunter. Da sie den Gürtel noch trug, fiel der Stoff nur über ihre Hüften. Das Unterkleid folgte einen Augenblick später und nun wartete sie mit nacktem Oberkörper und Tränen in den Augen auf ihre Strafe. „Bitte nicht meine Tochter!", bettelte sie noch einmal, aber nur das Lachen des Offiziers war die Antwort.

Sie sah den Legionär mit der ledernen Peitsche hinter sich treten und hörte das Zischen in der Luft. Unvermittelt traf sie der erste Schlag und sie schrie auf. Wie ein Feuer brannte ihr Rücken schon nach dem ersten Hieb. Kendrana spürte wie ihr das Blut herablief. Aruna stand wie erstarrt da, dann zerriss der Offizier ihre Kleidung und drückte sie auf den Tisch. Die Tochter strampelte und schrie, doch es nutzte ihr nichts. Der Mann verging sich schnaufend an der Tochter, während Schlag für Schlag Kendranas Rücken traf. Die Schreie der beiden Frauen vermischten sich in dem Raum mit dem Lachen der fremden Krieger.

Die Blicke der beiden Frauen trafen sich in dem Zimmer und in nur fünf Schritten Entfernung musste jede von ihnen das Grauen der anderen miterleben. Weder sie noch die Tochter konnten etwas dagegen tun. Das Entsetzen und das Leiden waren fast mit Händen greifbar. Schließlich war es Kendrana, die zuerst ihre Strafe erhalten hatte und in den Seilen hing. Nicht nur der zerschlagen Rücken tat ihr weh, sondern auch, immer noch ansehen zu müssen, wie sehr die Tochter litt. Arunas Schreie bohren sich in ihre Ohren. Der Legionär zerschnitt die Fesseln und sie sank in sich zusammen. Mit einem dumpfen Geräusch schlug sie auf den Boden auf.

Wenig später lag sie in dem Halbdunkel einer der Lagerhütten, in die sie die Soldaten geworfen hatten. Die Tochter war in dem großen Raum geblieben und man hatte sie direkt neben ihr entlang gezerrt, doch ihre Hände hatten sich nicht berühren können. Was würde mit der Tochter geschehen? Und lebte sie überhaupt noch? Arunas Schreie gingen ihr nicht mehr aus dem Kopf und das Herz der Mutter krampfte sich dabei zusammen. Die schutzlose und halbnackte Tochter war mit dutzenden Männern in der Halle geblieben. Auch, wenn Kendrana die Augen schloss, bekam sie das Bild nicht mehr aus dem Kopf.

Tränen liefen ihr über die Wangen und sie wusste auch nicht, was mit ihren anderen drei Kindern geschehen war. Würden die Legionäre der zehnjährigen Tochter auch dasselbe wie Aruna antun? Kendrana bekam keine Luft mehr. Etwas schnürte ihr die Kehle zu. Verzweifelt verwarf sie diesen Gedanken schnell wieder, doch er war nicht mehr aus dem Kopf zu bekommen.

Kendrana weinte vor sich hin, bis die Tür wieder aufgerissen wurde und Aruna in den Raum flog! An Armen und Beinen hatten sie die Legionäre gepackt und einfach geworfen. Die Tochter landete mit einem Aufschrei ein Stück vor Kendrana und die Mutter kroch zu ihr herüber. Zum Glück lebte die Tochter noch, aber das vor Schmerz verzogene Gesicht sagte alles über den Zustand der

Tochter aus. Die lachenden Legionäre knallten die Tür zu und sie beide versanken wieder im Dämmerlicht.

Die weinende Mutter kniete sich vor Aruna und zog den Kopf des Mädchens auf ihren Schoß. „Mutter", stöhnte diese leise und Kendrana konnte die Tränen von Aruna an ihre Hand spüren.

Zwar war Kendrana am Ende ihrer Kraft, aber für die Tochter wollte sie trotzdem stark sein. Zärtlich strich sie ihr die Haarsträhne aus dem Gesicht, die nach vorn gefallen war, denn der Zopf, den sie sich am Morgen noch so kunstvoll geflochten hatte, der hatte sich vollkommen aufgelöst. Das zerfetzte Kleid bedeckte nur schlecht den Körper des Mädchens. Blitzartig raste ein Gedanke durch den Kopf der Mutter „Werden sie uns in Ruhe lassen? War das schon die ganze Strafe? Oder kam da noch etwas?" Vor Angst zitternd warteten die beiden Frauen in der Scheune.

Erst durch die einsetzende Kühle des Abends bemerkte sie, dass die Tunika immer noch zerfetzt auf ihren Hüften lag. Kendrana versuchte sie sich nach oben zu ziehen, doch die Fibeln, die diese einmal an den Schultern zusammengehalten hatten, die fehlten. Vermutlich waren sie im großen Saal geblieben. Aruna stemmte sich hoch, als sie es sah und zog die Tunika mit einem Knoten auf der Schulter der Mutter zusammen.

Beide Frauen lagen sich in den Armen und krochen schließlich in die hinterste Ecke des Raumes, wie, um sich dort zu verstecken. Doch ein Verstecken war in dem kleinen Raum nicht möglich. Mit Entsetzen hörten sie die grölenden Legionäre vor der Hütte hin und her laufen. Offensichtlich hatten sie sich von den Weinbeständen des Lagerhauses bedient und waren nun völlig betrunken.

Für die beiden schutzlosen Frauen konnte es nicht schlimmer kommen, als einer Horde betrunkener Legionäre ausgeliefert zu sein. Und noch immer wussten sie nicht, was mit den anderen Frauen und Mädchen auf dem Hügel passiert war. Von Zeit zu Zeit hörten sie einen Schrei von draußen und zuckten dabei zusammen.

Schließlich fiel Kendrana die große Göttin wieder ein und sie rief „Große Göttin, hilf uns!" Kurz war Ruhe und dann wurde die Hüttentür von außen aufgerissen. Zwei Legionäre stürzten in den Raum und griffen nach der Hand der Tochter. Kendrana versuchte sich vor die Tochter zu werfen, doch sie wurde zur Seite gestoßen und prallte mit dem zerschundenen Rücken gegen die Hüttenwand.

Ein Schmerzenslaut entfuhr ihr und sie versuchte verzweifelt die Hand der Tochter festzuhalten. Allerdings waren die Männer stärker und rissen die Tochter aus ihren Armen.

Einen Moment später saß sie wieder alleine in der Hütte. „War das deine Hilfe?", brüllte sie die Hüttendecke in ihrem Zorn an, aber sie erhielt keine Antwort. Ein Sturzbach aus Tränen lief über ihre Wangen.

54. Kapitel

Im Flammensturm

ie beiden Legionäre hatten sie gepackt und aus der Hütte gezogen. Gerade hatte sie noch in den Armen der Mutter gelegen und nun zerrten die beiden Männer sie durch die Dunkelheit über den Platz. Was sie wollten, das war Aruna schon klar, sie wollten das Fortsetzen, was der Offizier und einiger seiner Kämpfer mit ihr im großen Haus begonnen hatten. Vier Männer hatten ihr dort Gewalt angetan und die große Göttin hatte sie nicht geschützt! Bei jedem Schritt durchzuckte sie der Schmerz aus ihrem geschundenen Unterleib! Sie bekam die Bilder nicht mehr aus dem Kopf, wie sie dort gelegen hatte, nachdem die Mutter aus dem Raum gezerrt worden war. Zwei Männer hatten sie an den Armen gehalten, während der dritte sich in sie gerammt hatte. Der Offizier hatte dabei lachend den Takt vorgegeben. Angstvoll blickte sie sich um. Sollte sich ihr Martyrium fortsetzen?

Nun liefen überall Soldaten herum, aber die Meisten von ihnen waren betrunken. So sehr sie sich auch anstrengte, sie wurde einfach hinterher gezogen. Die beiden Soldaten schwankten beim Gehen und sie wollten sie wohl zu einer der Lagerhütte ziehen, die nun, nachdem alles daraus geplündert worden war, leer standen. Der dort gelagerte Wein war schon längst durch die Kehlen der Männer geflossen und hatte ihnen die Sinne vernebelt.

Aruna blickte nach oben und fragte im Zorn die große Göttin, ob das ihre Hilfe sein sollte, um die sie die Mutter in der Hütte gerade eben noch lautstark gebeten hatte, da schlug das Schwert eines der Männer gegen ihr nacktes Bein.

Im Bruchteil eines Wimpernschlages realisierte sie, dass sie zwischen einem Dolch und einem Schwert lief. Nur wenige handbreit von ihr entfernt, da hatte sie alles, was sie zu ihrer Befreiung brauchen würde.

Die offene Tür der Lagerscheune war direkt vor ihr, da gab sie sich einen Stoß, sprang nach vorn und bekam dabei eine Hand frei. Der betrunkene Soldat wusste nicht, wie ihm geschah. Auch als ihm die Klinge seines eigenen Schwertes in den Hals traf, hatte er noch nicht begriffen, was passierte und er hatte auch keine Zeit mehr dafür. Wenig später folgte ihm sein Kamerad. Aruna stand über die beiden Männer gebeugt und blickte sich um.

Das Schwert in der Hand und zum Sprung bereit, beobachtete sie die Männer, von denen aber niemand irgendwie von ihr Notiz nahm. So schnell sie konnte, lief sie zu der Hütte zurück und öffnete die Tür. Darin half sie der Mutter auf und aufeinander gestützt verließen sie beide die Hütte.

In den Schatten der Hüttenwand gepresst beobachteten sie weiter das Treiben innerhalb der Palisaden. Die Legionäre mussten sich ihrer Sache ziemlich sicher sein, denn sie hatten weder das Tor geschlossen, noch schien auch nur einer von ihnen noch vollkommen nüchtern zu sein. Es waren ja auch nur noch Frauen hier oben und mit denen würden sie sicher auch im betrunkenen Zustand fertig werden können. Doch da hatten sie sich in diesem Falle getäuscht. Entschlossen krampfte sich Arunas Hand um den Schwertgriff.

„Hole deine Geschwister. Wir treffen uns dann wieder hier. Aber sei vorsichtig!", sagte die Mutter entschlossen und Aruna zeigte das blutverschmierte Schwert. „Solange ich das hier in meiner Hand habe, wird mir nichts passieren!" Sie nickten sich beide zu und ihre Wege trennten sich.

Überall auf der Plattform waren Feuer entzündet, die ihren rötlichen Schein an die Häuser und bis zu den Palisaden warfen. Im Schatten der Hütten huschte Aruna zum hinteren Eingang des großen Hauses, wo sich die Küche befand, denn dort würde sicher kein Posten stehen.

Vorsichtig schaute sie um die Ecke und schlüpfte in das Haus. Waren die drei Geschwister immer noch in dem Raum bei der Amme? Oder waren sie fortgebracht worden? Im Halbdunkel des Gangs schlich sie zu der Tür, die den Raum verschloss. Es stand ein Posten davor, was darauf schließen ließ, dass sie noch darin festsaßen. Wie sollte sie aber an den Posten heran kommen? Er schien nicht betrunken zu sein und so musste sie sich eine List überlegen.

Sie löste eine der Fibeln von ihrem Kleid und warf diese den Gang entlang in die entgegengesetzte Richtung. So, wie sie es oft geübt hatte, traf sie auch dieses Mal die dort abgestellte metallene Schüssel. Die Mutter hatte sie immer für den Lärm gescholten, den das gemacht hatte, doch diesmal hatte es die gewünschte Wirkung. Der Soldat drehte sich dorthin um und zog sein Schwert, doch da traf ihn schon die Klinge von Aruna. Ohne einen Laut sackte er in sich zusammen und sie fing ihn auf, damit das Geräusch des fallenden Legionärs nicht noch mehr Männer alarmierte.

Im großen Raum wurde gefeiert und sie hörte das Johlen der Männer, das vermutlich jedes andere Geräusch überdecken würde. Aruna legte den Mann am Rand des Ganges ab und der Weg war frei. Sie zog die Tür auf und schlüpfte hinein.

Acht Augen schauten sie verängstigt an. Die Amme und ihre drei Geschwister, die aber sofort aufatmeten, als sie Aruna erkannten „Seid still und folgt mir!", sagte sie, hob das Schwert an und durchtrennte die Fesseln der Gefangenen. Alle schlossen sich ihr an und schlichen den Gang entlang aus dem Hause.

Wenige Augenblicke später saßen sie wieder an der Hütte und warteten auf die Mutter. Anscheinend hatte noch niemand etwas bemerkt, doch dann kam Bewegung in die Legionäre. Aus dem Dach des großen Hauses schlugen die ersten Flammen. Offensichtlich hatte einer der betrunkenen Soldaten das Haus angesteckt. Doch immer mehr Hütten gingen in Flammen auf. Die Strohdächer waren ausgetrocknet und ein Funken genügte schon.

Schon bald war es die letzte noch verbliebene, nicht brennende Hütte, hinter der sie sich versteckt hatten. Sollten sie weiter warten? War der Mutter etwas geschehen? Was hatte sie überhaupt vor gehabt? Aruna sah die Angst in den Augen der kleinen Schwester und zog sie ganz dicht an sich heran. Rings um sie herum hörten sie die schreienden Männer, die verzweifelt versuchten die Flammen zu löschen, doch ein einsetzenden Wind fachte einen Flammensturm an, der nicht zu löschen war.

Aruna spürte die Hitze im Gesicht und stemmte sich hoch. So wollte sie den Überblick gewinnen, aber eigentlich gab es nichts mehr zu sehen. Einzig der Weg zum Tor war wie durch ein Wunder noch frei. „Wir müssen jetzt von hier fort!", sagte die Amme laut und die drei Kinder schauten verzweifelt zu Aruna nach oben. Wenn sie nicht hier verbrennen wollten, so würden sich nun laufen müssen!

Noch länger zu warten hatte nun keinen Zweck mehr!

Sie hockte sich hin und sagte „Wir rennen jetzt, jeder so schnell er kann, zum Tor. Schaut euch nicht um und bleibt nicht stehen. Haltet euch ein Stück Stoff vor den Mund, damit ihr den Ruß nicht einatmen müsst." Die Vier anderen nickten und Aruna sagte „Los!" sie sah, wie sie losrannten und wartete noch einen Augenblick auf die Mutter, doch die würde sicher nicht mehr kommen.

Schließlich sprang sie auf und ein Windstoß aus heißer Luft versengte ihr die Haare. Aruna hetzte los und prallte vor einer Gestalt zurück, die Rußverschmiert mit einer Fackel in der Hand direkt vor ihr stand.

55. Kapitel

Die Rache einer Göttin

Aruna hatte sie aus der Verzweiflung heraus gerissen, in die sie verfallen war, nachdem die beiden Legionäre sie von der Tochter getrennt hatten. Was war zu tun? Weglaufen oder kämpfen? Die Kinder retten? Alles zusammen! In ihrem Kopf rauschte ein einziger Gedanke im Kreis: „Rache!" Kendrana würde niemanden der Männer am Leben lassen! Nachdem sie sich von der Tochter getrennt hatte, lief sie zu den beiden toten Legionären und nahm das verbliebene Schwert an sich, damit schlich sie zur Hütte des Druiden, doch für ihn kam ihre Rache zu spät. Der Mann lag tot vor ihr. „Die Römer lieben den Verrat, aber sie hassen den Verräter!", sagte sie leise und spukte vor ihm aus.

Von dort aus lief sie gebückt in der Dunkelheit, hinter den Hütten entlang, zum großen Haus. Vor dessen Eingang standen ein paar Wachen, an denen sie nicht vorbei kommen würde, doch sie kannte einen weiteren Eingang. Nur sie und die Dienerinnen kannten diesen Weg, der direkt in ihr Schlafzimmer führte. Lautlos schlich Kendrana durch die Dunkelheit und schob das Fell zur Seite, welches die Tür von dem Schlafzimmer aus vollkommen verdeckte.

Direkt vor sich sah sie den Offizier schlafend in ihrem Bett liegen. Vorsichtig schob sie sich an das Bett und schlug mit dem Schwert zu. Mit einem Hieb durchtrennte sie seine Kehle. Der Mann starb mit einem gurgelnden Geräusch und Kendrana schaute kurz auf ihn herab. Damit hatte sie die Tochter gerächt und nun kam der Rest! Achtlos warf sie das Schwert in das Bett und zog ein brennendes Holzscheit aus dem Feuer, das sie in das Bett zwischen die Beine des Mannes schleuderte. Für einen Augenblick

sah sie zu, wie die Flammen das Stroh und den Stoff ihrer Lager-
stätte in Brand setzten, dann zog sie eine Fackel neben dem Feuer
hervor und zündete diese an.

Mit dieser Fackel schlich sie durch den Gang nach draußen,
lief von Hütte zu Hütte und zündete das trockene Stroh der Dächer
an. Qualmend züngelten die Flammen empor und Kendrana versuchte im Schatten hinter den Hütten zu bleiben. Die ersten Legionäre kamen in Panik und versuchten zu löschen, was nicht zu löschen war.

Auf ihrem Weg erblickte Kendrana auch die Leichen von
Ivains Mutter und einiger Dienerinnen. Geschändet, getötet und
einfach nackt auf einen Haufen geworfen, lagen sie dort neben der
Palisade. Einen Augenblick hielt sie bei den Leichen inne und dabei dachte sie an ihre Kinder. Suchend eilten ihre Augen über diesen Haufen, sie konnte die Kinder aber nicht erkennen. Lebten sie
noch?

Ein Windstoß wehte eine Glutwolke zu ihr herüber, die Flammen versengten ihr Haar und verbrannten ihr das Gesicht. Nun gab
es für Kendrana kein Halten mehr, sie rief die große Göttin um
Hilfe an und eilte davon. Die Kraft dieser Göttin brachte nun einen
Feuersturm hervor, der wie ein wildes Tier fauchte und tobte.

Durch die Hitze lief sie zur letzten stehen gebliebenen Hütte,
wo sie sich mit Aruna treffen würde. Unmittelbar davor wäre sie
fast mit ihr zusammen geprallt. „Deine Geschwister?", fragte sie
laut und gepresst, gegen des Lärms der Flammen. „Auf dem Weg
zum Tor!", schrie die Tochter und Kendrana schleuderte die brennende Fackel auf das Strohdach der letzten Hütte.

Zu zweit rannten sie durch eine Gasse von Feuer, die ihnen den einzigen freien Weg nach draußen wies. Nur schemenhaft sah sie Männer mit Eimern in Panik durcheinander laufen. Gehetzt erreichten sie das Tor und unmittelbar hinter ihnen stürzte der brennende Wachturm um. Dabei verschloss er den letzten verbliebenen Ausgang aus dem Chaos. Nur wenige Schritte weiter saßen die Kinder und die Amme am Wegesrand. „Fort von hier!", brüllte Aruna und alle hasteten den Hügel hinab. Von unten kamen ihnen einige Soldaten entgegen, doch sie beachteten die fliehenden Kinder und Frauen nicht. Die Legionäre versuchten ihre Kameraden zu retten, doch sie kamen nicht einmal bis an das Tor heran. Der Gluthauch stoppte sie schon weit davor.

Kendrana und ihre Kinder rannten um ihr Leben. Wenig später waren sie an Toronas alter Hütte am Dorfrand und sahen zur Hügelspitze hinauf. Die Glut des Feuers was sicher noch in weiter Entfernung zu sehen. Die Hütte der Zauberin war geplündert und zerstört. Alles Wertvolle hatten die abziehenden Legionäre wohl in ihre Taschen gesteckt. Nur die Kleidung hatten die Soldaten liegen lassen.

Aruna warf das zerrissene Gewand ab und zog sich eine Tunika von Torona über. Sie nahmen alles mit, was noch zu gebrauchen war. Mitten in der Nacht machten sie sich auf den Weg in den Wald. Aruna führte sie, denn sie kannte den Weg zum Teich gut. Kendrana bildete den Schluss und erst jetzt spürte sie wieder den zerschlagenen Rücken. Jede Bewegung ließ sie aufstöhnen. Bisher hatte ihr die große Göttin die Kraft gegeben, doch nun schleppte sie sich hinter den Kindern her. Kendrana hatte keinen Blick für die Umgebung mehr. Nur der Instinkt zog sie zum Teich. Fuß vor Fuß!

In den ersten Strahlen des neuen Tages hatten sie die Hütte am Teich erreicht und dort brach sie zusammen. Kendrana sah, am Boden liegend, wie sich die Amme um die Kinder kümmerte und wie sich Aruna über sie beugte. „Ich habe dich gerächt. Der Mann, der dich geschändet hat, ist durch meine Hand gestorben und steht nun schon vor den Göttern", sagte Kendrana leise. „Kannst du noch zum Teich kommen? Ich muss deine Wunden säubern!", sagte Aruna und Kendrana versuchte sich die letzten drei Schritte zu schleppen.

Kurz dreht sie sich dort am Ufer um und sah die Rauchsäule weit hinter ihnen zum Himmel aufsteigen. Danach beugte sie sich über den Teich und erschrak vor ihrem eigenen Spiegelbild. Ein Angesicht wie ein Geist schaute sie von dort herauf an. Die Haare waren versengt, die Augenbrauen fehlten und die Haut war fast schwarz. Vorsichtig schöpfte sie Wasser mit der Hand und wusch sich den Ruß vom Gesicht.

Kendrana spürte, wie Aruna die von ihr verknotete Tunika löste und schrie auf, als die Tochter den, mit dem Rücken verklebten, Stoff abzog. Die Wunden der Peitsche rissen wieder auf und sie spürte, wie das Blut erneut über ihren Rücken lief. Mit zusammengebissenen Zähnen kniete sie am Teich und ertrug die Behandlung der Tochter. Nachdem diese ein paar Kräuter aufgelegt hatte, wurden die Schmerzen langsam weniger, Kendrana ließ sich zur Seite sinken und schlief vor Erschöpfung am Wasser ein.

Als sie wieder erwachte, lag sie in der Hütte und hörte die Kinder draußen spielen. Die Schmerzen waren fast verschwunden. Sie stemmte sich hoch und wankte zur Tür. Die Rauchsäule war nicht mehr zu sehen. „Wie lange habe ich gelegen?", fragte sie die Amme, die vor der Hütte saß. „Drei Tage!", antwortete die Frau und stand auf. „Kann ich dir etwas zu essen geben?", fragte Briana und Kendrana nickte. Wenig später hatte sie eine Schüssel mit einer Suppe in der Hand.

„Wo ist Aruna?", fragte sie zwischen zwei Löffeln Brühe. „Auf der Jagd", antwortete die Frau und Kendrana nickte. Wie selbstverständlich hatte Aruna die Aufgaben der Mutter übernommen, die sie im Moment nicht hatte erfüllen können. Dann sah sie zu den anderen, spielenden Kindern hinüber. In nur drei Tagen hatten sie das Grauen auch schon fast verarbeitet. Für einen Moment sehnte sie sich wieder zu dieser Unbekümmertheit der Kindheit zurück.

56. Kapitel

Schrecken ohne Ende

S ie sah auf die schlafende Herrin, die in der Hütte lag, doch sie selbst fürchtete sich vor dem Schlaf. Noch hatte Briana nicht verarbeitet, was wirklich an jenem verhängnisvollen Tag auf dem Hügel passiert war. Immer wieder kamen die Bilder in ihrer Erinnerung nach vorn, so wie Blitze, die am Himmel leuchteten. Die letzten drei Tage hatte sie kein Auge zugemacht, aus Angst, zu träumen, aber nun holte sie die Müdigkeit und damit die Tagträume ein. Für Augenblicke fielen ihr die Augen zu und kurz darauf war sie wieder wach. Die Amme sah wieder die römischen Soldaten auf das Haus zu stürmen und sie sah, wie die Köchinnen schreiend fortliefen. Wie sich Fenia, die junge Dienerin, in ihren Dolch stürzte, nur um nicht in die Hände der Legionäre zu fallen und sie erblickte sich selbst, wie sie davonlief, gefolgt von den johlenden Männern.

Sie beobachtete, wie von fern, wie die Männer sie zu Boden rissen und dabei die Tunika in Fetzen ging. Vor den Augen der Kinder hatten sich die Legionäre an ihr vergangen. Briana spürte wieder den Schmerz in ihrem Unterleib und wachte schreiend auf.

Die Kinder sahen sie entgeistert an, spielten dann aber weiter. Die Amme ging zum Teich und schöpfte eine Hand voll kaltes Wasser, das sie sich in ihr Gesicht schleuderte, nur um wach zu bleiben. Doch sie wusste, dass das ein kläglicher Versuch war, denn die Müdigkeit würde stärker sein und das Grauen würde zurückkommen.

242

Als sie vor ein paar Tagen hier angekommen waren, hatte sie gesehen, wie Aruna sich im Teich gewaschen hatte und sie hatte die Spuren auf dem Körper der jungen Frau gesehen. Dieselben wie auf ihrem eigenen Körper. Die entmenschlichte Gewalt von ein paar Legionären, für die das Leben einer Frau völlig wertlos schien, hatte sich in die Haut eingebrannt und auf dem Weg durch das Feuer hatte sie dann auch die Opfer der Gewalt gesehen.

Würdelos auf einen Haufen geworfen. Nackt, missbraucht, getötet. Sie selbst war sicher nur am Leben geblieben, um auf die Kinder aufzupassen, die dann später als Sklaven nach Rom gehen sollten. Briana stemmte sich hoch und sah Aruna, die aus dem Wald auf die Lichtung trat. Mit dem Schwert auf dem Rücken, hatte sie den Weg erkundet und geschaut, ob sie jemand verfolgt hatte. Doch aus der Siedlung war offensichtlich niemand entkommen. Und die Römer? Die trauten sich hoffentlich nicht in den Wald hinein.

In den letzten Tagen hatte Aruna zu den Ereignissen auf dem Hügel noch nicht ein Wort gesagt, aber Briana wusste, dass sie beide darüber reden mussten, um es irgendwie verarbeiten zu können. Vielleicht war jetzt der richtige Zeitpunkt, um das Grauen loszulassen? Sie ging zur Hütte und winkte Aruna zu sich. Die junge Frau stellte das Schwert an die Hüttenwand und setzte sich zu ihr.

Für einen Moment starrte Briana vor sich hin. Wie fängt man ein solches Gespräch an? Die alte Amme blickte zur Seite und bemerkte, wie Arunas Tunika zur Seite gerutscht war und einen der tiefen Kratzer auf ihrem Bein dabei freigab. Darauf zeigte sie und fragte „Möchtest du darüber reden?" Statt einer Antwort begann Aruna schluchzend zu weinen.

Briana zog sie an sich und begann sie zu trösten, so wie sie es damals getan hatte, als Aruna von einer der Hütten gefallen war. Jahre war das her, aber ließ sich das hiermit vergleichen? Es war gerade mehr ein seelischer Schmerz, der die junge Frau weinend schüttelte und es dauerte eine ganze Weile, bevor sich Aruna wieder etwas beruhigt hatte. „Du wirst darüber reden müssen. Sonst frisst dich der Schmerz auf", sagte die Amme und dachte daran, dass sie sich selbst denselben Rat hätte geben können. Wortlos zog sie die Tunika zur Seite und zeigte Aruna ihr Bein. „Du auch?", fragte Aruna mit großen Augen und Briana nickte nur.

„Das Schlimmste war nicht das", sagte Aruna und zeigte auf ihr Bein, „Sondern die Hilflosigkeit. Ich konnte nichts dagegen tun. Und ich musste zusehen, wie sie Mutter ausgepeitscht haben." „Aber du bist am Leben geblieben", entgegnete Briana und nun dachten sie beide stumm an die Frauen, die sie bei ihrer Flucht gesehen hatten. „Wir Frauen müssen das Leid immer ertragen!", stellte Briana resignierend fest. Ein Geräusch ließ sie zusammen fahren. Aruna griff zum Schwert, aber es war nur Kendrana, die torkelnd aus der Hütte kam und dabei einen hölzernen Hocker umgerissen hatte. Die Fürstin war noch sehr schwach. Die Wunden der Peitsche waren schlimm gewesen und schlossen sich nur langsam. Einen Augenblick später saßen sie zu dritt vor der Hütte und sahen den drei spielenden Kindern zu.

„Sie haben es schon verdrängt oder vergessen", sagte Briana und zeigte auf die Kinder. „Manchmal sehne ich mich nach der Unbekümmertheit der Kinder zurück", entgegnete Kendrana und stemmte sich an der Hüttenwand hoch. Schwankend ging sie zum Teich hinüber, um sich dort zu waschen. „Sie ist so stark", sagte Aruna leise und schaute der Mutter hinterher. „Ja. Das ist sie!", pflichtete ihr Briana bei. Aruna griff zum Schwert und zog es heraus. „Sie hat mich gerächt! Aber tief in mir brennt immer noch der

Wunsch, Rache zu üben. Für mich, für dich. Für Großmutter und all die anderen im Dorf!" Dabei rammte sie das Schwert in den Boden, stand auf und folgte ihrer Mutter. Briana blieb alleine zurück und betrachtete das vor ihr im Boden steckende Schwert. „Auch ich will meine Rache!", murmelte sie und erhob sich nun ebenfalls. Doch welche Chance hatten drei Frauen gegen ein ganzes Heer?

Briana griff um die Klinge und drückte ihre Hand zusammen, bis Blut herunterlief. Dieser Schmerz überlagerte kurz den Schmerz ihrer Seele und gegen diesen Schmerz konnte man etwas unternehmen. Die Amme öffnete die Hand und sah das Blut heruntertropfen. Dann folgte sie den beiden anderen zum See. Dort tauchte sie die Hand in das Wasser, riss einen Streifen Stoff von ihrer Tunika und verband sich die Hand. Die beiden anderen Frauen schauten sie dabei an.

„Diese Narbe wird sich bald schließen", sagte Briana. Aruna nickte verstehend und Kendrana legte Briana die Hand auf die Schulter. Die Narben auf der Seele würde sie alle drei wahrscheinlich noch lange behalten, wenn sie überhaupt jemals ganz verschwinden würden.

57. Kapitel

Verbrannte Erde

Er hatte den Feuerschein gesehen und gewusst, was das bedeutete. Die Tochter war tot und ihre Familie war mit ihr gestorben. Er hatte nichts dagegen tun können. Alle seine Männer waren in seiner Hügelfestung versammelt und doch würde sicher auch ihr Kampf nichts nutzen. Ihr Stammesgebiet lag weiter im Norden, fast zentral und war von anderen Stämmen umgeben, aber der anrückenden Macht aus dem Süden hatten sie einzeln nichts entgegen zu setzen. Immer mehr Menschen flohen durch seine Länder hindurch nach Norden und versuchten über den Danuvis zu entkommen, doch der Fluss war breit und reißend. Er selbst war nur ein Mal dort gewesen und wusste, dass nicht viele den Übergang schaffen würden. Sie würden in Gefangenschaft und Sklaverei kommen, oder den Tod finden.

Seine Melder brachten ihm Nachrichten von den anderen Stämmen, aber es sah nicht gut aus. Die Römer waren einfach in der Überzahl. Und da es keinen gemeinsamen Gegenangriff gab, konnten sie das Gebiet Stück für Stück einnehmen. Jedes Dorf kämpfte für sich. Tod oder Sklaverei waren die Alternative. Und dieser Entscheidung wollte sich kein freier Mann stellen müssen. Die Wahl war klar. Niemals würden sie Sklaven sein wollen. Hinter den römischen Soldaten würden nur verbrannte Erde und ihre toten Körper bleiben. Das Gebiet ihrer Ahnen würde ihnen nicht mehr gehören. Still fluchte der Fürst in sich hinein, aber keiner der anderen Stämme wollte sich mit ihm verbinden. Zu tief saß das Misstrauen und so war für alle der Untergang gewiss.

Der Mann stand am Rande der Palisade und schaute auf die sich nähernde Staubfahne. Schon lange hatte Douranix erkannt, dass es keinen Ausweg geben würde, und so holte er seine Männer zusammen. Er begann zu sagen „Wer fliehen will, der soll es jetzt tun! Wer bei mir bleibt, wird einen ehrenvollen Tod im Kampf finden. Geht zu euren Familien und entscheidet mit ihnen. Wer bleiben will, der kommt morgen wieder hier nach oben auf den Hügel. Und nun geht!" Danach drehte er sich um und ging zur großen Hütte zurück.

Am Eingangstor stehend drehte er sich noch einmal um und sah die noch immer unschlüssig dastehenden Männer. Ein jeder von ihnen musste nun selbst die Wahl treffen. Er betrat das Haus und ging zu seiner Frau. Sie hatte alles gehört und nickte ihm zu „Wir bleiben!", sagte sie nach einer Weile, denn sie wusste schon, dass er nicht fliehen würde.

Der nächste Tag begann mit unzähligen Menschen, die auf den Hügel kamen. Fast alle Männer waren mit ihren Familien in das Rund der Palisaden gekommen, doch diese würden diesmal keinen Schutz geben können. Es würde nur ihr Platz für den gemeinsamen Tod werden. Nachdem die Letzten aus dem Dorf das Tor passiert hatten, verschlossen sie den einzigen Zugang und gingen auf die Palisaden, um nach dem Feind zu schauen.

Sie brauchten nicht zu lange warten, denn noch am selben Abend besetzten die römischen Legionäre das leere Dorf und begannen, vermutlich aus Wut, um die entgangene Beute, die Hütten nacheinander anzustecken. Der Rauch stieg zum Hügel heraus und trieb den Verteidigern die Tränen in die Augen.

Von oben mussten sie untätig mit ansehen, wie ihr bisheriges Leben zu Asche zerfiel. Aber als Römer wollten sie nicht leben.

Der Fürst stellte sich auf den freien Platz und sagte „Nehmt Abschied von euren Lieben. Morgen werden wir sterben!"

Mit schweren Schritten ging er zu seiner Hütte zurück, dort setzte er sich in den großen Raum und legte Schwert und Schild auf den Tisch. Seine Frau betrat mit den beiden kleinen Töchtern den Raum. Sie trug nun einen Dolch am Gürtel, den sie herauszog und sagte „Mache dir keine Sorgen um uns. Die Römer werden uns nicht lebend bekommen!" Douranix stand auf, küsste sie und strich den Kindern über den Kopf.

„Ich hatte die Hoffnung, dass es nicht so weit kommen würde. Nun wird vom Land unserer Ahnen nur noch verbrannte Erde übrig bleiben!", sagte Douranix mit stockender Stimme, doch sie unterbrach ihn mit einem Kuss. Sie ließen die Kinder in dem Raum und gingen in das Schlafgemach. Der Dolch lag nun neben dem Schwert auf dem Tisch.

Vor einem Tag des Todes begann erst einmal eine Nacht des Lebens. Sie hörten, wie einige Männer draußen feierten und alte Lieder sangen. Eng umschlungen lagen sie in ihrem Bett und jeder der beiden dachte an die schönen Momente der vergangenen Jahre. Auch an den Schmerz, das Glück, die Kinder und an alles, was ihnen wichtig gewesen war.

Keinen Moment hatten sie in dieser Nacht ihre Augen geschlossen. Warum hatte das alles so kommen müssen?

Als die ersten Strahlen des neuen Tages den Hügel erreichten, da standen sie auf, wuschen und kämmten sich. Anschließend zogen alle ihre besten Kleider an.

Der Fürst und alle seine Männer trugen die karierten Umhänge über ihren Kleidern. Die Zöpfe waren alle straff gebunden und sie knieten vor dem Altar. Der Druide begann die Götter für einen guten Kampf zu bitten, doch der Ausgang war allen sowieso klar. Darum ließen sie den Hasen am Leben, der für den guten Ausgang der Schlacht hätte geopfert werden sollen. Der Fürst stand auf und ging zu seiner Frau. Er umarmte sie kurz und griff dann zu Schwert und Schild.

Langsam schritt er zum Tor und drehte sich dort noch einmal zu ihr um. Seine Frau winkte ihm zu. Danach traten alle seine Kämpfer an seine Seite. Er wendete sich zum Tor, zog sein Schwert und hob es zum Himmel. „Bei Teutates. Heute werden wir sterben. Aber aufrecht und nicht auf Knien!", rief er, dann gab er das Zeichen zum Öffnen des Tores.

Von unten kam eine breite Front von römischen Soldaten herauf. Der Fürst zog den Schild an sich und rief „Sieg oder Tod!" dann stürzte er sich, an der Spitze seiner Männer, den Hügel hinab. Zweihundert Männer gegen tausende Legionäre. Das Krachen der aufeinander prallenden Schilde, das Klirren der Schwerter und die Schreie der getroffenen Männer waren weit zu hören.

58. Kapitel

Freie Menschen

M it einem Hasen in der einen Hand, sowie Pfeil und Bogen in der Andern, trat Aruna auf die kleine Lichtung hinaus. Sie sah, dass ihre Mutter vor der Hütte saß und sich gerade stärkte. Mit flinken Schritten eilte sie zur Hütte, legte den Hasen und die Waffe darin ab und kontrollierte die Verbände am Rücken der Mutter. „Uns ist niemand gefolgt. Das habe ich kontrolliert. Aber wo sollen wir nun hin?", fragte sie die Mutter und die blickte zu ihr auf. Aruna bemerkte, wie die Gedanken durch den Kopf der älteren Frau rasten. „Zurück können wir nicht. Hier bleiben können wir auch nicht. Zu meinem Vater wäre es zwar möglich, aber da würden wir vielleicht nur erleben, was wir schon erlebt haben. Auch er ist stark und wird sich nicht unterwerfen. Ich will keine römische Sklavin sein!"

„Also wohin?", fragte Aruna und Kendrana zeigte nach Norden. „Wir müssen über den Danuvis. Dort sind wir sicher. Diesen Fluss werden die Römer nicht überqueren." „Und was ist mit Vater? Glaubst du, dass er noch lebt?", fragte sie und die Mutter wurde nachdenklich. „Ich kann mir nicht vorstellen, dass er uns schutzlos dem Feind überlassen hat, solange er noch in der Lage gewesen war, daran etwas zu ändern. Also ist er entweder gefangen, verwundet oder tot", antwortete Kendrana und die Tochter fragte zurück „Kann er uns denn dann noch finden? Falls er noch lebt. Er weiß doch nicht, wo wir sind." „Er wird die verbrannte Hügelkuppe sehen und wissen, dass wir hierher geflohen sind, falls wir es geschafft haben, dem Feuer zu entkommen. Gib mir einen Pfeil", sagte Kendrana und zog sich an der Rückwand der Hütte nach oben.

Die Mutter nahm den Pfeil, den Aruna aus der Hütte geholt hatte und ging damit zum Teichufer. Dort legte sie den Pfeil mit der Spitze nach Norden so, dass er auf den Teich zeigte. „Wenn dein Vater noch lebt und hierherkommt, so wird er wissen, wo wir sind. Lass uns packen und aufbrechen!", sagte sie und Aruna nickte.

Alles, was in der alten Hütte von Torona irgendwie zu verwenden war, wanderte in ein paar Beutel, die sich die Geschwister und die Amme auf den Rücken hängten. Auch die Mutter trug einen Beutel über ihrer Schulter, doch Aruna sah, wie sie vor Schmerzen die Zähne zusammen biss, als der Träger den Rücken berührte. Toronas altes Schwert wurde ebenfalls mitgenommen. Kendrana trug es nun in der Hand und wenig später waren sie auf dem Weg in Richtung Norden. Sie hofften, dass sie den Stämmen der Kimbern und Teutonen nicht in die Hände fallen würden, denn dann würden sie bestimmt an die Römer verkauft werden. Vorsichtshalber hielten sie also Schwert, Dolche, sowie Pfeil und Bogen immer griffbereit.

Aruna setzte am Anfang der Gruppe ihre Füße vorsichtig auf den Waldboden. Über den eingelegten Pfeil blickte sie nach vorn. Kendrana bildete den Schluss und hielt ihre kleine Familie zusammen. Der Waldpfad schlängelte sich durch das Gehölz und die Sicht war selten sehr gut, daher kamen sie an diesem ersten Tag auch nicht weit und lagerten schließlich, bei Einbruch der Dämmerung, irgendwo mitten im Laubwald unter ein paar Bäumen, abseits des Pfades.

Unterwegs hatten sie ein paar Wurzeln gesammelt, die sie aber roh essen mussten, da sie hier kein Feuer machen wollten. Schließlich konnte ja keiner wissen, wo der Feind war. Die Gegend um die Hütte herum hatte Aruna ja abgesucht, aber hier war sie sich dazu zu unsicher. Abwechselnd wachten sie, Kendrana und die Amme in der Nacht, bevor sie am nächsten Morgen wieder aufbrachen.

Mit jedem Tag wurde der Wald dichter und schon bald waren sie jenseits aller ihnen bekannten Wege. Von dieser Gegend hatte ihnen einst ein Händler erzählt, der auch über den breiten Fluss gefahren war. So wie er ihn damals geschildert hatte, war es wohl die einzige Barriere, die die Römer davon abhalten würden, ihnen weiter zu folgen. Auf der anderen Seite waren einige Stämme, mit denen sie Handel getrieben hatten und die sicher etwas friedlicher waren, als die feindlichen Kimbern, durch deren Siedlungsgebiet sie nun gerade zogen. Allerdings würden auch diese kriegerischen Stämme den Römern nicht die Stirn bieten können und deshalb hatte Kendrana vermutlich recht, mit ihrer Entscheidung, nicht zu riskieren, diesen Stämmen begegnen zu müssen.

So wie Aruna die Römer einschätzte, würden die beiden Stämme sie nicht aufhalten können. Wehmütig schaute sie nach Süden zurück und dachte daran, dass ihre Vorfahren viele hundert Sommer hier friedlich gelebt hatten. Doch irgendwie waren sie zwischen die Feinde gekommen. Vielleicht hatte auch der, durch den Handel angehäufte, Reichtum ihrer Stämme die Feinde neidisch werden lassen. Wer nun hier weiter leben wollte, der würde sich den neuen Herren unterwerfen müssen und sie waren doch freie Menschen.

Seit alten Zeiten nannten sich ihr Volk selbst die Starken, die Mächtigen. Und solche Menschen beugten ihr Knie nicht vor einem fremden Herrn! Dazu war Aruna zu stolz! Und sie sah in den Augen der anderen an ihrer Seite, dass es ihnen ebenso ging.

Nach vielen Tagesmärchen erreichten sie endlich das Land am Fluss, doch nun stellte sich ihnen die Frage, wie sie dort hinübergelangen sollten? Zuallererst wollte Aruna auf die Jagd gehen, um ihnen allen etwas zu Essen zu verschaffen, denn gestärkt und kräftig hatten sie viel bessere Chancen, den Fluss lebend zu überqueren. Mit Pfeil und Bogen zog sie in den Wald am Rande einer Lichtung, auf der sie gelagert hatten. Leise schlich sie durch das Unterholz und dazu hatte sie extra die Schuhe im Lager gelassen, um mit den Füßen kein Geräusch zu verursachen.

Vorsichtig suchte sie mit den Zehen den Untergrund ab, um nicht auf einen verborgen liegenden Ast zu treten. Fast wie ein Geist bewegte sie sich über die kleinen Waldwege. Immer Ausschau haltend, entweder nach einer zu jagenden Beute oder einem Feind.

Eine Bewegung ließ sie erstarren. Aruna hob den Bogen und spannte die Sehne. Wer würde da vor ihr aus dem Wald treten? Ein Feind oder eine Beute? In jedem Falle würde der Pfeil sicher gleich sein Ziel finden, doch es war ein kleines, etwa sechs Jahre altes, Mädchen, das über den Waldweg lief. Fast so geräuschlos, wie Aruna selbst zuvor.

Beide sahen sich an und für den Bruchteil eines Augenblickes hielt Aruna den Pfeil oben, dann nahm sie die Waffe herunter. Aber wo ein Kind war, da war sicher auch jemand, der es suchte, oder bei dem es wohnte. Über die Entfernung von nur ein paar Schritten sahen sie sich an. Bis ein Lächeln über das Gesicht des Mädchens glitt. Sie nickten sich zu, Aruna zeigte nach hinten und das Mädchen verstand. Zusammen liefen sie zu der Lichtung zurück und vielleicht konnte ihnen dieses Kind helfen, den Fluss zu überqueren.

59. Kapitel

Neue Ängste

D as fremde Mädchen, das Aruna mit in ihr Lager gebracht hatte, das hatte die Kleidung ihres Stammes getragen. Deshalb hatte sich die Tochter wohl auch dazu entschlossen, die Kleine mitzubringen. Kendrana versuchte etwas aus ihr herauszubekommen, aber sie schien durch den Schrecken der Flucht die Sprache verloren zu haben. Mit ein paar Gesten zeigte sie an, dass ihre Familie über das Wasser gezogen war und sie vom behelfsmäßig gebauten Boot gefallen war.

Offensichtlich war sie nur mit viel Glück am Leben geblieben. Das Mädchen war von der Strömung abgetrieben worden und hatte so die Angehörigen verloren. Dieser Schock hatte nicht unbedingt dazu geführt, dass sie ihre Angst verloren hatte, sondern nun wagte sie sich auch nicht mehr in die Nähe des Wassers. Und doch würde sie dorthin mitkommen müssen, denn anderenfalls würden sie das Kind den Römern oder den wilden Tieren überlassen müssen und das wollte keiner von ihnen.

Kendrana war schon an dem Fluss gewesen und sie hatte auf die Wellen geschaut, welche die Kraft des Wassers an das Ufer geworfen hatte. Zwar war gerade Sommer und damit nicht ganz so viel Wasser darin, wie es sicher im Frühjahr nach der Schneeschmelze gewesen war, aber der Fluss war immer noch breit, hatte versteckte Wirbel und eine starke Strömung. Da hinüber zu gelangen, das war schwierig und mit einem Kind, welches sich auch noch vor dem Wasser fürchtete, fast unmöglich. Wie sollten sie, als drei Frauen und vier Kinder, ein Boot bauen? Oder ein Floß?

Keine von ihnen hatte darin Ahnung und daher brauchten sie jemanden, der wusste, wie man über den Fluss kam! Dazu mussten sie am Ufer entlang gehen, bis sie an eine Siedlung kommen würden, in der ein Fährmann oder ein Fischer lebte, der sich mit dem Fluss und seinen Tücken auskannte. Doch wohin sollten sie gehen? Flussaufwärts? Oder flussabwärts?

Am Abend des Tages berieten die drei Frauen, nachdem die Kinder eingeschlafen waren, was nun zu tun sei. Kendrana und Aruna waren dafür, flussabwärts nach einem Übergang zu suchen, die Amme für die andere Richtung. Da damit die Stimmen zwei zu einer waren, würden sie am nächsten Morgen mit dem Strom gehen. Da es ein langer Tag gewesen war, teilten sie noch schnell die Wachen ein und Kendrana blieb als erste, mit dem Schwert in der Hand, am Feuer wach.

Die Frau lauschte in den dunklen Wald hinein. All die seltsamen Geräusche im Gehölz waren ihr wohlbekannt, aber das am Tage eher leise Rauschen des Flusses war in der Nacht sehr laut zu hören. Waren denn eigentlich noch andere Angehörige ihrer Stämme in der Nähe? Oder hatten die alle schon den Fluss überquert? Waren die Menschen vielleicht noch in der Nähe und sahen das Feuer? Angestrengt horchte Kendrana in den Wald hinein, aber sie vernahm nur die Laute der Nachttiere. Entweder ruhten die anderen Menschen gerade, oder sie waren sehr vorsichtig. Zum Glück hatte Kendrana darauf bestanden, das Feuer nicht zu groß zu machen, wodurch es aus einiger Entfernung hoffentlich nicht mehr zu sehen sein würde.

Schließlich weckte sie Aruna vorsichtig, indem sie die Tochter an der Schulter rüttelte. Sie drückte ihr das Schwert in die Hand und rollte sich am Feuer ein, um noch etwas zu schlafen. Schnell fielen ihr die Augen zu und sie begann im Traum auf eine Reise zu gehen. Dabei überquerte sie den Fluss und sah von der anderen Seite zurück zu ihren Lieben, die an diesem Ufer zurückgeblieben waren, doch dann sah sie hinter ihnen römische Soldaten. Sie winkte und versuchte zu schreien, doch es gelang ihr nicht. Danach schreckte sie aus dem Schlaf und sah Briana am Feuer sitzen.

Offensichtlich hatte die Tochter ihre Wache auch schon erledigt, denn Aruna lag direkt neben ihr. Als Kendrana noch einmal ihren Blick zur Amme zurückwendete, bemerkte sie, dass diese anscheinend eingeschlafen war. Die Körperhaltung der alten Frau ließ keinen anderen Schluss zu, aber das Gesicht konnte sie nicht sehen. Irgendwo knackte es im Wald, nicht weit von ihr entfernt. Vorsichtig drehte sich Kendrana dorthin um und starrte in die Finsternis. War da eine Bewegung gewesen? Oder täuschte sie nur der Nachtwind, der mit den Blättern der Sträucher spielte?

Ein kleines Aufleuchten im Gebüsch ließ sie zusammenzucken. Das war eindeutig der Widerschein des Feuers auf einer blanken Klinge gewesen! Ihre Hand tastete zu ihrem Dolch und sie zog ihn vorsichtig aus dem Gürtel. War da nur ein Angreifer? Oder waren es mehrere? Kendrana konnte auch niemanden aus der Gruppe wecken, ohne ein Geräusch zu machen und so kroch sie vorsichtig zur Seite, bis sie sich hinter einem Baum aufrichten konnte. An dessen Stamm gelehnt lauschte sie in die Nacht und hörte leise Schritte näher kommen.

Sie blickte nach oben und bat in Gedanken die große Göttin um ihre Hilfe. Fast lautlos schob sich eine dunkle Gestalt direkt neben ihr am Baum vorbei. Nach den Bewegungen war es ein Mann und er hatte einen Dolch dabei, den er vor sich hinhielt. Kendrana hielt den Atem an und beobachtete seine Bewegungen, dann folgte sie ihm leise. Wenn nun noch andere Männer in der Nähe sein würden, so würden diese sie sehen, aber sie konnte den Mann nicht mit der Waffe in die Nähe ihrer Kinder lassen! Seine Gestalt war gut vor dem Feuer zu sehen. Und ihre sicher auch!

Als der Mann nur noch wenige Schritte vom Feuer entfernt war, da schreckte die Amme hoch. In der Aufregung ließ sie auch noch das Schwert fallen und der Mann stürzte auf sie los. Ein kurzes Handgemenge entstand. Mit einem Sprung war Kendrana bei ihm und rammte ihm den Dolch in die Seite. Der Mann schrie auf, was nun alle am Feuer weckte. Danach brach er zusammen und wälzte sich am Boden.

Verwirrt und schlaftrunken stand die kleine Gruppe um den sterbenden Mann herum, während Briana sich den blutenden Arm hielt. Bei der Abwehrbewegung, die sie zum Glück instinktiv gemacht hatte, hatte sie sich eine lange Schnittwunde zugezogen. „Ein Räuber!", sagte Kendrana. Nach allen Seiten beobachtete die kleine Gruppe nun den Wald. Waren da noch mehr? Aber alles blieb ruhig.

Kendrana säuberte schließlich ihre Waffe an der Kleidung des Mannes und steckte den Dolch wieder ein. Aruna griff sich das am Boden liegende Schwert und kontrollierte, ob der Mann auch wirklich tot war. Dann verband sie den Arm der Amme.

An Schlaf war nun aber nicht mehr zu denken. Wer wusste schon, wie viele Männer hier noch so im Wald waren, die es auf sie oder ihre Habe abgesehen hatten. Ein paar Frauen und Kinder, alleine im Wald, waren sicher ein lohnendes Ziel für die Räuber.

Sie hatte zwar an eine Gefahr gedacht, und deshalb die Wachen eingeteilt, aber eigentlich nur mit ein paar wilden Tieren gerechnet. Dass nun auch Räuber hinter ihnen her waren, das machte Kendrana nun zusätzlich Angst. Gerade waren sie doch erst dem Tod entkommen und nun waren sie schon wieder in Bedrängnis.

60. Kapitel

Der weite Weg

D a war er nun, der Fluss, den die Menschen hier Danuvis nannten. Ein wildes Gewässer und sicher schwer zu überwinden. Briana stand am Ufer und blickte in Sorge hinüber. Auf der anderen Seite waren kleine Bäume zu sehen, aber die waren sicher genauso hoch, wie die, auf dieser Seite. Nur eben sehr weit weg. Da gab es sicher keine Brücken, wie es sie an den kleinen Flüssen im Gebiet ihres Stammes gegeben hatte. Briana schüttelte den Kopf, dann kniete sie sich hin, machte den Verband am Arm ab und wusch die Wunde, die der Dolch in der Nacht hinterlassen hatte, sorgfältig aus.

Natürlich hätte sie sich selbst Ohrfeigen können, dass sie am Feuer eingeschlafen war, und wenn die Herrin nicht gewesen wäre, so hätte es schlecht für sie und die anderen der kleinen Gruppe ausgehen können, die sich ja in ihren Schutz begeben hatten. Doch die Herrin hatte kein Wort darüber verloren. Sie dachte immer noch „Herrin" obwohl sie doch nun alle auf der Flucht und damit gleich waren, aber sie fühlte es nun mal so. Vom Rand der Baumgruppe rief Aruna nach ihr und die Amme stand auf. Nur noch schnell den Verband fest ziehen, dann konnte es losgehen. Wie weit der Weg noch werden würde, das konnte keine von ihnen wissen. Aruna reichte ihr den Beutel und dann folgten alle Kendrana, die mit dem Schwert in der Hand voranging.

Der Pfad direkt am Ufer war sehr beschwerlich. Teilweise wuchs Gestrüpp bis zum Wasser heran und sie mussten es erst mühsam umgehen, aber sie wollten sich nicht zu weit vom Wasser entfernen. Vielleicht kam ja ein Boot den Fluss herab, dass man zu sich heran winken konnte und das sie dann auf die andere Seite bringen würde. Fort von diesen verdammten Römern, denn solange sie noch auf dieser Seite waren, konnte jederzeit eine Patrouille erscheinen und sie aufgreifen. Dann würden sie alle ihr Leben als Sklaven beenden.

Briana lief als letzte der Gruppe. Die Kinder waren zwischen ihr und Aruna, wobei sich das fremde Mädchen besonders weit vom Wasser entfernt bewegte. Connor war dafür am nächsten am Ufer. Als Junge dachte er wohl, dass er die Gruppe beschützen müsse und bewegte sich damit besonders Waghalsig. Immer wieder rief ihm die Amme vom Ufer zurück. Er war gerade zwölf Jahre alt geworden und vermutlich konnte er die Gefahr nicht wirklich gut einschätzen. Doch Briana musste auch immer wieder nach hinten schauen, ob sie verfolgt wurden, deshalb bat sie Aruna, das diese Connor vor sich nehmen sollte, damit sie auf den Bruder aufpassen konnte.

In dem Moment, in dem Aruna ihn an sich vorbei lassen wollte, rutschte Connor aus und fiel in den Fluss. Briana schrie entsetzt auf und Kendrana fuhr herum. Sie sahen den Jungen im Wasser, der versuchte, sich an einem Ast festzuhalten. Die Mutter ließ das Schwert fallen und rannte zurück. Zusammen mit Aruna versuchte sie Connor zu retten, während sich die Amme um die drei erschrockenen Mädchen kümmerte. Connor schrie und seine Hand rutschte immer wieder vom Holz ab. Die Strömung war hier sehr stark und der Ast nicht wirklich dick.

Schließlich warf sich Kendrana, von Aruna gehalten, zur Hälfte in den Fluss. Erst so bekam sie den Jungen am Gürtel gepackt und zusammen mit Briana konnte Aruna die beiden an das rettende Ufer ziehen. Klatschnass stand der Junge da und zitterte nicht nur wegen des kalten Wassers. Als der Weg fortgesetzt wurde, da lief der Junge bei dem fremden Mädchen.

Jetzt hatten sie also schon zwei Kinder bei sich, die Angst vor dem Wasser hatten und sie würden alle über den Fluss müssen. Die Kleidung würde im Gehen trocknen müssen.

Als dann am Abend die Dunkelheit auf sie herab kam, hatten sie eine schöne Strecke zurückgelegt, aber sie hatten keinen anderen Menschen gesehen oder gehört. Wie viele Tage würden sie gehen müssen? Und wo würde ihr Ziel sein? Der Fluss schien endlos zu sein. Mit der beginnenden Nacht dachte sie wieder an den Überfall. Sie hatten eigentlich nichts Wertvolles mehr. Nur ein paar Sachen und ihr Leben hatten sie retten können.

Also was hatte der Räuber gewollt? Vielleicht hatte er sie fesseln und an römische Händler in die Sklaverei verkaufen wollen. Oder etwas anderes? Wieder kamen die Bilder des römischen Überfalles vor ihre Augen. Dabei zuckte sie zusammen, ihre Hand krampfte sich um den Griff des Dolches, der vor nicht einmal einem Tag noch dem Mann gehört hatte und mit dem er ihr die Wunde am Arm zugefügt hatte. Der pochende Schmerz war den ganzen Tag auszuhalten gewesen, doch nun, in der Ruhe des Abends, wurde er unerträglich.

Aruna schien es gemerkt zu haben, denn sie brachte ein paar Blätter, die sie unter den Verband legte und die Schmerzen wurden erträglich. „Wie weit noch?", fragte Briana, aber Kendrana zuckte mit den Achseln. Aruna sah zum Sternenhimmel hinauf und sagte „Morgen Abend sind wir in einem Haus!" Alle sahen sie fragend an, deshalb setzte sie hinzu „Die große Göttin hat es mir gesagt!"

Als Briana Holz in das kleine Feuer schob, sagte Kendrana „Heute werden jeweils zwei immer Wache halten. Aruna, du mit deiner jüngeren Schwester. Briana, du mit Connor und ich mit dem anderen Mädchen. Haltet die Ohren offen! Ich will nicht in Ketten aufwachen!" Alle nickten sich zu und dann setzte sich das stumme Mädchen neben Kendrana. Die anderen legten sich an das Feuer.

Diese Nacht blieb aber ruhig. Mit dem neuen Tag machten sie sich auf den Weg und jeder fragte sich dabei, ob Aruna mit ihrer Behauptung recht haben würde.

Den ganzen Tag änderte sich nichts am Fluss und auch der Weg war derselbe. Erst gegen Abend, als schon wirklich niemand mehr damit gerechnet hatte, öffnete sich der Wald für eine kleine Siedlung am Fluss. Sie sahen zehn Häuser mit einem Steg und zwei Booten, die daran fest gebunden waren. Eine weißhaarige Frau stand nur wenige Schritte vor ihnen an einer Hütte.

Aus dem Unterholz heraus beobachteten sie die Siedlung, als Kendrana aufsprang, nach vor lief und der Frau um den Hals fiel. „Torona?", fragte Briana ungläubig, denn die Freundin war schon so viele Jahre verschwunden, aber diese Frau hier sah ihr zum Verwechseln ähnlich. Konnte sie es wirklich sein? Vorsichtig erhob sich Briana aus ihrer Deckung.

262

61. Kapitel

Ein neuer Name

D ie fremde Frau hatte sie fast umgerissen und nun war sie umringt vor einer Gruppe von Frauen und Kindern. Eine von ihnen fragte sie, ob ihr Name Torona sei, doch sie antwortete „Ich bin nicht Torona, mein Name ist Aina." „Aber du siehst ihr zum Verwechseln ähnlich", sagte die grauhaarige Frau. „Was macht ihr hier?", fragte sie die Frauen und die junge Frau, die sie umarmt hatte, stellte sie alle vor. Danach erzählte sie von ihrer Flucht vor den Römern und Aina bat alle in ihre Hütte herein. Nachdem sich die Kinder in die Betten gelegt hatten, setzten sich die Frauen um das Feuer vor der Hütte und begannen zu erzählen. Sehr beschwerlich musste die Flucht gewesen sein und schließlich begann Aina zu erzählen „Ich bin vor vielen Sommern hier in diesem Dorf erwacht. Ich hatte einen Verband um den Kopf und konnte mich an nichts erinnern. Man gab mir den Namen Aina und ich habe mich nützlich gemacht."

Sie erhob sich und brachte ein paar Schmuckstücke, die sie zeigte. „Die habe ich damals getragen." Aruna sah sich die Schmuckstücke an und stutzte. Die junge Frau griff in den Beutel an ihrem Gürtel und zog eine Fibel heraus, die sie vor vielen Jahren im Wald gefunden hatte und hielt diese neben die, die sie von Aina gerade erhalten hatte. Sie glichen sich wie ein Ei dem anderen. „Du bist Torona!", sagte die Frau, die sich mit Kendrana vorgestellt hatte. „Langsam glaube ich dass auch, aber ich bleibe bei Aina. Ich habe mich an den Namen gewöhnt", sagte sie und Kendrana umarmte sie erneut. „Kannst du dich an irgendetwas von früher erinnern?", fragte Aruna und gab ihr nun die beiden Fibeln zurück.

„Nein. Ich kann mich an nichts vor diesem Dorf erinnern, aber ich habe danach einfach den Leuten hier mit Kräutern geholfen. Woher ich das wusste, kann ich euch ebenfalls nicht sagen." „Du bist eine Zauberin und meine Lehrerin!", entgegnete Kendrana mit Tränen in den Augen. Das Wiedersehen schien sie zu überwältigen. Sie wischte sich die Tränen ab, stand auf und ging kurz in die Hütte, um nach den schlafenden Kindern zu sehen. Wenig später saß sie wieder am Feuer und erzählte von früher, doch dabei kam keine Erinnerung bei Aina zurück.

Es wurde ein langer Abend und Frauen aus dem Dorf kamen ebenfalls an das Feuer, denn es war wichtig, auch Nachrichten aus anderen Ländern zu hören, schließlich konnten sie ja nur von Händlern oder reisenden Volk Neuigkeiten erfahren. Erst jetzt wussten sie, warum die fremden Leute vor einiger Zeit hier aufgetaucht waren, aber die kannten ihre Sprache nicht. Aina hatte nur die Angst in den Augen gesehen. Vor ein paar Tagen hatten auch ein paar Männer versucht, eines der Boote zu rauben und hatten den Versuch mit ihrem Leben bezahlt. Seit diesem Zeitpunkt standen immer bewaffnete Männer am Steg, denn die Boote waren das Leben für die Fischer. Ohne Boot würden sie vielleicht verhungern müssen. „Wir sollten in die Betten gehen. Es war ein langer Tag", sagte Aruna. „Dann geht, ich bleibe noch etwas", entgegnete Kendrana und schon kurze Zeit später saßen sie zu zweit schweigend am Feuer.

„Du wirst mir nicht glauben, wie oft wir früher so gesessen haben", erzählte Kendrana später und hatte wieder Tränen in den Augen. „Kommst du mit uns mit?", fragte sie und zeigte auf den Fluss. „Ich weiß es noch nicht", antwortete Aina und ließ ihren Blick über das verschlafene Dorf im Mondlicht schweifen. „Die Römer kommen sicher auch hier her!", sagte Kendrana und erhob sich.

Sie umarmte sie und betrat die Hütte. Nun saß Aina alleine hier und dachte nach. Sollte sie mitgehen? Oder bleiben, bis sie irgendwann sowieso fliehen musste? Aber sie war ja schon alt. Wie alt sie war, das wusste sie nicht und würde sie die Römer überhaupt erleben? Und die Strapazen der Flucht überleben? Viele Dinge gingen durch ihren Kopf, während sie in die Flammen schaute.

Erst als der Mond unterging, erhob sie sich und schritt in die Hütte. Hier drin war gerade mal noch ein Platz für sie frei und sie legte sich zwischen Kendrana und Aruna, doch sie konnte lange nicht einschlafen. Sie hörte auf die Geräusche der schlafenden Menschen um sie herum. So viel Nähe war sie nicht gewohnt, denn seit sie hier lebte, war sie alleine in der Hütte gewesen. Diese große Familie gefiel ihr und sie beschloss, diese Menschen auf ihren weiteren Weg zu begleiten. Erst nach diesem Entschluss fielen ihr die Augen zu und der krähende Hahn der Nachbarin weckte Aina später wieder.

Zusammen mit ihr verließen auch alle anderen die Hütte. In den Augen der Kinder sah sie die Angst vor dem Wasser. Das würde noch ein schweres Stück Arbeit sein, diese Kinder in die Boote zu bekommen, doch der Tag begann erst mal mit etwas Fisch, den Aina für alle auf dem schnell wieder entfachten Feuer vor der Hütte briet.

Nach dem Essen ging sie zu den Männern an den Steg und fragte, ob sie die Gruppe über den Fluss bringen konnten. „Immer zwei in einem Boot. Morgen können wir beginnen", sagte einer der Männer und Aina nickte. Mit dieser Nachricht lief sie zurück zur Hütte. „Morgen geht es los und ich werde euch begleiten", sagte Aina und Kendrana umarmte sie vor Freude.

„Nun müssen wir uns noch was für die beiden überlegen", sagte Aina und zeigte auf den Jungen und das stumme Mädchen, die vor der Hütte standen und keinen Blick von den, zum Teil tosenden, Wirbeln im Wasser ließen.

Aina und Kendrana griffen sich jeder eines der Kinder, Kendrana den Jungen und sie das Mädchen. Vorsichtig und Schritt für Schritt näherten sie sich langsam dem Wasser. Aruna hatte sich auf den Steg gesetzt und ließ ein kleines, von ihr selbst geschnitztes, Holzboot in das Wasser hinein gleiten, dass auch gleich von der Strömung erfasst wurde.

Der Fluss zog das Spielzeug sofort mit sich davon und wenig später war das Boot gekentert. Das Mädchen an ihrer Hand schrie auf und brach zusammen. „Na Klasse!", tadelte sie Aruna. „Aber sie hat wenigstens ihre Stimme wieder", sagte Kendrana, die ihren Sohn festhielt. „Das wird noch ein langer Weg!", stöhnte Aruna und sah dem Boot hinterher, dass schon lange nicht mehr zu sehen war. „Dank dir, ja!", entgegnete Kendrana gar nicht dankbar, sondern eher zornig. „Das wird schon!", beschwichtigte Aina und half dem zitternden Mädchen wieder auf die Beine.

62. Kapitel

Ein lebender Toter

Er schlug die Augen auf und sah einen Geier, der über ihm am Himmel seine Kreise zog. Ivain konnte sich kaum bewegen, denn etwas lag schwer auf seiner Brust. Der Mann versuchte sich zu befreien, doch er musste feststellen, dass er nur noch einen Arm besaß. Der linke fehlte. Er war kurz über dem Ellenbogen sauber abgetrennt. Mit dem Armstumpf vor Augen dachte er zurück, an den letzten Moment, an den er sich noch erinnern konnte. Er sah sich an der Spitze seiner Männer in den Kampf gegen die römische Legion laufend. Ein Schwert hatte ihn getroffen, war am Schild abgeprallt und zwischen Körper und Schild hindurchgefahren. Dann war es dunkel geworden und nun lag er hier, musste sich mit aller Kraft, die ihm noch verblieben war, nach oben stemmen, um die Last von seiner Brust zu bekommen, die endlich ins Rutschen kam.

Es war einer seiner Männer gewesen, der auf ihm gelegen hatte. In einem großen Haufen hatten die Römer einfach alle Leichen übereinander geworfen und liegen lassen. Vermutlich hatte keiner seiner Leute überlebt, denn sonst hätte ja jemand sie beerdigt. Torkelnd stemmte er sich hoch und blickte auf den Leichenberg. Sie mussten schon ein paar Tage hier liegen, denn der Gestank der Verwesung und die unzähligen Fliegen waren dafür ein untrügliches Zeichen.

Im zerfetzten Unterkleid, von Blut verkrustet, lief er schwankend und fiel nach ein paar hundert Schritten entkräftet zur Seite. Liegend vernahm er das Rauschen eines Baches und kroch mühsam in diese Richtung weiter. Ins Wasser fallend stillte der verwundete Krieger seinen Durst und versuchte sich zu säubern.

Schließlich rollte er sich zur Seite und blieb am Ufer einfach liegen. Erst als es Abend wurde, hatte er genug Kraft gesammelt, dass er aufstehen konnte. „Nach Norden! Zu Kendrana und meiner Familie!", war der einzige Gedanke, der ihn aufrecht hielt und zur Heimat zog.

Schritt für Schritt schob er sich im Mondlicht auf dem schmalen Pfad vorwärts. Gegen Morgen fand er eine ausgebrannte Hütte, vor der er auch ein Stück angekohltes Brot und ein sauberes Unterkleid fand. Frisch gestärkt und sauber machte er sich wieder auf seinen Weg.

Von nun an lief er abseits der Straßen, da römische Reiter dort immer wieder patrouillierten. Wie lange er gelegen hatte, das wusste er nicht. Ivain würde sicher noch ein paar Tage bis nach Hause brauchen und hoffte, dass die Römer noch nicht in seiner Siedlung eingetroffen waren.

Als er aber ein paar mühevolle Tage des Weges später dort anlangte, sah er schon vom Waldrand aus die verkohlten Palisaden auf der Bergspitze. Was war mit seiner Familie passiert? Auch die Siedlung am Fuße des Hügels war verlassen und von vielen der Hütten waren nur noch geschwärzte Balken vorhanden. Es mochte noch nicht lange her sein, dass die letzten Bewohner geflohen oder verschleppt worden waren.

Hier konnte er nichts über seine Familie oder die Reste seines Stammes mehr herausfinden, aber wenn sie noch leben würden, dann würde Kendrana sicher zu der Hütte im Wald gegangen sein.

Ruhelos durchstreifte er die Ruinen der Siedlung, suchte sich etwas zu essen und fand auch eine Tunika, die er sich überzog. Wieder versorgte er die Wunde, die sich aber, den Göttern sei Dank, nicht entzündet hatte. Wie er diese Verletzung hatte überleben können, das war ihm völlig unklar. Immer noch war er durch das verlorene Blut geschwächt und lief unsicher umher, aber es zog ihn vorwärts. Ohne sich in den Trümmern des Dorfes zu erholen, brach er schnell wieder auf. Am Ende des Dorfes fand er einen Dolch, den er sich mit einem Gürtel um die Hüften legte. Es war zwar sicher die Waffe einer Frau, aber es war besser eine solche Waffe zu haben, als gar keine.

Ivain brauchte fast einen Tag, bis er den Teich im Wald vor sich sah, doch die Hütte war leer. Hatten sie überlebt? Toronas Schwert und alle andere Sachen fehlten. Waren hier Plünderer gewesen? Oder die Familie? Und wenn es die Familie war, wohin waren sie gegangen? Zu Douranix? Sicher nicht, denn da würde sie das Schicksal schnell einholen.

Der Mann ging an der Hütte immer wieder im Kreis, bis er auf einen Pfeil stieß, der nach Norden zeigte. Das war ein Zeichen für ihn! Sie lebten! Und sie waren zum großen Fluss gegangen. Nun holte ihn die Erschöpfung ein. Er ließ sich in der Hütte auf das Lager fallen und schlief sofort ein, denn nun wusste er, wohin er sich wenden musste. Als er erwachte, da stand die Sonne schon hoch am Himmel und er wusste wiederum nicht, wie lange er wohl geschlafen hatte, aber er fühlte sich kräftiger. Ivain wusch sich im Teich und brach auf.

Nach ein paar Schritten überlegte er sich, ob er noch einmal zu Douranix gehen sollte, den dessen Hügelburg lag ja fast auf dem Weg und er begann seine Schritte in diese Richtung zu lenken.

Vielleicht lebte dort noch jemand, der ihm etwas zu essen geben und mit der Wunde helfen konnte.

Auch diese Strecke dauerte wieder einen ganzen Tag und eine Nacht. Erst am darauffolgenden Morgen war er an dem Waldrand angekommen, von dem aus er die Siedlung zu Füßen der Oppida von Douranix sehen konnte. Der Bereich vor ihm glänzte vom Metall der vielen römischen Legionäre und so versteckte er sich im Unterholz, bis die Krieger alle abgezogen waren.

Vorsichtig näherte er sich danach dem Dorf, doch er sah nur verstreute Leichen in den rauchenden Trümmern der Hütten. Getötete Alte, verstümmelte und geschändete Frauen. Es war ein grausames Bild! Weiter führte ihn dieser grauenvolle Weg und am Fuße des Hügels fand er die toten Kämpfer, darunter auch Douranix. Er kniete sich für einen Moment neben den toten Freund und wünschte ihm eine gute Reise in das Land der Götter.

Ivain erhob sich und schleppte sich mühsam den Hügel hinauf. Vielleicht war noch jemand am Leben, aber auch dort fand er nur tote Körper. Auch hier war es ein Bild des Grauens, die meisten Frauen und Kinder dort hatten sich vermutlich aus Angst vor den Römern selbst das Leben genommen, und die, die überlebt hatten, waren jetzt sicher schon gefesselt auf dem Weg in Richtung Rom. Die Sklavenmärkte, von denen ihm die Händler einst erzählt hatten, würden sich schon auf den Nachschub mit großen, starken Sklaven und Sklavinnen freuen.

In einer der Hütten auf dem Berg fand er ein Schwert und tauschte den Dolch gegen die längere Waffe ein. Vermutlich hatten die Römer es einfach übersehen, als sie die Hütten nach allem Wertvollen durchsucht hatten.

Mit Tränen in den Augen verließ er diesen Ort des Todes und torkelte zurück in den Wald.

Nach einer Nacht mit furchtbaren Träumen machte er sich wieder auf den Weg durch den Wald. Von nun an musste er ein paar Umwege machen, um etwas zu essen zu finden. Somit konnte er nicht den direkten Weg nehmen.

Weiter im Norden waren die Römer zwar noch nicht gewesen, doch der Schrecken vor ihnen war durch die vielen fliehenden Menschen aus dem Süden auch schon bis hierher gedrungen. Er folgte einen kleinen Bach durch den Wald und trat auf eine freie Fläche, auf der eine Siedlung an der Mündung des Baches lag. Auf einem Steg sah er eine Frau, die seine Frau sein könnte und er ging los.

Völlig entkräftet torkelte er auf die Häuser zu. Die Frau drehte sich um und Ivain brach zusammen, als er Aruna und Kendrana erkannte. Aruna lief auf ihn zu und fing ihn auf. Ivain hatte seine Familie wiedergefunden!

63. Kapitel

Übergang?

Er war ihr praktisch vor die Füße gefallen und wenn Aruna ihn nicht aufgefangen hätte, so wäre er sicher auf dem Boden aufgeschlagen. Kendrana hatte keine Reaktion gezeigt, so schockiert war sie von dem Auftreten ihres Mannes gewesen. Bleich und verletzt war er auf sie zu gewankt. Nun lag er in Ainas Hütte und war mehr tot als lebendig. Aruna, Aina und sie versuchten nun alles, um sein Leben zu retten.

Eigentlich hatten sie für diesen Tag schon alles für die Überfahrt vorbereitet, doch nun war das Leben des geliebten Mannes und Vaters wichtiger. Die Wunde am Arm sah übel aus, hatte sich aber zum Glück nicht entzündet, denn sonst wäre er vermutlich schon unterwegs daran gestorben. Jetzt waren ihre Kräuterkenntnisse gefragt und alle drei wussten gut, was sie taten. Ohne sich groß miteinander abzusprechen, tat jede von ihnen genau das Richtige und schon gegen Abend schlug Ivain die Augen wieder auf.

Er erzählte schwach von den Erlebnissen seiner Reise, von Douranix, ihrem Vater, und Kendrana musste an die Eltern denken, die nun dort im Süden auf dem Hügel lagen. Zwar hatte sie damit gerechnet, dass der Vater die Familie mit seinem Leben verteidigen würde, aber es nun so zu erfahren, wie sie gestorben waren, das war für sie nicht so einfach zu verarbeiten. Aruna nahm sie tröstend in den Arm und Kendrana musste sich erst einmal setzen. Dieses Ende hätte auch ihr aller Ende sein können und sie dachte wieder daran, wie viel Glück sie trotz allem doch gehabt hatten, dass sie alle noch am Leben waren. Zusätzlich hatte sie nun auch die totgeglaubte Freundin Torona und den schon fast verlorenen Mann wieder gefunden.

Mit so viel Glück konnte doch nur jemand gesegnet sein, der unter dem Schutz der großen Göttin stand. Kendrana ging zum Feuer und warf eine Handvoll Blätter in die Flammen, als Opfer für die Götter. Der wohlriechende Rauch zog zur Decke der Hütte und von dort nach draußen. Die Frau sah ihm nach und bemerkte die Amme, welche die Kinder vor der Hütte beaufsichtigte und sie erblickte den Fluss.

Bei diesem Blick dachte Kendrana an die Überfahrt, die sie nun verpasst hatten. Aber diese konnten sie ja immer noch machen. Zuerst mussten sie verhindern, dass Ivain die Schwelle vom Leben zum Tod überschritt und danach konnten sie daran gehen, diese Schwelle von einer Flussseite zur anderen zu überschreiten. Das war auch eine Art von Übergang, wenn auch ein eher räumlicher.

Kendrana blickte zum Steg hinüber und sah die Männer dort an einem der Boote etwas reparieren, dann bat sie Aina mit ihr mitzukommen. Zusammen mit der alten Frau schritt sie zu den Männern an das Wasser hinunter. Das Auftauchen des einarmigen Mannes hatte sich schon in der ganzen Siedlung herumgesprochen und die Fischer willigten gern ein, ein paar Tage später, wenn es Ivain besser gehen würde, mit ihnen allen den Übergang zu wagen. Kendrana bedankte sich und begab sich langsam wieder zurück zum Haus.

In dieser Zeit begann Aina von Haus zu Haus zu gehen, um sich schon mal bei den Dorfbewohnern zu verabschieden und als Kendrana die Hütte betrat, da saß die ganze Familie um den schlafenden Vater herum. Nachdem sie sich gesetzt hatte, schlug er die Augen auf und sah sie an.

Der Mann versuchte sich aufzurichten, doch Aruna drückte ihn auf das Lager zurück. „Du musst dich ausruhen", befahl die Tochter und Ivain nickte. Kendrana sah über ihre kleine Familie und Ivain sagte leise zu ihr „Nun müssen wir die Familie mit zwei Armen führen. Du mit dem linken, ich mit dem rechten!" Bei diesen Worten versuchte er zu lächeln, aber die Erschöpfung ließ dies wohl nicht zu. „Versuche zu schlafen", sagte Kendrana und er schloss die Augen.

„Bald werden wir über das Wasser gehen. Wenn es ihm besser geht, brechen wir auf. Hier länger zu warten, wäre nicht gut", legte Kendrana fest. Alle nickten verstehend. Vor der Hütte wurde es langsam dunkel und sie schickte die Kinder in die Betten. Aina kam von draußen zurück und brachte Holz für das Feuer mit. Die alte Zauberin sah nach dem Kranken und machte ihm ein paar Kräuterumschläge, die sie ihm auf die Wunde legte. Sie hatten sie sauber vernäht, nun musste es heilen.

Am folgenden Abend hatte sich Ivain schon so weit erholt, dass er sitzend die Suppe löffeln konnte. „Wie fühlst du dich? Können wir morgen aufbrechen?", fragte Aina und Kendrana sah sie bestürzt an. Sie würde dem geliebten Mann zwar lieber noch etwas Ruhe gönnen, aber Ivain stimmte dem Aufbruch zu, bevor sie etwas sagen konnte. Nun mussten sie die Fischer um ihre Hilfe bitten. Aina ging zum Steg hinunter und kam kurz darauf zurück. Sie nickte nur, alles war bereit. „Wir müssen alles mitnehmen, was wir brauchen könnten!", erklärte Aruna und sie packten die Beutel für den nächsten Morgen.

Auch die Waffen legten sie bereit. Kendrana überlegte, ob sie wohl alles bei sich hatten, denn vermutlich würden sie eine ganze Strecke durch den Wald ziehen müssen, bevor sie wieder auf eine

Siedlung treffen würden. Konnte der geliebte Mann schon so weit laufen? Oder war das Ganze zu riskant? Zweifelnd schlief sie ein.

Als die Sonne wieder aufging, da verließen sie die Hütte und gingen zum Steg. Beide Boote warteten dort schon auf sie. Immer ein Erwachsener und ein Kind würden mit jeweils einem Boot fahren können. Die Fischer würden also zwei Mal hinüberfahren müssen. Kendrana stieg mit Connor in das erste Boot und Aruna mit ihrer Schwester in das andere. Kaum saßen sie darin, stießen die Fischer auch schon vom Ufer ab. Durch die Wellen schaukelten die Boote und Connor klammerte sich an die Bordwand. Kendrana schloss die Augen und bat um eine sichere Überfahrt für alle.

Mitten in diesem Gebet für die große Göttin stieß das Boot irgendwo an. Connor schrie auf und als Kendrana die Augen öffnete, sah sie das andere Ufer direkt vor sich. Nur noch wenige Armlängen trennten sie vom rettenden Land. Als das Boot gegen das Ufer stieß, griffen sie sich ihre Beutel und Waffen und sprangen an Land in das Gras.

Wo war das andere Boot? Kendrana stand auf und suchte mit den Augen den ganzen Fluss ab, doch sie sah die Töchter nicht und die Fischer fuhren schon wieder zurück, um die anderen Beiden zu holen. „Aruna!", schrie Kendrana so laut es ging gegen das Rauschen des Flusses an, doch sie erhielt keine Antwort. Verzweifelt blickte sie sich um.

64. Kapitel

Ein brüllendes Ungetüm

Der Fluss brüllte wie eine Bestie und Aruna konnte nichts tun, sie klammerte sich an das, in der Strömung tanzende, Stück Holz. Die junge Frau musste einfach den Fischern vertrauen. Das andere Boot, mit der Mutter darin, hatte sie längst aus dem Blick verloren. Wohin waren sie nur verschwunden? Im ständigen Auf und Ab war es schwierig, die Orientierung zu behalten und wenn sie jemand gefragt hätte, zu welcher Seite sie musste, sie hätte es nicht sagen können. Links oder rechts? Die Zeit auf dem Wasser schien unendlich lang zu sein. Dann sah sie die Bäume näher kommen und das Boot schoss mit einer unheimlichen Geschwindigkeit auf einen schräg im Wasser stehenden Baum am Ufer zu.

Aruna duckte sich, doch bevor sie den Baum erreichten, prallte das Boot an das Ufer. Die junge Frau wurde nach vorn gerissen und fiel über die kleine Schwester, die vor ihr gesessen hatte. „Raus!", rief einer der Fischer und Aruna griff sich das Gepäck. „Wohin?", fragte sie und der Mann am vorderen Ende des Bootes zeigte nach links.

Die beiden Mädchen sprangen in das Gras, fielen hin und während sie sich aufrappelten, legte das Boot auch schon wieder ab. Einen Augenblick sahen sie noch diesem schwimmenden Stück Holz hinterher, dann brachen sie auf. Aruna vorn gehend, bewegten sie sich am Ufer entlang und schauten am Fluss entlang, denn dort irgendwo musste die Mutter mit dem Bruder sein. Aruna zog den Dolch und schlich weiter. Schließlich wusste sie ja nicht, wer in den Wäldern hier lebte und vielleicht nur auf eine Beute wartete. Zwei junge Frauen waren da schon ein verlockendes Ziel!

Nach zweihundert Schritten erkannte sie die Gestalt der Mutter, die mit dem Schwert in der Hand am Fluss stand. Schnell liefen sie aufeinander zu und hockten sich danach zu viert an das Ufer, denn nun mussten sie noch auf die anderen Mitglieder ihrer Gruppe warten. Wo würde Aina mitfahren? Die alte Frau war ja nun zusätzlich mit auf der Überfahrt. Vielleicht mit der Amme und der jüngsten Schwester?

Sich gegenseitig sichernd blieben sie da und ließen dabei den Waldrand nicht aus ihrem Blick. Connor übernahm es, den Fluss zu beobachten und Bescheid zu geben, wenn er die Boote wieder sehen würde.

Das Brüllen des Flusses war überlaut zu hören und ohne die erfahrenen Fischer wären sie wohl alle bei dem Versuch der Überquerung ums Leben gekommen. Immer wieder sah Aruna zur Seite, wo Wald und Fluss aneinander trafen. Dieser Fluss schien zu leben. Er war ein Ungetüm, das brüllte und einen unverletzlichen Leib aus Wasser hatte.

Sie schienen schon ewig zu warten, als Connor schrie „Ich sehe sie!" Aruna fuhr herum und erkannte zwei kleine Punkte im Wasser, die schnell näher kamen. Wie ein Pfeil schoss eines davon direkt auf sie zu, während das andere weiter Flussabwärts sein Heil beim Ritt auf den Wellen suchte. Dann stieß das Boot direkt vor ihnen an das Ufer. Ivain und das fremde Mädchen sprangen an Land und brauchten ein paar Augenblicke, bevor sie sich von der Fahrt erholt hatten.

Zusammen liefen sie den anderen dreien entgegen und ab jetzt sicherten sie sich gegenseitig. Zwei Schwerter und ein Dolch gegen den Wald gerichtet. Wer auch immer dort herauskommen würde, er würde von scharfem Eisen erwartet werden! Vorsichtig folgten sie dem Ufer und suchten ihre Freunde. Waren die wirklich so eine große Strecke abgetrieben worden? Oder war ihnen etwas passiert? Aruna sah über die Schulter der vor ihr gehenden Mutter nach vorn.

So nah am Fluss war durch den Lärm des Wassers nichts zu hören und daher hatte das Rufen auch keinen Zweck. Mal ganz davon abgesehen, wer es sonst noch hören konnte. Der Pfad war nur ein schmaler Streifen Wiese, gerade mal so breit, dass zwei Menschen nebeneinander dort entlang gehen könnten. Gesäumt von einem dunklen, bedrohlich wirkenden Wald auf der linken Seite und dem tiefen, wilden Wasser rechts.

Endlich erreichten sie eine kleine Bucht, an der die Freunde warteten. Briana war vollkommen durchnässt. Nach ihrer Erklärung war sie beim Aussteigen aus dem Boot in den Fluss gefallen und Aina hatte sie gerade noch retten können. Die Amme war immer noch bleich. Der Schreck hatte jeden Tropfen Blut aus ihrem Gesicht getrieben. Sie beschlossen, an der kleinen Bucht zu lagern und erst am nächsten Tag weiterzuziehen.

Schnell wurde ein Feuer gemacht, an dem Briana ihre Sachen trocknen konnte. Hier an der Bucht war der Waldrand etwas weiter zurück gewichen und hatte eine kleine Lichtung von etwa dreißig Schritten im Durchmesser freigegeben. Wie sollte es nun weiter gehen? Am Feuer berieten sie sich über den weiteren Weg.

Schließlich beschlossen sie, Flussaufwärts zu gehen und dem nächsten Bach in das Landesinnere zu folgen. Da der Fluss jedes Geräusch überdeckte, konnten sie in der Nacht nur die Augen offen halten. Die Ohren würden ihnen bei dem Lärm nichts nützen und sie mussten besonders wachsam bleiben. Immer drei sollten wach bleiben und die anderen schlafen.

Aruna sah zu den Bäumen, die sehr dicht standen. Auf der anderen Seite war es noch ihr Gebiet gewesen, mit Menschen, die ihre Sprache gesprochen hatten. Aber hier? Sie waren Eindringlinge! Fremde in einem fremden Land. So, wie die Kimbern, die immer ihre Gebiete überfallen hatten.

Als die Dämmerung über sie hereinbrach, zog sich Aruna das Schwert der Mutter nach vorn und stieß es neben sich in den Boden. Diese Waffe war wesentlich besser, als der kurze Dolch, den sie den Tag über am Gürtel getragen hatte und für Pfeil und Bogen war es nachts einfach viel zu dunkel. Mit ihr blieben Aina und Connor wach. Einer von ihnen sah immer in Richtung Wald, um jede Bewegung sofort zu melden.

Aruna fühlte sich die ganze Zeit beobachtet. Täuschten sie dabei ihre Sinne oder war da wirklich etwas dran? Mit dem Feuer im Rücken hatte sie sich so hingesetzt, das sie den Wald zum größten Teil vor sich hatte. Sie starrte in die Dunkelheit, um etwas zu erkennen und auf einmal sah sie ein kurzes Aufleuchten in der Finsternis.

Die junge Frau griff zum Schwert und Aina sah ihre Bewegung. Leise kam sie zu ihr und fragte „Was hast du gesehen?" Aruna zeigte in den Wald und da war es wieder, das kurze Aufblitzen „Das sind die Augen eines Luchses, in denen sich das Feuer spiegelt", erklärte Aina. „Du hast gute Augen mein Kind." „Ich bin der Luchs!", sagte Aruna und dachte an das, was die Mutter ihr über ihre Geburt erzählt hatte. Fern der Heimat war sie dennoch von der großen Göttin beschützt.

65. Kapitel

Fremde Menschen, fremdes Land

S eit zwei Monden waren sie nun schon in diesem Land hier unterwegs. Es war so ganz anders, als die andere Seite des Flusses gewesen war. Immer wieder verglich Kendrana diese Gegend mit ihrer Heimat, die doch gar nicht so weit entfernt war. Hier waren dichte Wälder mit kleinen versteckten Siedlungen. Dort, weit im Süden, hatten sie auch große Freiflächen, auf denen Siedlungen und Äcker zu finden waren. Ihre Hügelbefestigungen gab es hier überhaupt nicht und statt sich mit Palisaden zu umgeben, hatten die Dörfer hier dichte Dornenhecken. Somit wuchs der Schutzwall um die Häuser von selbst und war stabiler und abschreckender, als die Holzbalken, die sie um ihre Hügelburg in den Boden gerammt hatten.

Die kleinen Siedlungen hatten sie nur aus dem Versteck des Waldes heraus beobachtete, denn bisher hatten sie sich von den Menschen hier weitestgehend fern gehalten. Zwar war ihnen noch niemand feindlich gegenüber getreten, aber das konnte sich ja auch schnell ändern und daher mieden sie die Siedlungen. Aber wie lange sollten sie noch durch den Wald laufen, bevor sie irgendwo bleiben würden? Und endete dieser Wald irgendwo, oder war er grenzenlos?

Hier regnete es auch fast täglich und die leichten Sachen, die sie in der Heimat getragen hatten, mit den leuchtenden Farben, waren schon lange so vom Wasser durchnässt, dass der Stoff bei der kleinsten Belastung zerriss. Sie bekamen die Tuniken einfach nicht mehr trocken und in die karierten Umhänge gehüllt schoben sie sich vorwärts.

Es war schwierig, sich hier, in dieser Gegend, überhaupt zu orientieren. Am Anfang ihres Weges waren sie ein paar Tage lang einem Bach gefolgt, bis sie dann auf eine breite Tierspur gestoßen waren, welche sie zuerst für eine Straße gehalten hatten. Doch so etwas wie Straßen, Wege und Brücken gab es hier nicht. Wenn ein Bach zu überwinden war, so musste man eine schmale Stelle finden oder über einen umgestürzten Baum balancieren.

Schon lange hatte Aruna die Führung der Gruppe übernommen. Die Amme kümmerte sich um die kleinen Kinder und sie kümmerte sich um ihren Mann, der immer noch nicht richtig gesund und zu Kräften gekommen war, doch das war zum großen Teil auch den Strapazen dieses beschwerlichen Weges geschuldet. Sie hatten einfach nicht daran gedacht, dass die Wege hier so ganz anders waren.

Schließlich bekam Connor eines Tages Fieber und so mussten sie notgedrungen eine der Siedlungen aufsuchen, wo sie bleiben konnten, bis er wieder gesund und bei Kräften war. Vielleicht würden sie dort auch eine neue Heimat finden können, doch das würde sich zeigen. Wo sie auf dem bisherigen Weg versucht hatten, den Siedlungen auszuweichen, so suchten sie nun die Spuren der Menschen, um eine der Siedlungen zu finden.

Als sie eine große Freifläche betraten, sahen sie, dass es dort kleinere Felder im Wald gab. Nicht weit davon entfernt waren die Dächer von fünf Hütten und ein paar Ställen zu erkennen. Aruna zeigte auf die, über der kleine Hecke zu sehenden, Strohdächer und blickte zu ihr zurück. Kendrana nickte ihr zu und so führte die Tochter die kleine Gruppe über die Freifläche auf den Anfang des Dorfes zu.

Ein junger Mann, etwa in Ivains Alter, stand, auf einen Speer gestützt, direkt in dem Durchgang durch eine der Hecken. Der Krieger hatte einen braunen Umhang um die Schultern gehängt, unter dem der Griff eines kurzen Schwertes herausragte. Der Mann trug an den Beinen Stoff und nicht nur eine Tunika, wie es die Männer in ihrem Stamm für gewöhnlich taten.

Der Kontrast zwischen dem bärtigen Mann mit dem Speer und dem glatt rasierten Ivain, mit dem langen Schwert in der Hand und dem karierten Umhang seines Volkes, hätte nicht größer sein können und doch sah Kendrana, die ihren Mann immer noch etwas stützen musste, dass die beiden Männer sich sofort verstanden.

Auch wenn die Beiden nicht die gleiche Sprache hatten, so waren sie doch beide Führer ihrer Stämme und damit sagte ihre Körpersprache alles. Ivain steckte das Schwert ein und gab dem fremden Mann die Hand, die dieser sofort ergriff. „Ich bin Allarus. Der Führer meines Stammes", sagte er und Aruna übersetzte für den Vater. „Ivain. Ich komme aus dem Süden. Ich habe nur noch diese Menschen hier. Sie sind der Rest meines Stammes!", antwortete Ivain und wieder übersetzte die Tochter.

Die beiden Männer nickten sich zu und mit einer Handbewegung bat Allarus sie in sein Dorf. Er ging voran und kurze Zeit später hatte er die Gruppe in sein Haus gebracht. Mit all den Menschen wurde es darin ziemlich eng. Eine junge Frau begrüßte sie mit einem Kind vor ihrer Brust. Seine Tochter Alfena war gerade ein paar Tage alt und der ganze Stolz des Vaters.

Die Frau begegnete ihnen freundlich und schon wenig später war der Tisch gedeckt. Von ihr wurde ein wahres Festmahl aufgetafelt. Nur Connor, der immer noch Fieber hatte und deshalb von

Aina mit einem Kräuterwickel in das Bett geschickt wurde, saß nicht mit an dem Tisch. Da, wo gerade noch drei Menschen gesessen hatten, waren es nun acht mehr. Es überwog eine Herzlichkeit, die Kendrana so nicht erwartet hätte.

Wie Frauen nun so waren, so bestaunten sie gegenseitig ihre Kleidung. Ihrer Gastgeberin gefielen die hellen Stoffe aus dem Süden, auch wenn die nicht wirklich etwas für den Wald gewesen waren. Kendrana hingegen hatte Gefallen an dem festen Stoff der Frau gefunden. Im Gegensatz zu der einteiligen, sommerlichen Tunika, die in der Mitte nur durch den Gürtel zusammen gehalten wurde, trug die andere Frau einen langen Rock und darüber ein weites Oberteil mit angenähten Ärmeln, das ebenfalls mit einem Gürtel an der Taille gehalten wurde. Der lange Rock bestand aus einem rechteckigen derben Stoff, dass an der einen Seite so vernäht war, wodurch eine Art von Schlauch daraus geworden war. Dieser war oben mit einem Strick zusammen gerafft und lag dadurch in Falten.

Zu Kendranas Erstaunen trug die Frau keinerlei Unterkleidung. Vermutlich ließ man diese im Sommer einfach fort und trug sie nur in der kälteren Zeit des Jahres. Bis auf den Rock trug sie dasselbe wie ihr Mann, der gerade seinen Umhang an einen Haken gehängt hatte.

Vor der Hütte kamen viele Menschen zusammen, um die Besucher zu bestaunen. Da Kendrana ebenfalls die Sprache kannte, mussten sie und Aruna nun die Fragen der Menschen beantworten. Es wurde ein langer Abend und vielleicht konnten sie in der Nähe bleiben, wenn man es ihnen erlauben würde.

66. Kapitel

Ein Neubeginn

ieser herzliche Empfang hatte Aruna einfach nur überwältigt. Mit Tusnelda, der Frau von Allarus, hatte sie sich sofort gut verstanden. Sie waren beide gleich alt und auch sonst waren sie sich sehr ähnlich. Seit ein paar Tagen trug sie also auch die Kleidung dieser nördlichen Stämme, aber sie hatte sich nicht für die zweigeteilte Kleidung entschieden, wie sie Tusnelda immer trug, sondern trug nun ein einteiliges Kleid, dass oben mit zwei Fibeln an der Schulter gehalten und mit dem Gürtel um die Hüften zusammen gerafft wurde. Es reichte ihr bis zu den Knien und war sehr bequem. Dass man darunter keine Unterkleidung trug, das war neu, und daran würde sie sich erst noch gewöhnen müssen.

Die ersten Tage hatten sie alle in der Hütte von Allarus gewohnt, wo es damit natürlich ziemlich eng geworden war, denn auch die Schweine, Schafe und der Hund wohnten mit in der Hütte. Nur die Ochsen und Kühe waren im Stall untergebracht, der aber mit einer Seite an die Hütte angrenzte. Es war schon sehr gewöhnungsbedürftig, mit einem Schwein zusammen zu schlafen, aber auch daran würde sie sich gewöhnen.

Am schwersten hatte es wohl der Vater, sich hier einzugewöhnen, denn mit nur einem Arm galt er nicht als vollwertiger Krieger und wenn er nicht die Unterstützung von Allarus gehabt hätte, so wäre er sicher schon nicht mehr am Leben. Doch der Stammesführer wollte sicher die Erfahrung des anderen Mannes haben. Auch mit nur einem Arm wusste Ivain Dinge, die Allarus von Nutzen sein konnten. Nur mühsam lernte der Vater die fremde Sprache, daher musste sie oft bei den beiden Männern sitzen und übersetzen.

Am liebsten wäre sie aber bei Tusnelda und dem Kind gewesen, doch der Vater brauchte sie. Erst nachdem die Mutter den Bruder wieder gesund gepflegt hatte, war Kendrana als Übersetzerin frei und so konnte sich Aruna wieder den Frauendingen widmen, die sie nun so sehr mochte. Irgendwie hatte sie ihre männliche Seite bei ihrem Kampf verloren und die frauliche war nun vollkommen zum Vorschein gekommen. Wo sie auf der Flucht noch mit dem Schwert in der Hand durch den Wald gezogen war, da waren nun Nadel und Faden ihre Waffe. Sie musste noch so viel lernen. Im Gegensatz zu ihrem früheren Leben als Zauberin musste sie nun Dinge tun, wie Spinnen, Färben, Weben, Schuhe fertigen, Kleider nähen, Tongeschirr machen, Essensbereitung. Feldarbeit und Viehbetreuung.

Auch an die Behausungen der Menschen hier musste sie sich erst gewöhnen. Vielleicht war sie da zu sehr verwöhnt gewesen. In den meisten der kleinen Hütten wohnte die ganze Familie auf einem Platz. In dem großen Raum von zehn Mal zwanzig Schritten lebten von der Uroma bis zum Urenkel alle zusammen. Manchmal waren das mehr wie zwanzig Personen in einem Raum und auch darin musste sich Aruna erst noch einleben. Im Süden hatte sie ein eigenes Zimmer mit Fenstern gehabt. Hier gab es nur eine einzige Luke im Dach, durch die der Rauch des Feuers in der Mitte der Hütte nach oben abzog.

Aruna versuchte sich der neuen Umgebung anzupassen. Trotz allem war sie eine Kämpferin geblieben und mit ihren kräftigen Muskeln, die ihr Kleid auch noch freigab, im Gegensatz zu den Ärmeln an dem Oberteil von Tusnelda, fiel sie den jungen Männern des Dorfes natürlich auch auf. Zwar waren auch die Frauen dieses Stammes kräftig und geschickt, aber Aruna übertraf sie in Gewandtheit und Kraft noch um ein vielfaches. Das Üben in der elterlichen Hügelburg war eben nicht ohne Spuren geblieben und trotz desen, das sie eine junge Frau war, gewann sie fast jeden Ringkampf.

Einer der Männer, ein junger Krieger in ihrem Alter mit dem Namen Wolfger, fühlte sich offensichtlich besonders zu ihr hin gezogen. Fast täglich maßen sie ihre Kräfte und meist gewann A-runa, sehr zum Missfallen des Mannes, der es aber immer wieder versuchte. Durch diese Ringkämpfe kamen sie sich nun körperlich immer näher und sie fand Gefallen an ihm. Aber würde sie mit ihm eine Verbindung eingehen dürfen?

Ihre Gedanken gingen dabei wieder zurück in jene furchtbare Nacht, damals im Feuersturm, und an die Vergewaltigung, die dieser vorangegangen war. In ihrem Stamme hatte sie damit jede Ehre verloren und wäre als entehrt ausgestoßen worden, wenn sie nicht schon sowieso auf der Flucht gewesen wäre. Aber wie war das hier in diesem Stamm?

Und gleichzeitig zu diesem warmen Gefühl in ihrem Bauch kam auch noch die Angst in ihrem Kopf. Brutal hatten diese römischen Soldaten sie genommen und selbst beim Ringkampf kamen manchmal diese Bilder in ihr hoch. Tagelang hatte sie damals mit ihrem Schicksal gehadert. Konnte sie diese Angst von sich werfen? Einfach so abstreifen, wie die Schlange eine alte Haut? Was wäre, wenn sie bei Wolfgers Berührungen schreien würde? Wenn die alte Angst sich ihrer bemächtigen würde? Und würde er sie überhaupt wollen?

Sie traute sich nicht, den Mann darüber zu befragen, um ihn nicht zu verlieren und hielt ihn deshalb auf Abstand, was ihr nicht wirklich gut gelang, denn sie hatte nun mal schon ihr Herz an ihn verloren. Aruna dachte wieder an jenen Tag zurück, an welchem ihr Briana angeboten hatte, mit ihr darüber zu reden. Aruna hatte es viel zu lange verdrängt und nun musste es heraus.

Die junge Frau hockte sich am Abend neben die alte Amme. „Du hattest mir angeboten zu reden!", sagte sie leise und Briana nickte. Beide erhoben sich und gingen in die Dämmerung hinaus. Am Brunnen blieben sie stehen und sahen zum Abendrot hinüber, das in diesem Moment dieselbe Falbe hatte, wie der brennende Hügel am Tage ihrer Flucht. War dies ein Zeichen der großen Göttin? „Große Göttin! Bitte hilf mir!", flüsterte Aruna, dann nahm die Amme sie in den Arm und alle Ängste und Befürchtungen sprudelten aus der jungen Frau heraus. In sich überschlagenden Worten redete sie, bis der Mond aufging.

Das silberne Licht löschte den Schmerz und die Angst. Briana brauchte nichts zu sagen, nur Aruna im Arm zu halten. Doch nun kam, nach der Angst, die nächste Frage. Durfte sie sich überhaupt so entehrt Wolfger nähern? Und die Einzige, die sie über die Gebräuche ihrer neuen Sippe befragen konnte, das war ihre Freundin Tusnelda. Befreit ging Aruna auf ihr Lager und der schreckliche Traum kam in dieser Nacht nicht mehr zu ihr.

Am nächsten Morgen bat sie die Mutter, ob diese mal für einen Tag auf Alfena aufpassen konnte, damit sie mit Tusnelda an einem im Wald gelegenen Teich zum Baden gehen konnte. Dieser Platz, der so ähnlich aussah, wie jener ferne Teich in der Heimat, schien ihr wie geschaffen dafür, um mit der Freundin zu reden. In der

Siedlung war sie immer von vielen Menschen umgeben, da war solch ein Gespräch einfach nicht möglich.

Es war zwar nicht sehr weit, aber alleine hätte keine von beiden Frauen in den Wald gehen dürfen. Das hatte man Aruna hier schon am ersten Tag eingeschärft. Immer nur mit einer weiteren Person, um sich gegenseitig helfen zu können. Auch die beiden Dolche, an ihrem sowie am Gürtel von Tusnelda, waren keine Schmuckstücke, sondern gute Waffen. Zwar durfte sie nun kein Schwert mehr tragen, aber den Dolch führte sie genauso gut im Kampf. Auf der Wiese vor dem Teich legten sie die Kleidung und die Waffen ab.

Es war für sie etwas ungewohnt, ohne Sachen zu schwimmen, aber da hier keine Unterkleidung getragen wurde, war es eben einfach so. Nackt sprangen sie in den Teich, schwammen eine Strecke nebeneinander her und setzten sich danach wieder auf die Wiese, um sich in der Sonne zu trocknen. Tusnelda schien an ihrer Nacktheit nichts zu finden und daher versuchte auch Aruna es zu akzeptieren, trotzdem versuchte sie mit beiden Armen Brust und Schoß zu verdecken. Doch nun wurde es Zeit für das Gespräch, weswegen sie ja hier waren.

Mit der wärmenden Sonne im Gesicht begann sie von den Römern und der Gewalt gegen sie zu erzählen, dabei schilderte sie mit stockender Stimme die Vergewaltigung und es trieb ihr Tränen des Zorns in die Augen. Tröstend nahm Tusnelda sie in den Arm, wobei ihre nackten Körper aneinander rieben und Aruna zuckte bei so viel Nähe unwillkürlich zusammen. Danach fragte sie, wie um davon abzulenken, wie das bei der Hochzeit der Freundin gewesen war, dabei hatte sie doch eigentlich eine andere Frage gehabt.

„Ich bin aus einem anderen Stamm. Mein Mann hat mich bei meinem Vater gegen ein paar Ochsen eingetauscht", begann Tusnelda. Auf den erschrockenen Gesichtsausdruck, den Aruna daraufhin sicher gemacht hatte, erklärte die Freundin mit einem Lächeln „Bei uns ist das immer so!" Dann setzte sie fort „Allarus hat mich über die Schwelle des Hauses getragen. Danach bin ich drei Mal um das Feuer gegangen und damit war ich in seine Sippe und in sein Haus aufgenommen. Jetzt führe ich das Haus als Herrin. Und wenn ich Knechte und Mägde hätte, so hätte ich ihnen gegenüber ein Weisungsrecht!"

Lächelnd setzte Tusnelda noch hinzu. „Ich verwaltete die Vorräte, und leite meinen Haushalt. Auch, wenn wir ja nur zu dritt sind. In anderen Haushalten können das viele Personen sein." Aruna nickte, sie wusste aber nun immer noch nicht, was sie Wolfger sagen sollte. Die Wahrheit musste es sein, denn sonst würde sie ganz sicher ihre Ehre verlieren. Und die Ehre war hier das Wichtigste! Das hatte Tusnelda ihr erzählt und Aruna hatte dies schon verstanden.

Aber offensichtlich war der Missbrauch nicht so schlimm, wie sie gedacht hatte, denn die Freundin ging darauf gar nicht ein. Damit hatte sie offensichtlich ihre Ehre noch nicht verloren, wie es in ihrem Stamm gewesen wäre. Hier sah man die Dinge wohl etwas anders. War nun der Weg zu Wolfger für sie frei? Sie sprach Tusnelda darauf an und merkte, wie sie rot wurde. Die Hitze stieg Aruna in die Wangen, aber Tusnelda nickte nur, fasst sie bei der Hand und zog sie lachend wieder in das erfrischende Wasser hinein.

67. Kapitel

Behindert?

ier lebte man nicht ganz so, wie es sich Kendrana vorgestellt hatte. In den Wäldern galt nur der als Lebenswert, der seine volle Arbeit für die Familie und die Sippe bringen konnte und da waren bei ihr und Ivain die Voraussetzungen denkbar schlecht. Jeder von ihnen Beiden, mit nur einem Arm, konnte eben nur die halbe Arbeit leisten, aber wer für eine ganze Person essen wollte, der musste auch die Arbeit für einen erbringen. Am Anfang war sie noch bei Tusnelda im Haus gewesen und da hatten sie sich die Arbeit geteilt, dann hatte die Familie aber eine leere Hütte am Rande der Siedlung bezogen und nun musste sie auch voll für ihre Familie arbeiten. Oft dachte sie daran zurück, dass sie früher in der Hügelburg viele Leute hatte, die ihr die Arbeit abnahmen. Aber hier? Da hatte sie nur Briana, die sie immer unterstützte. Vieles war mit einem Arm einfach unmöglich. Nähen, weben oder töpfern ging da kaum und selbst die Zubereitung des Getreidebreis war gerade so mit einer Hand zu schaffen.

Manchmal dachte sie daran, was sie alles konnte und was es ihr nun nützte. Sie konnte zehn Sprachen, darunter römisch und griechisch. Römisch konnte sie sogar lesen und schreiben. Kendrana hatte einen Stamm von mehr als fünftausend Menschen geführt, wenn Ivain auf Kriegszug gewesen war. Und nun? Vermutlich gab es in der ganzen Gegend keine fünftausend Menschen. In dieser Siedlung waren es nicht mal zweihundert Bewohner. Oft wurde sie von den anderen Frauen mit ihrem verkrüppelten Arm mitleidig angesehen und sie hörte auch das Tuscheln hinter ihrem Rücken.

Das einzige, was sie dagegen tun konnte, war, mit doppelt so viel Energie an alle Aufgaben zu gehen. Das forderte natürlich auch seinen Preis und sie fiel abends oft vollkommen erschöpft auf das Lager. Ohne Briana wäre es gar nicht zu schaffen gewesen und auch Aruna half ihr, wo es nur ging. Doch sie hatte schon bemerkt, dass die Tochter nun auch ein Auge auf die jungen Männer des Dorfes geworfen hatte.

Das Alter hatte Aruna ja nun und da sie nicht mehr an den Eid mit der Göttin gebunden war, konnte sie da auch durchaus an die Planung ihrer Zukunft gehen. In ihrer kleinen Hütte, am Rande der Siedlung, lebten sie immer noch nach den Vorstellungen ihres Stammes aus dem Süden. Sie trug immer noch Unterkleidung und grenzte sich damit eigentlich nur noch mehr aus. Kendrana dachte oft darüber nach, ob sie sich nicht alle selbst das Leben schwer machten.

Die Gastfreundschaft in dem Dorf war wirklich herzlich gewesen, solange sie Gäste gewesen waren, aber nun gehörten sie zur Sippe und da mussten sie ihren Teil für alle mitmachen.

Die Ernte auf dem Feld war ein Bestandteil davon. Alle machten mit und dafür bekam jeder etwas von der Ernte ab. Die ganze Familie arbeitete auf dem Feld, da sie ja noch keine Tiere hatten, konnte alle mit anpacken. Um es hier allen zu zeigen, arbeitete Kendrana besonders viel und wenn die anderen Pausen machten, da machte sie einfach weiter. Es war nicht so einfach, das Getreide mit nur einer Hand und der Sichel zu schneiden, aber nach etwas Übung ging das fast genauso schnell, wie bei den anderen mit zwei Händen. Ihre jüngste Tochter lief hinter ihr her und band die Garben zusammen.

Auch in der Zeit der Ernte war es Aruna, die manchmal die elterliche Spur verließ und am anderen Ende des Feldes mithalf. Ein junger Mann schien ihr da besonders zu gefallen und Kendrana sorgte dafür, dass Ivain es mitbekam, denn auch in diesem Stamm mussten die Eltern die Hochzeit arrangieren. Doch dabei ruhte der Blick der Mutter etwas sorgenvoll auf Aruna, denn sie hatte immer wieder diese Bilder im Kopf, wie der römische Offizier die Tochter geschändet hatte.

Sie hörte in der Nacht manchmal noch die Schreie! Konnte Aruna damit eigentlich heiraten? In ihrem Stamm wäre das nicht möglich gewesen und von vielen der Stämme wusste Kendrana, dass die Ehre und Reinheit der Frau ganz besonders hochgehalten wurde. In einer Pause auf dem Feld versuchte Kendrana mit Tusnelda, der Stammesführerin, darüber zu reden und ihr die Situation zu schildern.

Zu ihrer Erleichterung hörte sie von der jungen Frau, das Aruna schon mit ihr gesprochen hatte und das dies kein Problem darstellte. Nur innerhalb der Ehe musste man treu sein. Aber bei den Räumen, in denen alle zusammen nebeneinander schliefen, war es praktisch unmöglich, ungestört und ungesehen zu sein. Das hatte sie die ersten Tage auch noch etwas gestört. Damals, in der Oppida, da hatte sie einen eigenen Schlafraum, in dem sie sich mit ihrem Mann ungestört zurückziehen konnte und nun waren die Kinder praktisch immer mit dabei.

Die kleine Tochter schlief direkt neben ihr und es war ihr bei den ersten paar Mal ziemlich peinlich gewesen, sich dabei beobachten zu lassen, wie sie sich liebten, doch es ging eben nicht anders, wenn man nicht gerade in den Wald gehen wollte, um dabei ungestört zu sein.

Nachdem die Ernte eingebracht worden war, gingen Kendrana und Ivain zu dem Haus, in dem Wolfger wohnte. Mit dessen Vater kam er schnell in das Geschäft, als das die Heirat hier ein bisschen gesehen wurde. Es war ein Tausch. Die Frau wechselte in das Haus des Ehemannes und dafür wechselte etwas anderes in das Haus der Eltern. Sozusagen als Ausgleich. Am Ende des Gespräches einigten sie sich auf eine Kuh und ein Schwein, das am Tag nach der Hochzeit in den, derzeit noch leeren, Stall an Ivains Hütte gebracht werden sollten. Da die jungen Leute nicht noch länger warten wollten, wurde die Hochzeit schon für den übernächsten Tag verabredet.

Nun musste das Kleid für Aruna noch so schnell wie möglich fertig werden und dabei halfen alle Kinder sowie Briana mit. Zum Glück trug Aruna nicht die komplizierten Kombinationen der Frauen aus Kittel und Rock. Für das Kleid brauchten sie nur ein rechteckiges Stück Stoff, dass sie an der Längsseite zusammen nähten. An den Schultern wurden zwei Fibeln angebracht und ein breiter goldfarbener Gürtel würde alles um die Hüften zusammen halten. Einfache Kleidung. Zweckmäßig, aber mit den Farben auch schön. Briana hatte oben und unten noch eine farbige Borte angenäht und als Aruna es schließlich anzog, strahlten alle mit der Braut um die Wette.

Die Hochzeit wurde auf den Dorfplatz begonnen. Dort trafen sich alle aus der Siedlung. Schließlich hob Wolfger seine Frau auf die Arme und trug sie in die Hütte. Auf dem Platz wurden die Tische aus den Hütten aufgestellt, es gab Bier und Met und es wurde bis spät in die Nacht gefeiert.

Schon am nächsten Tag war für sie alles anders. Ida, Arunas Schwiegermutter, kam mit herüber, als die Tiere gebracht wurden, und die beiden Frauen unterhielten sich wie alte Freundinnen. Nun gehörte Kendrana dazu und sie wusste nun, behindert ist man nicht, man kann es sich ja immer noch so einrichten, dass es passt. Und in der Sippe half man sich gegenseitig.

68. Kapitel

Vergangenes Leid

Es war alles so gekommen, wie es sich Aruna vorgestellt hatte. Da Wolfgers Mutter noch lebte, war Ida die Herrin im Haus und Aruna war ihr damit unterstellt, aber sie kam mit der älteren Frau so leidlich zurecht. Natürlich hatte Aruna viel zu lernen und genauso natürlich machte sie dabei anfänglich viele Fehler. Die ersten, von ihr aus Leder genähten, Schuhe waren so klein geraten, dass sie diese einfach für ihr erstes Kind aufheben konnte. Mit einem Lachen hatte Ida den missglückten Versuch quittiert und ihr danach gezeigt, wie man es richtig machte. Auch das Leben in solch einer Großfamilie war nicht ganz so problemlos, wie sie es sich vorgestellt hatte.

Von Sonnenaufgang bis Sonnenuntergang wurde gearbeitet, von Sonnenuntergang bis Sonnenaufgang geschlafen oder zumindest auf den vielen Strohsäcken gelegen. Da wurde sich gegenseitig in der Dunkelheit Geschichten erzählt, während sich ein Bett weiter zwei Menschen liebten und niemand fand etwas daran anstößig. Alle waren immer zusammen und auch ihre Scheu vor der Nacktheit hatte sie fast sofort abgelegt, denn es ging einfach gar nicht anders! Man zog sich am Abend voreinander aus, ging nackt ins Bett und zog sich am Morgen wieder an.

Die Kleidung hängten sie über den Schlafstätten an Haken, damit die Schweine sie nicht zerrissen. Es gab nur diese Strohsäcke für die Nacht, die am Tag unter die Sitzbänke am Rande der Hütte geschoben wurden. Eine große Kiste mit allem Wertvollen stand neben dem Eingang und ein Tisch konnte mit ein paar Balken in der Mitte des Raumes zum Essen aufgebaut werden. Das war der ganze Luxus dieser Hütte. Manchmal dachte sie wehmütig an die Hütten im Süden zurück, mit Stühlen, Fenstern, Tischen und einzelnen Räumen. Doch langsam gewöhnte sie sich an ihr neues Zuhause. Wolfger hatte es akzeptiert, dass sie ihre Unschuld schon vor der Ehe verloren hatte und sie genoss es einfach, in der Nacht in den starken Armen des geliebten Mannes zu liegen.

Wenn es etwas kälter wurde, so deckten sie sich mit den Umhängen zu, die sie dann einfach vom Haken nahmen und sich überwarfen. Nun ging es ja auch schon mit großen Schritten auf den Winter zu. Da gab es auf dem Feld nicht mehr so viel zu tun und erst jetzt wusste Aruna, warum der Stall mit den Ochsen an die Hütte angebaut war. Denn wenn man den Durchgang offen ließ, so strömte die warme Luft aus dem Stall in den Wohnbereich und heizte die Hütte für die Nacht besser, als es jedes Feuer tun konnte.

Gewaschen wurde sich am Brunnen vor der Hütte. Man rieb sich mit Seife ein und spülte diese danach ab. Aber vermutlich im Winter dann nicht mehr draußen. Dazu würde es dann wohl zu kalt werden und man konnte sich ja im Eimer Wasser in die Hütte holen. Die Haarpflege und das Schminken kamen ebenfalls nicht zu kurz, auch wenn es die viele Arbeit eigentlich nicht zuließ.

Mit dem Einsetzen des Schneefalls stellte Aruna fest, dass sie schwanger geworden war und nun kuschelte sie sich jede Nacht besonders eng an ihren Mann an. Tagsüber hatte sie manchmal Zeit mit der Mutter oder mit Tusnelda zu reden, da ja nun die Arbeiten auf dem Feld wegfielen. Die Tage waren nun auch etwas kürzer, die kuscheligen Nächte dafür entsprechend länger. Meist wurden sie durch die Kühe geweckt, die wütend darum baten, gemolken zu werden. Im Scheine des Feuers gingen die Frauen dann nach hinten, während sich alle anderen noch einmal auf ihrem

Strohsack umdrehten. Jetzt in dieser Jahreszeit erholten sich die Menschen hier im Dorf von dem anstrengenden Jahr.

Und es gab schöne Feiern im Feuerschein bis tief in die Nacht! Die Frauen trafen sich in der einen Hütte, die Männer in einer anderen. Aruna lernte ein paar Handarbeiten und es wurden neue Kleider für das folgende Jahr genäht. Sie sangen alte Lieder oder unterhielten sich über Kinder und Aruna hörte aufmerksam zu, denn schließlich musste sie auch da noch viel lernen. Zwar war sie mit vielen Geschwistern aufgewachsen, aber selbst ein Kind zu bekommen, das war dann doch etwas ganz anderes.

Im Laufe des Winters war ihr alltägliches Leben etwas einfacher geworden, denn Ida hatte sie dazu bestimmt, mit dem Reibstein das Getreide zu zermahlen, das sie für den täglichen Getreidebrei brauchten. Es dauerte scheinbar ewig, bis die entsprechende Menge verarbeitet war, aber man konnte dabei Geschichten erzählen und die Kinder hörten gern zu, wie Aruna von der fernen Heimat im Süden erzählte, während der Reibstein sein monotones Geräusch von sich gab. Danach wurde aus den so zerstampften Körner mit Wasser, oder an besonderen Tagen auch mit Milch, ein nahrhafter Brei angerührt. Dazu gab es dann Milch, Quark oder Käse. Im Sommer und im Herbst hatte sie noch Rüben oder Früchte gehabt und, wenn sie im Wald fündig geworden waren, auch Nüsse, Pilze, Beeren oder wildes Obst.

Fleisch gab es so gut wie nie. Wenn ein Tier geschlachtet werden musste, was sehr selten geschah, wurde das Fleisch in den Rauch des Feuers gehängt, um es an der Luft zu trocknen. Das gab es dann natürlich erst, wenn sonst nichts mehr verfügbar war, oder ein Gast zu bewirten war. Im Sommer trank man dazu häufig die frisch gemolkene Milch, die man dann mit Honig oder Obstsäften süßte. Täglich gab es auch Bier, denn das war die einzige Möglichkeit, um Wasser zu trinken, ohne davon krank zu werden. An den Festtagen gab es dann Met, ein berauschendes, vergorenes Getränk aus Wasser, Honig und Hefe, das Aruna so mochte. Den früher im Süden so üblichen Wein gab es hier nicht. Dazu war es wohl zu kalt in den Wäldern.

Je länger der Winter dauerte, desto größer wurde Arunas Bauch. Für die Arbeiten, die sie in der Hütte machte, war er ihr nicht wirklich im Wege. Beim Melken musste sie sich etwas vorsehen, aber sonst ging alles seinen normalen Gang. Es gab da auch keine Rücksicht, denn sie war ja nicht krank und musste geschont werden. Wie das im Frühjahr werden würde, wenn alle auf das Feld mussten, das war ihr noch nicht ganz klar, aber es würde sich ein Weg finden und alle anderen Frauen im Dorf hatten ja auch ihre Kinder bekommen.

Hier fühlte sie sich angekommen und das Leid aus der fernen, alten Heimat war vergangen. Nur manchmal, in der Nacht, schreckte sie aus einem Traum auf, wenn sie das Gesicht des lachenden römischen Offiziers über sich sah. Doch auch das würde vergehen. Irgendwann!

69. Kapitel

Neues Leben

Der Winter war längst vergangen und die jungen Blätter hatten die Wälder in ein grünes Gewand gehüllt. Mit dem Beginn der wärmeren Jahreszeit überlegte sich Aina, ob sie nicht wieder in eine Hütte im Wald gehen sollte. Die Monde zuvor war sie von Hütte zu Hütte gegangen, um den Menschen die letzten Kräuter zu übergeben, die ihr noch verblieben waren. An der Hütte von Ida blieb sie dabei immer besonders lange stehen, denn Aruna, Idas Schwiegertochter, war ihr in der Zeit ihrer gemeinsamen Flucht besonders an ihr Herz gewachsen und daher wollte sie auch unbedingt nach der schwangeren Frau schauen. Nach dem Umfang des Bauches würde es wohl auch nicht mehr sehr lange dauern, bis das Kind endlich auf die Welt kommen würde.

Ein Mond würde es vielleicht noch dauern, aber so sicher war sie sich da nicht, denn eigentlich müssten es ja noch zwei sein! Konnte sie es sich da erlauben, sich schon die Hütte zu suchen, um zur Geburt wieder in das Dorf zurückzukommen? Mit den Händen befühlte sie Arunas Bauch und nickte. Sicher waren es nicht mehr ganz zwei Monde, aber es hatte noch Zeit. Daher beschloss sie, zusammen mit Allarus und ein paar seiner Leute, in den Wald zu gehen, um die wackelige Hütte der alten, vor vielen Jahren verstorbenen, Zauberin wieder bewohnbar zu machen.

Diese Hütte lag versteckt im Unterholz. Nur eine kleine Wiese war davor und auf der würden sicher schon bald die ersten Kräuter geerntet werden können. Die Männer begannen das löchrige Dach mit Stroh zu flicken, während Aina den Reisigbesen schwang und die Hütte von all dem Unrat der vergangenen Jahre säuberte. Die

Arbeit ging ihnen schnell von der Hand und schon nach zwei Tagen konnte Aina in diese Sommerhütte umziehen. Im Winter würde sie dort zwar nicht überleben können, aber im Sommer war sie nahe an den benötigten Kräutern und da sie alleine war, hatte sie auch nicht wirklich jemand zu versorgen.

Schon nach ein paar Tagen kamen die Menschen und brachten ihr etwas zu essen, als Gegenleistung für die Hilfe. Das war genauso, wie es im Süden am Danuvis gewesen war. Nun begann für Aina ein neues Leben im Wald und bald würde dann auch bei A-runa ein neues Leben beginnen. Verständlicherweise war die junge Frau etwas nervös, aber alle Frauen im Dorf versuchten ihr die Angst zu nehmen und auch Aina war aller paar Tage an der Hütte, um nach ihr zu sehen.

Immer, wenn Aina in die kleine Siedlung kam, dann sah sie die kräftigen jungen Menschen dort. Aber das konnte nicht darüber hinwegtäuschen, dass die Kindersterblichkeit sehr hoch war. Viele der Kinder erreichten nicht das erste Jahr. Hunger, Not und Entkräftung rafften viele Kinder im Winter dahin, aber da die Frauen praktisch ständig schwanger waren, war immer für Nachschub gesorgt. Auch alte Menschen gab es kaum. Briana war fast doppelt so alt wie die meisten anderen und wie alt Aina war, daran konnte sie sich immer noch nicht erinnern. Das fast weiße Haar sagte allerdings alles über ihr Alter aus.

Im Winter hatten alle über die Schmerzen im Rücken geklagt, jetzt im Sommer hatte keiner Zeit zum Klagen. Es musste von früh bis spät gearbeitet werden und in der Nacht waren die meisten so müde, dass sie auf der Stelle einschliefen. Bei all den täglichen Wehwehchen und Verletzungen konnte Aina aber mit ihren Kräutern helfen. Gern war sie unter den Menschen hier und den umliegenden Siedlungen, auch wenn diese oft einen Tagesmarsch weit im Wald auseinander lagen.

Schließlich fühlte Aina, das es in den nächsten Tagen bei Aruna so weit sein würde. Vermutlich wusste es die alte Zauberin, noch bevor es die schwangere Frau selbst bemerkt hatte. Die Erfahrung der vielen Geburtshilfen hatte bei Aina eine Art von Vorahnung gebildet. Die letzten Tage blieb sie daher im Dorf und half in Idas Haushalt einfach mit. Es war für die alte Frau ganz angenehm, mal wieder etwas länger unter Menschen zu sein. Nachts Geschichten zu hören oder zu erzählen.

Die Kinder mochten ihre Erzählungen vom Wald ganz besonders. In der Hütte im Wald konnte sie nur Selbstgespräche führen, aber oft besuchten sie dort auch die Tiere und auch von denen erzählte Aina den Kindern.

Schließlich war der Tag endlich heran gekommen, an dem das Kind auf die Welt kommen wollte. Aina sah an der Haltung der Frau, dass es nicht mehr lange dauern konnte und schon setzte, mitten in der tägliche Arbeit, die erste Wehe ein.

Von der Wiese aus brachte sie Aruna zur Hütte zurück und zog einen der Hocker in die Mitte der Hütte, auf welchen sich Aruna erst noch eine Weile setzen musste, bevor Aina ihr bei der Geburt helfen konnte. Dort blieb die Frau auch einfach sitzen und die Wehen schienen aufzuhören. Was war los? Stirnrunzelnd beugte sich Aina über den Bauch der schwangeren Frau und untersuchte sie.

Es dauerte eine ganze Weile, bis die Wehen wieder einsetzten und dann endlich so stark waren, dass Aruna sich nun hinlegen wollte, doch Aina brachte sie zur Wand der Hütte hinüber. Gegen die Hüttenwand gepresst, drückte die junge Frau das Kind nach unten.

Da es gerade Abend wurde, bereiteten sich alle darauf vor, zu schlafen, während sich die junge Frau in den Schmerzen der Wehen, von Aina gehalten, hin und her warf. An Ainas Seite waren Kendrana und Ida, die sie unterstützten. Alle anderen Bewohner der Hütte gingen ihrem ganz normalen Leben nach. Es war nichts Besonderes, denn eine Geburt kam in den Hütten alle paar Monate vor und daran störte sich keiner. Sie mussten das Feuer nur etwas größer machen, um besser sehen zu können, aber bei all dem Geschrei der jungen Frau war natürlich an Schlaf in dem Sinne auch nicht zu denken.

Schließlich fing Aina das Kind unten auf, das Aruna endlich aus sich herausgepresst hatte und als das Kind dann seinen ersten Schrei gemacht hatte, da zeichnete Kendrana das bekannte Zeichen der großen Göttin auf die Stirn des kleinen Jungen.

Danach drückten sie das Kind der Mutter in die Arme, die es Wolfger, dem Vater, hinhielt. Der Mann nickte und küsste seine Frau. Damit war das Kind in die Sippe aufgenommen und akzeptiert. Schließlich konnten nun alle in Ruhe schlafen und Aina säuberte schnell noch das Kind, bevor sie es wieder der erschöpften Mutter in den Arm legte.

Ein neues Leben war in die Hütte eingezogen. Als dann die Sonne am Morgen aufging, da stapfte Aina stolz in den Wald.

70. Kapitel

Zurückkehrende Gefahren

ies würde nun ihr vierter Sommer in der neuen Heimat sein. Kendrana und der Rest ihrer Familie hatten sich gut in die Sippe eingelebt. Ihr erstes Enkelkind lernte gerade laufen und Connor wurde langsam zum Mann, auch wenn sie das nicht wirklich wollte. Doch es war nun mal an der Zeit, das Kind, als das sie den Sohn immer noch sah, loszulassen. Er übte mit den anderen Männern im Wald, ging auf die Jagd und hatte damit keine Zeit mehr, den Frauen bei der Arbeit im Haus zu helfen. Das war nun mal eben keine Arbeit für einen Mann. Kampf, Mut, Ehre, das waren Männerarbeiten und vielleicht würde er ja auch schon bald heiraten. Dann würde er eine Frau in die elterliche Hütte bringen, die ihr dann zur Hand gehen konnte.

In ihr sommerliches Leben platzte die Nachricht hinein, dass die Römer zum Angriff angetreten waren. Sie hatten den breiten Fluss im Westen überschritten und zogen durch das Land der Cherusker. Ein Bote brachte die Nachricht von einem Nachbarstamm und sofort hatte Kendrana wieder die Bilder der Gewalt im Kopf.

Sie mussten von hier fort! Nur wohin?

Vielleicht zu Aina in den Wald, mit der Hoffnung, dass sich die Römer da wieder nicht hinterher trauen würden, wie sie es ja auch beim letzten Male nicht gemacht hatten. Und wie viel Zeit hatten sie noch? Einen Tag oder zwei? Mit Tusnelda brach Kendrana auf, um die alte Zauberin zu besuchen. Dabei gingen sie so schnell, dass die Freundin fast neben ihr außer Atem kam. Doch Kendrana musste Gewissheit haben. Schließlich erreichten sie die

Hütte und fanden Aina beim Trocknen der Kräuter hinter dem Haus. Schnell warf die Zauberin die markierten Knochenstücken auf ein Tuch, befragte damit das Orakel und sagte danach „Im Dorf droht euch keine Gefahr, aber wenn du dich sicherer fühlst, so kann ich dich bei mir aufnehmen."

Kendrana nahm das Angebot der Freundin gern an und schon auf dem Heimweg überlegte sie, was sie alles brauchen würde. Als sie die Siedlung wieder erreichten, standen alle Männer auf dem freien Platz vor der Hütte von Allarus. Auch Ivain und Connor waren dort mit hingegangen und warteten an der Seite. Schließlich richtete Allarus das Wort an Ivain, denn er war ja der einzige von ihnen, der die Römer schon mal im Kampf erlebt hatte.

Kendrana stand mit Tusnelda an der Tür der Hütte und hörte ihm zu, wie er begann zu erzählen. „Wir haben damals versucht, sie in der offenen Schlacht zu bekämpfen. Das war ein Fehler, welchen alle meine Männer mit ihrem Leben und ich mit meinem Arm bezahlt haben. Wir können sie nur aus dem Versteck überwältigen. Aus dem Wald heraus, wohin sie sich nicht trauen!"

„Aber das ist doch nicht ehrenvoll. Das ist hinterhältig!", entgegnete einer der Männer und Ivain setzte dazu „Wir haben mit zweihundert Männern ein paar tausend Römer angegriffen. Der Kampf war ehrenvoll, aber vollkommen sinnlos. Wenn wir sie offen angreifen, so mag die Ehre höher sein, wenn wir aus dem Versteck angreifen, so mag der Sieg unser sein!", erklärte Ivain und alle Männer stimmten ihm zu. „Wir brechen morgen auf!", legte Allarus zum Schluss fest und Ivain trat zu ihm.

Mit Entsetzen hörte Kendrana, wie ihr Mann den Stammesführer darum bat, mit in diesen Kampf gehen zu können, was dieser nach kurzem Überlegen annahm. Nachdem nur noch Ivain und Connor auf dem Platz waren, trat Kendrana zu ihrem Mann und fragte „Du willst das wirklich tun? Oder?" Dabei dachte sie daran, dass er sich ja mit nur einem Arm nicht mal richtig wehren konnte. Doch der Mann nickte und sagte dann „Ich muss doch euch alle hier beschützen."

Nur widerwillig akzeptierte Kendrana dies, aber sie wusste ja, dass sich ihr Mann niemals von einem einmal gefassten Entschluss abbringen lassen würde. Also gingen sie zurück zu ihrer Hütte, wo sie alles zusammen packten. Für die Mädchen, damit sie mit ihrer Habe in den Wald fliehen konnten und für Connor und seinen Vater, damit sie am nächsten Tag in den Kampf ziehen konnten. So ganz wollte sie ihren Sohn zwar nicht hergeben, doch Ivain sagte „Ich passe auf ihn auf und bringe ihm alles bei, so wie es dein Vater mit mir gemacht hat." Kendrana musste wieder an ihren Vater denken und ging dann zur hinteren Wand der Hütte, wo sie das Schwert von Torona verwahrt hatte.

Als Frau durfte sie ja nur einen Dolch tragen und so übergab sie das Schwert dem Sohn, der es in der Schlacht sicher brauchen würde. Nachdem sie alles eingepackt und für den folgenden Tag bereitgestellt hatten, ging sie zu Aruna hinüber, doch die Tochter wollte sich der Flucht nicht anschließen und daher bat sie Aruna, auf die Tiere aufzupassen, die sie ja nicht mitnehmen würden. A-runa umarmte die Mutter und versprach es ihr.

Kendrana zog den Strohsack für sich und ihren Mann zur Seite und nachdem es in der Hütte dunkel geworden war, gaben sie sich einer letzten Liebesnacht hin, bevor der Mann am nächsten Tag vielleicht für immer fortgehen würde.

Mit der aufgehenden Sonne kam wieder Geschäftigkeit in die Hütte. Eine Aufbruchsstimmung setzte ein und alle liefen kreuz und quer durcheinander. Danach begleiteten alle die beiden Männer zum freien Platz, wo auch schon die anderen Männer eingetroffen waren. Alle Bewohner des Dorfes standen nun hier versammelt. So, wie es üblich war, wurde es eine fröhliche Verabschiedung. Auch wenn manche der Frauen ihre Männer, Brüder oder Söhne vielleicht nicht wiedersehen würden, war es doch Sitte, die Männer nicht mit Tränen zu belasten, wenn sie in den Kampf zogen. Daran hielt sich also auch Kendrana schweren Herzens.

Eine Umarmung und ein Kuss, dann folgte der Aufbruch der kleinen Gruppe von Männern. Es waren etwa dreißig Kämpfer, mit Schild und Speer. Nur wenige hatten ein Schwert, so wie Allarus, Ivain und seit dem Vortag nun auch Connor. Der Sohn drehte sich noch einmal um und winkte aus der Ferne zurück, dann zog er zwischen Wolfger und Ivain den Weg entlang seinem ersten Kampf entgegen.

Die Frauen gingen wieder zu ihren Hütten zurück, bis nur noch Kendrana dort stand. Noch lange sah sie ihren beiden Männern hinterher. Würde sie die Beiden gesund wiedersehen? Mit schweren Schritten lief sie zur Hütte zurück, wo schon die Töchter mit Briana warteten. Gemeinsam brachen sie auf, um sich im Wald bei Aina vor den Römern zu verstecken.

71. Kapitel

Frauensorgen

Ihr Sohn lief um sie herum und sie hatte ihre Tochter, die gerade erst vor zwei Monden geboren worden war, auf dem Schoß. So versuchte Aruna einen Stoff zu weben, der dann ein neuer Kittel für ihren Sohn werden würde. Aber das war mit zwei Kindern nicht so einfach, denn ständig musste sie ein Auge auf den Jungen haben. Seit die Männer nun in den Kampf gezogen waren, musste sie alleine alles bewältigen. Nicht, das Wolfger im Haushalt geholfen hätte, aber er hatte wenigstens den Sohn beaufsichtigt und auch das blieb nun bei ihr. Es war Herbst geworden und der Vater hatte seine Tochter noch gar nicht gesehen.

Er war gegen die Römer gezogen, bevor sie geboren worden war, aber das war nun mal das Los der Frauen. Praktisch gab es ja das ganze Jahr über Kampf und Krieg mit den Nachbarn. Allerdings war es schon schöner, wenn sie sich abends an ihren Mann kuscheln konnte und nicht neben dem Schwein aufwachte, dass ihre Wärme in der Nacht gesucht hatte. Die Mutter war nur ein paar Tage im Wald geblieben und dann zurückgekommen, aber auch sie konnte nicht auf den Sohn aufpassen, da sie selbst genug zu tun hatte.

Die Römer, vor denen sie ja beide Angst gehabt hatten, waren zum Glück an ihrem Dorf vorbei gezogen. Bei dem Gedanken an die fremden Krieger war bei Aruna wieder das Bild des Offiziers aufgestiegen, obwohl sie doch gedacht hatte, dass es längst vorbei gewesen war. Es war vermutlich für immer tief in ihrer Seele eingebrannt und jeder Römer würde sie nun an die Männer erinnern, die sich damals an ihr so brutal vergangen hatten. Vermutlich hatte Ida die furchtsamen Blicke von ihr zum Dorfausgang gesehen, wenn sich dort eine Staubwolke gezeigt hatte, denn sie nahm Aruna nun noch mehr unter ihren Schutz. Schließlich gehörten sie ja zu einer Familie.

Die Arbeit war dieselbe, nur dass es noch mehr geworden war, da die Ernte jetzt in die Scheunen musste und die Männer dabei fehlten.

Wieder begann ein neuer arbeitsreicher Tag. Aruna hatte sich die jüngste Tochter auf den Rücken gebunden und den Sohn bei einer der Frauen im Dorf gelassen. Jeden Tag passte eine von ihnen auf die Kinder auf. Manchmal Briana, manchmal Kendrana und manchmal war es auch Aruna, die dann auf die zwanzig Kinder aufpassen mussten, die zu groß waren, um sie bei der Arbeit herumzutragen, und zu klein, um auf dem Feld zu helfen. Jetzt in dieser Situation war der Zusammenhalt zwischen den Frauen am meisten zu spüren, denn jede wusste, was die Andere gerade durchmachte und alle halfen sich einfach gegenseitig. Mit einem guten Wort, einer liebevollen Geste oder einem Becher Met.

Immer wieder stellte sie sich die Frage, ob sie den geliebten Mann jemals wieder sehen würde und manchmal in der Nacht überwältigten sie ihre Gefühle. Dann zog sie sich den Mantel über den Kopf und weinte leise. Am Tag musste sie stark sein, für sich, die Kinder, die Sippe. Nur nachts konnte sie auch mal schwach sein. Alleine auf dem Strohsack. Vermutlich hatten aber alle Frauen dieselben Sorgen wie Aruna und sie würden es auch genauso machen, denn manchmal hörte sie aus der Ecke, in welcher Ida schlief, ein leises Schluchzen. Doch auch das war nur nachts, wenn die Sonne wieder aufging, da war alles vorbei. Man hätte auch gar keine Zeit für Traurigkeit gehabt, denn es gab mehr als genug zu tun.

Aruna war wieder dazu übergegangen, der großen Göttin zu danken, für all das, was sie ihr geschenkt hatte. Und sie bat die Göttin auch, auf den Mann in der Schlacht aufzupassen. Da es hier so etwas wie einen Altar nicht gab, hatte Aruna eine der Fibeln mit dem Abbild der Göttin auf den Haken gehängt, an dem sonst der Umhang von Wolfger über ihnen gehangen hatte. So hoffte sie, ihm besonders nahe zu sein und einen besonderen Schutz für ihn zu erflehen.

Mit jedem Tag wurde es kälter und schon bald war Aruna froh, dass das Schwein manche Nacht unter ihren Mantel kroch. So konnten sie sich gegenseitig wärmen. Haut an Haut mit dem Borstentier. Als es dann nach Schnee roch, sah Aruna bei der Arbeit eines Tages die Männer am Rande des Dorfes wieder auftauchen. Schnell rief sie die anderen Frauen des Dorfes zusammen und mit der Tochter auf dem Arm ging sie dann den Männern entgegen. Es war nur ein überschaubares Häufchen übrig geblieben und Arunas Augen suchten die bekannten Gesichter.

Von den ausgezogenen Kämpfern kehrten nur zehn zurück. Zu Arunas Glück waren sowohl Connor, als auch Wolfger dabei. Auch Allarus kehrte heim und berichtet ihr, wie tapfer der Vater gekämpft hatte. An der Spitze der Männer hatte sich Ivain in den Kampf geworfen und war dabei ums Leben gekommen. Auch Wolfgers Vater hatten den Kampf mit seinem Leben bezahlt und damit war nun ihr Mann, als ältestes männliches Familienmitglied, automatisch der Hausherr. Ohne ein Wort übergab Ida den Schlüssel für die Kiste mit den wichtigen Haushaltsdingen an Aruna, die damit nun die Hausherrin wurde.

Am Abend erzählte Wolfger vor dem Feuer der ganzen Familie von dem Kampf gegen die Römer. Er erzählte, wie sie fast gewonnen hatten und die Römer nur durch ihre Flucht überlebt hatten. Doch für Aruna war viel wichtiger, dass der geliebte Mann wieder an ihrer Seite war. Nach dem Essen, als alle sich auf ihre Strohsäcke legten, holte sie einen Eimer mit Wasser vom Brunnen und begann ihren Mann mit einer wohlriechenden Seife, die sie von Aina bekommen hatte, einzureiben.

Wolfger ließ sich das gern gefallen und setzte dann anschließend dasselbe bei ihr fort. Seine streichelnden Hände auf ihrem nackten Körper waren einfach nur wundervoll. Als sie es nicht mehr aushalten konnte, zog sie ihn zum gemeinsamen Strohsack hinüber. So viele Tage hatte sie sich nach seinen Zärtlichkeiten gesehnt und nun konnte sie es kaum noch erwarten, ihn über sich zu ziehen. Stöhnend nahm sie ihn in sich auf und im Schein des Herdfeuers liebten sie sich in der Mitte des großen Raumes.

Die beiden Liebenden hatten nur noch Blicke füreinander und Aruna war es jetzt vollkommen egal, dass zwanzig Augen vermutlich gerade auf sie gerichtet waren. Die Angst war fern. Nur das jetzt und hier zählte. Sie hatte das Feuer extra hoch geschürt, um den Geliebten gut sehen zu können. Leidenschaftlich bewegten sie sich schnaufend aufeinander zu und mit einem Stöhnen übergab Wolfger ihr seinen Samen, um vielleicht ein neues Leben damit zu begründen. Erschöpft schlief sie in seinen Armen ein. Das hier war ihre Heimat, sie war in seinen Armen.

72. Kapitel

Erinnerungen

Das Mädchen stand wieder an den Baum gelehnt und starrte mit weit aufgerissenen Augen auf das Geschehen direkt vor sich. Zusammen mit den anderen Kindern war sie durch die Krieger hier herauf geführt worden. Mit hinter dem Körper zusammen gebundenen Händen stand sie auf dem Bergvorsprung, auf dem sie alle gerade so Platz gefunden hatten. Gerade eben hatte der Druide das erste Kind vom Felsen in die Tiefe gestoßen.

Der Schrei hatte sie aufgeschreckt und nun saß Kendrana aufrecht auf ihrem Strohsack. Es war zum Glück nur ein Traum gewesen, ein Albtraum, der sie so lange Zeit immer wieder verfolgt hatte. Der tiefe Fall und was danach passiert war, das steckt immer noch tief in ihr, doch sie sah ihre kleine Familie im Schein des glimmenden Feuers. Ihr Schrei hatte die Schwiegertochter aufgeweckt, die sich neben ihr aufsetzte. Im Halbdunkel nickten sie sich zu. Kendrana erhob sich von ihrem Nachtlager und legte etwas Holz nach, das Feuer flammte auf und sie warf einen Blick auf die Angehörigen der Familie, die noch schliefen.

Die Schwiegertochter stand nun ebenfalls auf, zog sich den Mantel um den nackten Körper und setzte sie sich neben Kendrana. Nachdem der Sohn im vergangenen Herbst wieder zurückgekehrt war, hatte er Idara, die aus einem anderen Stamm stammte, geheiratet und nun war sie die Herrin hier im Haus. Connor hatte Idaras Vater beim Kampf kennengelernt und um die Freundschaft zwischen den beiden Stämmen zu bekräftigen, war nun Idara, im Tausch gegen die Kuh, in ihr Haus eingezogen.

„Es war nur ein Traum Idara", flüsterte Kendrana und strich der Schwiegertochter über das Haar. Idara war schwanger, das konnte man aber noch nicht deutlich erkennen. Nur die kleine kaum sichtbare Wölbung ihres Bauches verriet dies der erfahrenen Heilerin. Die junge Frau nickte und schlich wieder zurück zu Connor, der nicht aufgewacht war. Kendranas Blick folgte ihr und schweifte danach im Feuerschein über die schlafenden Menschen in diesem Raum.

Die nackte Haut der Schläfer war deutlich zu sehen und sie war hier die einzige, die zum Schlafen immer noch ihr Unterkleid trug. Allerdings mehr aus alter Tradition, als aus irgendeinen Grund, denn es war warm in der Hütte.

Erneut gingen ihre Gedanken zurück auf jenen Felsen, denn wenn sie damals von der Klippe in den Tod gestürzt wäre, so hätte sie das alles hier nicht gehabt. Die geliebten Kinder in dieser Hütte und Aruna mit den beiden Enkeln, die nicht weit entfernt gerade schliefen. Alles war gut.

Nur Ivain fehlte ihr in mancher Nacht. Früher hatte er sie nach solch einem Traum immer in den Arm genommen und getröstet. Bei der Erinnerung an den geliebten Mann lief ihr eine Träne über die Wange. Es schmerzte einfach viel zu sehr, aber in ihrer Seele waren sie beide für immer vereint.

Erneut dachte sie daran, dass sie damals dort mit zwölf Jahren auf dem Berg gestanden hatte, einen Schritt vor dem Tod! Siebenundzwanzig Sommer war das nun her und in diesem Stamm war sie mit ihren fast vierzig Jahren schon eine alte Frau. Sie fühlte sich aber noch nicht so, denn die Kinder hielten sie jung und in ihrem Stamm im Süden, als Fürstin, wäre alles noch gut gewesen.

Scheit für Scheit schob sie in das Feuer und dachte dabei an all das, was ihr in diesen Jahren alles widerfahren war. Die schönen Momente, wie die Geburten ihre Kinder, aber auch die Schlimmen, wie den Überfall der Römer auf ihre Oppida und die Schändung von Aruna.

Im Schein des Feuers tauchten die alten Bilder auf und auch der Feuersturm schlug wieder zu. Kendrana zuckte zusammen. Wie lange mochte es wohl noch dunkel sein? Die Frau stand vom Feuer auf und ging die zwei Schritte bis zur Tür. Der erste rote Streifen war schon zu erkennen und bald würde die Morgensonne den düsteren Traum vollends wegbrennen.

Ein neuer Tag würde beginnen und es war alles gut, so wie es war. Alle Zweifel und Ängste verschwanden mit dem Morgenrot.

ENDE

Zeitliche Einordnung der Handlung:

5800 Steinzeit

- Anfang des Buches „**Schicha und der Clan des Bären**"

- Ende des Buches „**Schicha und der Clan des Bären**"

5500 Steinzeit

2200 Beginn der Bronzezeit

1200 Beginn der Eisenzeit

800 –

800 Beginn des allmählichen Niederganges der Bronzezeit

800 Erste Anfänge und Städtebildungen der etruskischen Kultur

750 Aufstieg der Etrusker zur Seemacht

700 –

600 –

600 Blütezeit der Bronzekunst der Etrusker im orientalischen Stil

570 Amasis wird ägyptischer Pharao

555 Anfang des Buches „**Auf Bärenspuren**"

551 Ende des Buches „**Auf Bärenspuren**"

550 Koalition der Etrusker mit Karthago gegen Griechenland

540 Sieg der Etrusker zur See gegen die Griechen bei Alalia

524 etruskische Niederlage bei Kyme gegen die Griechen

500 –

500 Blüte der etruskischen Stadt Capua

400 –

387 die Kelten fallen in Rom ein

300 –

218 der karthagische Feldherr Hannibal überquert die Alpen

200 –

100 –

73 Flucht von Spartacus aus der Gladiatorenschule in Capua

71 Tod von Spartacus und Ende des Sklavenaufstandes

55 Expedition Caesars nach Britannien

44, 15. März, Kaiser Caesar wird in Rom ermordet

37 Anfang des Buches „**Das siebente Mädchen**"

15 Der römische Feldherr Drusus zieht mit seinem Heer über die Pässe der Alpen und dringt in das Gebiet der Kelten des Voralpenlandes ein

11 Drusus dringt, im Rahmen der römischen Feldzüge, bis in das Stammesgebiet der Cherusker vor

11 in der Schlacht bei Arbalo kämpften verbündete germanische Stämme gegen die Römer unter Drusus

10 Ende des Buches „**Das siebente Mädchen**"

0 –

0 Anfang des Buches „**Die Rache der Barbarin**"

9 Niederlage des Feldherrn Varus gegen die Cherusker unter Arminius

10 Ende des Buches „**Die Rache der Barbarin**"

34 Anfang des Buches „**Das Schwert des Gladiators**"

43 Beginn der Eroberung Südbritanniens

50 Colonia (heute Köln) wird zur Stadt erhoben

54 Nero wird römischer Kaiser

54 Anfang des Buches „**Die römische Münze**"

56 Ende des Buches „**Das Schwert des Gladiators**"

57 Anfang des Buches „**Die Tochter aus dem Wald**"

58 große Teile der Stadt Colonia brennen nieder

64 Brand Roms und daraufhin erste Christenverfolgung

68 Anfang des Buches „**Im Schatten des Feuerberges**"

68 Aufstände in Gallien und Spanien

68 Selbstmord Kaiser Neros

68 die Bataver, ein germanischer Stamm, erheben sich und belagern Colonia

69, im Herbst, erneuter Aufstand der Bataver gegen die römische Herrschaft in Niedergermanien

70, im Herbst, Niederschlagung des Bataveraufstandes

70 die Stadt Colonia erhält eine acht Meter hohe Stadtmauer

75 Ende des Buches „**Die römische Münze**"

75 Ende des Buches „**Die Tochter aus dem Wald**"

79, Herbst, Ausbruch des Vesuvs und Untergang Pompejis und Herculaneums

80 Einweihung des Kolosseums in Rom

85 wird Colonia die Hauptstadt der römischen Provinz Germania inferior

85 Ende des Buches „**Im Schatten des Feuerberges**"

98 Trajan wird römischer Kaiser

100 –

161 Marc Aurel wird römischer Kaiser

200 –

300 –

306 Konstantin der Große wird römischer Kaiser

324 Konstantin bekennt sich zum Christentum und macht diese zur Staatsreligion

375 die Hunnen unterwerfen die Alanen und die Goten oder vertreiben diese aus ihren Siedlungsräumen

376 Anfang des Buches „**Sturm über den Stämmen**"

376 Flucht der Donaugoten vor den Hunnen und teilweise Aufnahme der Goten in das römische Reich

384 Ende des Buches „**Sturm über den Stämmen**"

400 –

316

406 Rheinübergang der Vandalen und Einfall in das römische Reich

407 die Vandalen und andere germanische Stämme ziehen plündernd durch Gallien

409 Weiterzug der Vandalen und Alanen nach Spanien

410, Ende August, Eroberung Roms durch die Westgoten

429 die Vandalen und Alanen setzen unter Geiserich von Spanien nach Afrika über

439 die Stadt Karthago fällt an die Vandalen

451 Feldzug des Hunnen Attila nach Gallien

452 die Hunnen fallen in Italien ein, ziehen sich aber bald wieder zurück

453 nach Attilas Tod zerbricht das Hunnenreich

455 Plünderung Roms durch die Vandalen unter Geiserich

500 –

700 –

764 Anfang des Buches „**In den finsteren Wäldern Sachsens**"

772, im Sommer, Zerstörung der Irminsul

772 Anfang der Sachsenkriege Karls des Großen

782 Blutgericht von Verden (Aller)

783, im Sommer, Gefechte mit Beteiligung sächsischer Frauen

785 Taufe Widukinds in der Königspfalz Attigny

787 die ersten Überfälle der Nordmänner auf Westeuropa finden statt

790 Überfälle der Nordmänner auf Schottland und Irland

792 letzte größere Erhebungen der Sachsen gegen die Franken

792 Zwangsdeportationen der Sachsen und Neuvergabe von sächsischem Land an fränkische Siedler

793 Überfall und Plünderung des Klosters Lindisfarne durch Nordmänner

795 Überfall von Wikingern auf das Kloster Iona in Irland

799 Beginn der Wikingerüberfälle auf das Frankenreich

796 Karls Belehrung durch seinen Berater Alkuin

797 mit dem Capitulare Saxonicum wurden die Sondergesetze gegen die Sachsen gelockert

800 –

800 Kaiserkrönung Karls des Großen

800 König Godfred von Dänemark gerät im kriegerische Konflikte mit Karl dem Großen

800 erste nordische Siedler treffen auf den Färöern und auf Island ein

800 unzählige Angriffe der Nordmänner auf die sächsischen Küsten

802 das sächsische Volksrecht (Lex Saxonum) wird verabschiedet

802 Ende des Buches „**In den finsteren Wäldern Sachsens**"

804 Ende der Sachsenkriege

805 Anfang des Buches „**Westwärts auf Drachenbooten**"

810 dänische Wikinger greifen wiederholt die friesische Küste an

814 Tod Karls des Großen

825 Ende des Buches „**Westwärts auf Drachenbooten**"

840 erste Überwinterung der Wikinger im Frankenreich

840 norwegische Nordmänner überfallen Irland und gründen Dublin

844 Überfälle der Nordmänner auf Spanien

845 Plünderungen von Hamburg und Paris durch die Wikinger

858 schwedische Wikinger gründen Kiew

889 Wanzleben wird erstmals als Haufendorf erwähnt

900 –

913 Herzog Heinrich von Sachsen stellt ein ungarisches Heer bei Merseburg

926 Heinrich handelt mit den Ungarn einen zehnjährigen Waffenstillstand für Sachsen aus

937 Otto I. der Große, gründete das St.-Mauritius-Kloster in Magdeburg

938 die Ungarn ziehen erneut gegen die Sachsen

952 Anfang des Buches „**Der Gefolgsmann des Königs**"

955, 10. August, Schlacht gegen die Ungarn auf dem Lechfeld bei Augsburg

955 Otto beginnt einen großen Neubau des Doms zu Magdeburg

962, 2. Februar, Krönung Ottos zum Kaiser

968 Beginn des Baues der Burg Wanzleben

980 Ende des Buches **„Der Gefolgsmann des Königs"**

1000 –

1100 –

1142 Heinrich der Löwe wird Herzog von Sachsen

1143 Gründung Lübecks, der ersten deutschen Ostseestadt

1147 Anfang des Buches **„Im Zeichen des Löwen"**

1147 Wendenkreuzzug, dauert als Kreuzzug drei Monate

1152 Königskrönung von Friedrich Barbarossa in Aachen

1155 Kaiserkrönung Friedrich Barbarossas in Rom

1156 Besiedlungszug in Lommatzsch

1157 Gründung des deutschen Kaufmannsbundes

1159 Wiederaufbau Lübecks

1160 Anfang des Buches **„Kaperfahrt gegen die Hanse"**

1160 der slawische Burgwall Dobin, liegt am Schweriner See, wird zerstört

1160 Lübeck erhält das Soester Stadtrecht

1160 Gründung der Kaufmannshanse

1161 Vermittlung eines Handelsprivilegs an die Stadt Lübeck durch Heinrich den Löwen

1161 Gründung der Gotländischen Genossenschaft, als Vorstufe der Hanse

1162 Kloster Altzella, bei Nossen, wird gegründet

1163 Ende des Buches **„Im Zeichen des Löwen"**

1180 Heinrich verliert das Herzogtum Sachsen

1200 –

1200 Gründung des Petershofes in Novgorod als Außenstelle der Hanse

1200 Ende des Buches „**Kaperfahrt gegen die Hanse**"

1210 Anfang des Buches „**Die Sklavin des Sarazenen**"

1212 Kinderkreuzzug mit Ziel Jerusalem

1212 Friedrich II. wird König

1217 Beginn des fünften Kreuzzuges, Kreuzzug nach Damiette in Ägypten

1220 Ende des Buches „**Die Sklavin des Sarazenen**"

1221 Ende des Kreuzzuges von Damiette in Ägypten

1250 Anfang der Blütezeit der Städtehanse

1300 –

1307, 13. Oktober, Zerschlagung des Templerordens und Verhaftung aller Templer

1315 Beginn einer Hungersnot, die als „Der große Hunger" in zwei Jahren mit sintflutartigen Regenfällen, sehr kalten Wintern und vielen Überschwemmungen Millionen Menschen in Europa dahinrafft

1321 Anfang des Buches „**Frauenwege und Hexenpfade**"

1337 der hundertjährige Krieg zwischen England und Frankreich beginnt

1337 Ende des Buches „**Frauenwege und Hexenpfade**"

1340 der englische König Eduard III. fällt mit seinem Heer in Frankreich ein

1342, im Juli, das Magdalenenhochwasser, eine verheerende Überschwemmungskatastrophe, lässt in Mitteleuropa zahlreiche Flüsse über die Ufer treten

1346 in der Schlacht von Crécy schlagen 8.000 englische Langbogenschützen die verbündeten europäischen und französischen Ritter vernichtend

1347 die Beulenpest erreicht die europäischen Häfen am Mittelmeer und breitete sich schnell überall aus

1348, 7. April, Gründung der Karls-Universität in Prag, der ersten mitteleuropäischen Universität

1349, 10. Januar, die Wormser Gemeinde der Juden wird blutig ausgelöscht

1349, 1. März, Pogrom gegen die Juden in Speyer

1349 Anfang des Buches „Der schwarze Tod"

1349, 24. Juli, in der Frankfurter „Judenschlacht" sterben fast alle Juden in Frankfurt am Main

1349, 23. August, Die Juden von Mainz erheben sich gegen ihre Verfolger. Der Aufstand wird blutig niedergeschlagen und das Stadtviertel brennt ab. Zahlreiche Menschen kommen dabei ums Leben

1350 Ende des Buches „Der schwarze Tod"

1353 Giovanni Boccaccio schreibt sein Decamerone

1356 mit der goldenen Bulle wird erstmalig festgeschrieben, dass der deutsche König durch Mehrheitswahl von sieben Kurfürsten bestimmt wird

1400 –

1431, 30. Mai, Jeanne d'Arc, die Jungfrau von Orléans, stirbt in Rouen auf dem Scheiterhaufen

1440 Johannes Gutenberg erfindet den Buchdruck mit beweglichen Lettern

1452, 15. April, Leonardo da Vinci wird in Anchiano bei Vinci geboren

1479 Anfang des Buches „Nur ein Hexenleben..."

1482 Johann Tetzel beginnt sein Theologiestudium in Leipzig

1486 der Dominikaner Heinrich Kramer veröffentlicht sein Traktat „Der Hexenhammer", lateinisch „Malleus Maleficarum"

1487 Ende des Buches „Nur ein Hexenleben..."

1487 Anfang des Buches „Rosen hinter Burgmauern"

1492 Christoph Kolumbus erreicht die großen Antillen und entdeckt damit Amerika

1498 Vasco da Gama erreicht an Bord seiner Nau auf dem Seeweg um Afrika herum Indien

1500 –

1504 Johann Tetzel beginnt seine Tätigkeit im Ablasshandel

1509 Ende des Buches „Rosen hinter Burgmauern"

1517 Anfang des Buches „Die Bruderschaft des Regenbogens"

1517, 31. Oktober, Luther verkündet seine Thesen in Wittenberg

1518 Müntzer und Luther sind in Wittenberg

1520 Müntzer predigt in Zwickau

1522 das „Neue Testament" erscheint auf Deutsch

1523, zu Ostern, Katharina von Boras Flucht aus dem Kloster

1524 Bauern- und Handwerkeraufstände in Sachsen

1525, 15. Mai, Schlacht bei Bad Frankenhausen

1525, 27. Mai, Müntzer wird in Mühlhausen enthauptet

1525, 27. Juni, Heirat Luthers mit Katharina von Bora

1525, im Dezember, Kloster Buch wird geschlossen

1526 Niederschlagung der letzten Bauernaufstände

1527 Ende des Buches **„Die Bruderschaft des Regenbogens"**

1530 Reichstag zu Augsburg beschließt die Duldung des evangelischen Glaubens

1534 die gesamte Bibel ist nun auf Deutsch lesbar

1600 –

1612 Anfang des Buches **„Im Feuersturm"**

1617, 13. September, ein Stadtbrand verwüstet weite Teile Tangermündes

1618, 23. Mai, Fenstersturz zu Prag

1618 Anfang des dreißigjährigen Krieges

1619, 22. März, Grete Minde stirbt in Tangermünde auf dem Scheiterhaufen

1619 Ende des Buches **„Im Feuersturm"**

1620, 08. November, Schlacht am Weißen Berg bei Prag

1630 Anfang des Buches **„Im Schein der Hexenfeuer"**

1631 Eintritt Sachsens in den dreißigjährigen Krieg

1631, 10. Mai, Verwüstung der Stadt Magdeburg durch kaiserliche Truppen

1631 Anfang des Buches **„Die Räubermühle"**

1632 die Pest wütet in Sachsen

1632, 16. November, Schlacht bei Lützen

1634, 25. Februar, Albrecht von Wallenstein wird in Eger ermordet

1634 Ende des Buches **„Die Räubermühle"**

1639 schwedische Truppen brennen Dresden teilweise nieder

1641 nochmalige Zerstörung Dresdens durch die Schweden

1648 der „Westfälischer Friede" wird geschlossen

1648, 24. Oktober, Ende des dreißigjährigen Krieges

1650 Ende des Buches **„Im Schein der Hexenfeuer"**

1683, 3. Mai, die osmanische Armee erreicht Belgrad

1683, 9. Juli, Anfang des Buches **„Ein Sommer unter der Mondsichel"**

1683, 14. Juli, die Osmanen beginnen die Belagerung Wiens

1683, 12. September, Schlacht am Kahlenberg und Sieg der kaiserlichen Truppen über die Osmanen

1683, 12. September, Befreiung Wiens

1683, 1. November, Ende des Buches **„Ein Sommer unter der Mondsichel"**

1694 Friedrich August I. wird unerwartet neuer Herzog und Kurfürst von Sachsen

1697, 15. September, Friedrich August I. wird in Krakau zum polnischen König gekrönt

1700 –

1710 Anfang des Buches **„Anna und der Kurfürst"**

1712 Thomas Newcomen konstruiert die erste verwendbare Dampfmaschine

1715 Ende der „Kleinen Eiszeit", einer Periode relativ kühlen Klimas, mit besonders kalten Zeitabschnitten seit 1675

1715 Ende des Buches **„Anna und der Kurfürst"**

1756 bis 1763 der Siebenjährige Krieg tobt in Mitteleuropa

1776 Gründung der Vereinigten Staaten von Amerika mit der Unabhängigkeitserklärung

1789, 14. Juli, Beginn der französischen Revolution in Paris

1793 Beginn des Interventionskriegs gegen Napoleon, an dem auch Sachsen teilnahm

1794 die Gesellen streiken in Dresden

1796 der Interventionskrieg endet mit einer Niederlage für die preußischen, österreichischen und sächsischen Verbündeten

1800 –

1800 Anfang des Buches „**Der russische Dolch**"

1806 Preußen und Russland verbünden sich gegen Napoleon. Sachsen schließt sich ihnen an

1806 Krieg der Verbündeten gegen Napoleon

1806, 14. Oktober, Schlacht bei Jena und Auerstedt, die Verbündeten werden von Napoleon vernichtend geschlagen

1806, 20. Dezember, das Kurfürstentum Sachsen tritt dem Rheinbund bei und wird durch Napoleon zum Königreich

1812 von Sachsen aus beginnt der Feldzug gegen Russland. Sachsen ist mit 21.000 Mann daran beteiligt

1812, 23. Juni, Napoleon überquert mit seinem Heer die Mehmel

1812, 17. August, Schlacht um Smolensk

1812, 7. September, Schlacht von Borodino

1812, 14. September, Napoleon rückt in Moskau ein

1812, 13. Oktober, Napoleon beschließt den Rückzug

1812, 3. November, Schlacht bei Wjasma.

1812, 26. bis 28. November, Schlacht an der Beresina

1812, 14. Dezember, Kaiser Napoleon macht, seinen Truppen auf dem Rückzug aus Russland vorauseilend, in Dresden Station

1813, 2. Mai, Schlacht bei Großgörschen, Sieg Napoleons gegen Russen und Preußen

1813, 20. und 21. Mai, Schlacht bei Bautzen, weiterer Sieg Napoleons gegen Russen und Preußen

1813, 26. und 27. August, Schlacht bei Dresden, Napoleon errang seinen letzten Sieg auf deutschem Boden

1813, 16. bis 19. Oktober, Die Völkerschlacht bei Leipzig brachte Napoleon eine verheerende Niederlage. Die sächsischen Truppen liefen zu den russischen und preußischen Truppen über

1813, 11. November, die belagerte Festungsstadt Dresden kapituliert

1815, 18. Juni, Schlacht bei Waterloo

1815 Ende des Buches **„Der russische Dolch"**

1825 die Gesellschaft „Stockton and Darlington Railway" eröffnet die erste öffentliche Eisenbahnstrecke in England

1835, im Dezember, Eröffnung der Eisenbahnstrecke Nürnberg - Fürth

1839, 7. April, Fertigstellung der ersten sächsischen Eisenbahnstrecke von Leipzig nach Dresden

1847 Anfang der Buches **„Eine sächsische Revolution"**

1848, 21. Februar, Karl Marx und Friedrich Engels veröffentlichen das Manifest der Kommunistischen Partei

1848, 22. bis 24. Februar, Februarrevolution in Frankreich

1848, 18. März, Berliner Barrikadenaufstand

1848, 31. März bis 3. April, das Frankfurter Vorparlament tritt zusammen

1848, 24. März, Beginn der Erhebung in Schleswig-Holstein

1848, 18. Mai, die deutsche Nationalversammlung tritt in der Frankfurter Paulskirche zusammen

1849, 28. März, Verabschiedung der Paulskirchenverfassung

1849, 3. bis 9. Mai, Dresdner Maiaufstand

1849, 30. Mai, Ende der Frankfurter Nationalversammlung

1849, 30. Juni, Beginn der Belagerung von Rastatt

1849, 18. Juli, Ende der Buches **„Eine sächsische Revolution"**

1849, 23. Juli, die Festung Rastatt fällt und damit Endet die Revolution

1852, 8. Mai, Ende der Schleswig - Holsteinischen Erhebung

1900 –

1939, 01. September, Angriff der Wehrmacht auf Polen

1939, 01. September, Anfang des Buches **„Liebe in stürmischen Zeiten"**

1939, 03. September, Frankreich und das Vereinigte Königreich erklären Deutschland den Krieg

1940, 10. Mai, Der Angriff deutscher Verbände auf die Niederlande beginnt

1940, 24. Juni, französischer Waffenstillstand wird unterzeichnet

1941, 22. Juni, deutscher Überfall auf die Sowjetunion

1942, 23. August, Beginn des Kampfes um Stalingrad

1943, 02. Februar, Ende des Kampfes um Stalingrad

1943, 05. bis 16. Juli, Schlacht am Kursker Bogen

1945, 13. bis 15. Februar, schwere Luftangriffe auf Dresden

1945, 7. Mai, bedingungslose Kapitulation aller deutschen Truppen

1949, 23. Mai, Gründung der BRD

1949, 07. Oktober, Gründung der DDR

1953, 17. Juni, Volksaufstand und Streiks in der DDR

1954 Ende des Buches **„Liebe in stürmischen Zeiten"**

2000 –

Von Uwe Goeritz ebenfalls beim Verlag BoD erschienen (BoD – Books on Demand, Norderstedt, nähere Informationen finden Sie unter www.BoD.de)

„Schicha und der Clan des Bären", die ISBN lautet 978-3-7386-0262-3
108 Seiten für 7,90 Euro

„In den finsteren Wäldern Sachsens", die ISBN lautet 978-3-7357-7982-3
108 Seiten für 7,90 Euro

„Der Gefolgsmann des Königs", die ISBN lautet: 978-3-7357-2281-2
116 Seiten für 7,90 Euro

„Im Zeichen des Löwen", die ISBN lautet: 978-3-7347-5911-6
116 Seiten für 7,90 Euro

„Kaperfahrt gegen die Hanse", die ISBN lautet: 978-3-7386-2392-5
108 Seiten für 7,90 Euro

„Die Bruderschaft des Regenbogens", die ISBN lautet: 978-3-7386-5136-2
112 Seiten für 7,90 Euro

„Im Schein der Hexenfeuer", die ISBN lautet: 978-3-7347-7925-1
112 Seiten für 7,90 Euro

„Die Räubermühle", die ISBN lautet: 978-3-8482-0893-7
112 Seiten für 7,90 Euro

„Der russische Dolch", die ISBN lautet: 978-3-7412-3828-4
116 Seiten für 7,90 Euro

„Das Schwert des Gladiators", die ISBN lautet: 978-3-7412-9042-8
116 Seiten für 7,90 Euro

„Frauenwege und Hexenpfade", die ISBN lautet: 978-3-7448-3364-6
116 Seiten für 7,90 Euro

„Die Sklavin des Sarazenen", die ISBN lautet: 978-3-7448-5151-0
308 Seiten für 9,90 Euro

„Die Tochter aus dem Wald", die ISBN lautet: 978-3-7448-9330-5
116 Seiten für 7,90 Euro

„Anna und der Kurfürst", die ISBN lautet: 978-3-7448-8200-2
312 Seiten für 9,90 Euro

„Westwärts auf Drachenbooten", die ISBN lautet: 978-3-7460-7871-7
120 Seiten für 7,90 Euro

„Nur ein Hexenleben ..", die ISBN lautet: 978-3-7460-7399-6
312 Seiten für 9,90 Euro

„Sturm über den Stämmen", die ISBN lautet: 978-3-7528-7710-6
124 Seiten für 7,90 Euro

„Die Rache der Barbarin", die ISBN lautet: 978-3-7528-4103-9
128 Seiten für 7,90 Euro

„Im Feuersturm – Grete Minde", die ISBN lautet: 978-3-7481-2078-0
312 Seiten für 9,90 Euro

„Rosen hinter Burgmauern", die ISBN lautet: 978-3-7347-0321-8
312 Seiten für 9,90 Euro

„Auf Bärenspuren", die ISBN lautet: 978-3-7412-9116-6
316 Seiten für 9,90 Euro

„Im Schatten des Feuerberges", die ISBN lautet: 978-3-7481-3800-6
120 Seiten für 7,90 Euro

„Ein Sommer unter der Mondsichel - Wien, im Jahre 1683",
die ISBN lautet: 978-3-7494-5288-0
328 Seiten für 9,90 Euro

„Der schwarze Tod - Mainz, im Jahre 1349",
die ISBN lautet: 978-3-7494-7180-5
336 Seiten für 9,90 Euro

„Eine sächsische Revolution", die ISBN lautet: 978-3-7528-8679-5
336 Seiten für 9,90 Euro

„Liebe in stürmischen Zeiten", die ISBN lautet: 978-3-7519-1929-6
160 Seiten für 7,90 Euro

Aktuelle Informationen und Neuerscheinungen finden sie immer im Internet unter:

www.Goeritz-Netz.de